書寫青春

19th

台積電青年學生文學獎得獎作品合集

聯經編輯部　編

序
創作者的青春提案

台積電文教基金會董事長　曾繁城

人生中有許多追尋。追尋的背後來自生命的騷動，來自外界的呼喚，也有來自他人的期待。人生的風景非是一鏡到底的順路旅程，更多時候像是剪接室中一段又一段的膠片，每一段的追尋既是終點也是起點。正如小説家何致和獲得聯合報文學獎時的宣言：「我自由了！不用再寫給評審看了！」得獎的瞬間，便是創作自由路的起點。

「台積電青年學生文學獎」金榜在每年的夏季公布，創作的種子在盛夏破土萌芽，旺盛的文學生命力燦爛耀眼。自短篇小説、散文到新詩，甚是網路徵文「寫給情敵」的短文與詩作中，皆可看見這群深具天賦的青年朋友對於情感及生活周遭的細膩觀察，以文字的藝術雕塑出心靈意象，撞擊外部世界引發共鳴。這些優秀的作品是創作者的青春提案，更是跨越世代的時空膠囊。

文學培育需要多方的滋養。台積電文教基金會由衷感謝聯合報副刊及文學先進多年的支持與陪伴，除了舉辦徵文競賽，更於高中校園安排文學講座，邀請知名作家與學子交流創作觀點。在影像串流盛行的今日，聯合副刊仍如一盞明燈，引航喜愛文學的大眾及青年世代。

創作的路上無比開闊，亦十分孤單，有其喜悅，有時也帶來憂傷。所有生命的傷痕必是另一次勇敢追尋的滋養。願青年朋友勇敢邁步，為自己剪輯出最精采的人生大片。

目次

短篇小說獎

散文獎

新詩獎

二〇二二高中生最愛十大好書

附錄

作家巡迴校園講座

徵文辦法

文學專刊

我的青春提案——我的迷戀小史

特別收錄

文學大小事部落格徵文

第十九屆台積電青年學生文學獎

短篇小說獎金榜

首獎

余依潔〈去當貓吧〉

獎學金三十萬元，晶圓陶盤獎座一座

二獎

陳禹翔〈若蓮〉

獎學金十五萬元，獎牌一座

三獎

陳映筑〈未成功的物品展覽會〉

獎學金六萬元，獎牌一座

優勝獎

林鈺喬〈無聲〉

獎學金一萬元，獎牌一座

優勝獎
顧瑛棋〈水塔〉
獎學金一萬元，獎牌一座

優勝獎
林心慧〈爐火〉
獎學金一萬元，獎牌一座

優勝獎
游耘如〈時間的流光〉
獎學金一萬元，獎牌一座

優勝獎
林欣妤〈白花阿嬤〉
獎學金一萬元，獎牌一座

第十九屆台積電青年學生文學獎

散文獎金榜

首獎

羅心怡〈我們這一代〉

獎學金十五萬元，晶圓陶盤獎座一座

二獎

劉子新〈二二春〉

獎學金十萬元，獎牌一座

三獎

李鈺甯〈應許之地〉

獎學金五萬元，獎牌一座

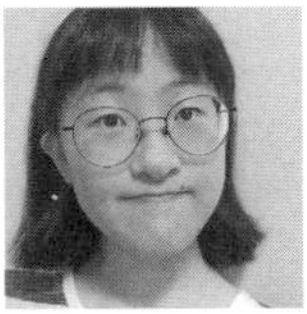

優勝獎

王以安〈籠〉

獎學金八千元，獎牌一座

優勝獎
黃楊琪〈指彩〉
獎學金八千元，獎牌一座

優勝獎
林子微〈青氈〉
獎學金八千元，獎牌一座

優勝獎
張逢恩〈無人知曉〉
獎學金八千元，獎牌一座

優勝獎
郭松明〈相忘於江湖〉
獎學金八千元，獎牌一座

第十九屆台積電青年學生文學獎

新詩獎金榜

首獎

古君亮〈蛇〉

獎學金十萬元，晶圓陶盤獎座一座

二獎

袁清塋〈潛藏〉

獎學金三萬五千元，獎牌一座

二獎

林鈺喬〈起霧的鏡〉

獎學金三萬五千元，獎牌一座

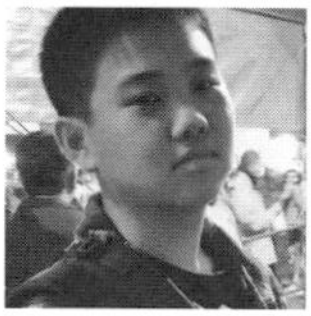

優勝獎

張晉誠〈鎖〉

獎學金六千元，獎牌一座

優勝獎
洪誼哲〈水星日記〉
獎學金六千元，獎牌一座

優勝獎
程俊嘉〈睡前活動〉
獎學金六千元，獎牌一座

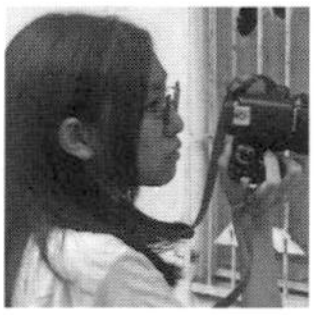

優勝獎
陳文昀〈誰盲〉
獎學金六千元，獎牌一座

優勝獎
林可婕〈春日身體說〉
獎學金六千元，獎牌一座

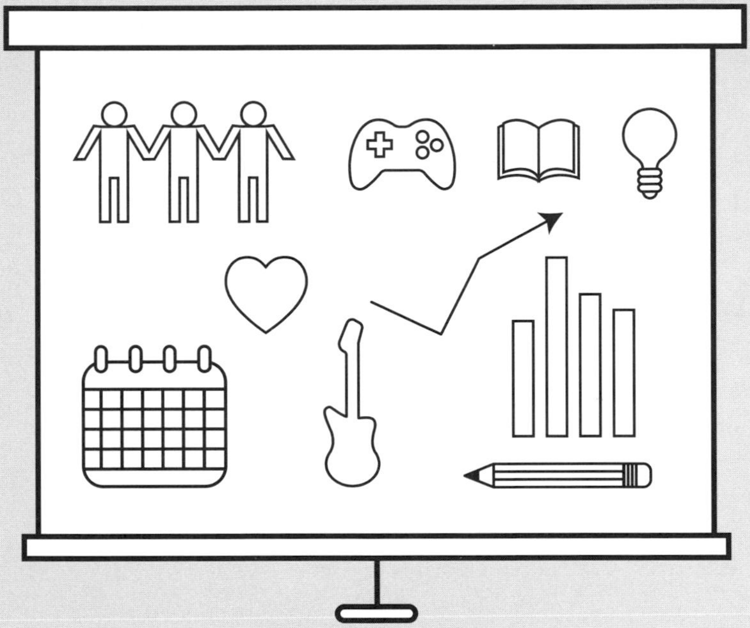

短篇小說獎

去當貓吧

短篇小說獎　首獎

余依潔

個人簡歷

2003 年生，筆名余多，2022 年 6 月畢業於安樂高中，還沒有過什麼人生歷練，更沒有什麼值得一看的大作，嬌生慣養，手氣很背。

得獎感言

7/4 .18:54
嗄？
7/5 .11:05
我們終究得承載某種名，回應某些呼喊，除非你是一隻貓。
7/5 .12:45
給咪咪：
用如此生澀的文字消費妳，我很抱歉。
7/5 .12:48
「看，那邊的黑狗爛尾。」

貓的背毛和尾巴很刺，扳直的四肢飽滿筆直，耳朵像機翼嗡嗡作響，細窄眼眶中誰肥胖的軀體也沒了厚度；貓看起來都討厭我，欠腳也是。

那是外婆取的名，她住在三貂半山腰裡，夜半常摸黑上山路遊蕩，也沒人詢問原因，只當是年老後的副作用；老婦人垂下的胸脯劃過濕冷寒氣，微微反著光的白色衛生衣鬆垮垮蓋在失去彈性的肌膚上，後頭看去凸起變形的肩胛骨，像個迷路的幼童蜷縮慢行，野狗呻吟，四周響起山羌喘息般的叫聲，冗長陰鬱的公路合著野林細細將她吞噬，哼赤哼赤……

「她就這樣騰空出現在車燈前……」卡車司機抖著雙手在我面前上下筆劃，雙唇故作堅定，生怕流露一絲心虛。舅舅最先趕到，他從同事得知外婆的消息後急忙跑來看了一眼，擺出長兄架子碎念幾個妹妹沒看緊老人，便又一陣慌亂地離開。

遲來的母親辦完住院手續後在櫃檯前的塑膠椅上坐了下來，乾冷的酒精味蓋過女人招展的香水，我曾質疑過母親和那刺鼻氣味的相容性，她說那像乳溝再平的身版也想擠出一點來，一聞上這味男人就知道該掏出紅包，我不懂並非不是男人，只是班上不會有哪個人這麼做，也不需要；院內各式患者，長的幼的，吊著點滴坐著輪椅的，無一例外臉上都毫無情緒，母親邊環視著大廳邊感嘆鄉裡阿博師老早算到外婆命裡帶福，偏偏上輩子業障未消全，容易受氣場影響，為此當初還花了一筆消災費。

「也算沒花冤枉錢了。」母親長舒了一口氣。

「收白包比較賺吧。」

「呸呸呸，怎麼會賺，也不看看她陰陽怪氣的脾性，兄弟姊妹走得差不多，剩下的年輕人又能有什麼錢。」

就這樣卡車前大難不死的七十歲老婦人成了鄉裡著名的妖女，有人因此刻意避諱也有人試圖親近，認為佛祖顯靈想撈點陰陽庇護，看著來來往往的街訪鄰居，不知外婆的因果業報是否才正當開始。

過幾周後鄉公所特別編了一支清潔隊，專門提供獨居老人工作和社交機會，外婆也是其中一員，天還未亮就得出門掃馬路，多數人嚮往的興趣即職業，竟在這年過半百的老人身上成功印證，黃色背心鮮亮地映著滿地落葉，隨著人群低語湧動，老婦人從妖女成了樹葉精，彷彿大家都相信那些收在麻袋裡枯黃的屍體全都被精怪私藏囊中回去煲湯喝了修行，外婆倒是對旁人見怪不怪，每日披著發亮小衣，叨唸衣比廟裡求來的護身符還管用，一路上沒人理的野貓多，外婆更樂意和他們打交道。「看，彼個是胖仔，閣有哭夭……咪、咪，一日到晚哭夭，沒有一天飽。」觀察山上野貓，偶爾扔些隔夜的餐食給他們成了外婆日常消遣，獨眼龍、胖仔、餓死鬼……當然沒了左腿的欠角也是，好像只要瞥一眼，就能訂出這些貓如何生，如何死。

「妹妹啊，拄放學喔？」

「黑啊，欲趕緊轉去寫功課啦。」

傍晚巷口擠滿人，多半是隻身前來，然後依著誰的是非聚成小圈高聲細語，住隔壁透天厝的陳姨正好脫離八卦小圈朝我走來，兩顆眼珠直勾勾盯著我的眉眼「是喔……你愛較認真，你媽媽一个人帶你實在辛苦。」

「我知影，多謝你時常關心阮。」

陳姨見我點了點頭，嘴角饜足地抿了幾下，轉身重新跳入小圈

「你佮伊熟似喔？」

「無啦，著是彼个單親拉，單親囡仔！」

「彼個歌廳小姐的查某囡！」

婦人一邊用食指狠狠抵住自己的唇示意對方，不時掃視周圍，憋不住的優越漏滿地，指頭拉皺了制服，我往裡深吸一口氣，昨天剛洗完的花果味襯衫混著賀爾蒙發酵的味道散發出微妙的酸臭，開了口的素色布鞋緩緩向前挪動，空氣有些燙，頸上汗珠艱難地下滑，那群婦人打得熱絡，臉上乾巴的摺子又重新豐盈了一些。

「你以後考個公務員，準時上下班，還能回家吃飯。」

「蛤？雨太大了啦。」

「我說……公務員啦！」

東北雨一盆緊接一盆倒下，沖刷人聲，匯集車流，雨珠順著擋風鏡染身母親的衣領，正想張口，口罩濕漉的內裡憋得胸腔喘不過氣。

「你那醫生舅舅，兒子今年也要去醫院實習，醫生世家阿，他老婆就只剩享福了。」

「還有兩個阿姨，一個頭腦不怎麼樣，學了美容美髮，在那時美髮學徒根本是想餓死自己，幸好嫁了蔬果批發，算不上富貴，起碼也是聽別人老闆娘來老闆娘去；小的說要自己創業，上次見她一頓飯電話接不完，小名牌包掛在椅背多顯眼。」

母親將雨衣掛在牆上，塑料上的皺摺累積好幾漥雨水。

「那種都是機運，你去考個公家機關，實在就好。」

我伸出食指輕碰附著在牆面的小水珠一碰便是一場大遷徙，一遍遍刷新磚牆，無聲向下滑動。

「等明天潮氣過了，自然會乾。」母親說道。

再次看到欠腳是在季風特別旺盛的那年寒冬，外婆出殯隊伍上；前一天公祭，鄉里幾乎無人缺席，彷彿颱風時的里民會堂，擠滿有家卻不可歸的人們，他們都憋紅了或生或熟的面孔，小心揣看家屬神情，不時問上幾句瑣事，打定主意要親自確認老妖婦確實駕鶴西歸，黃色布幕下外婆容貌鮮明，卻比任何時候都還要蒼老，上妝後的大體都強過那張過分老態的彩色照片，外婆一死所有的名都在那哭天搶地的捻香儀式上消散，我曾堅信不移鄉裡人都會在每個獨居老人的葬禮前一晚開會，將亡者的訊息從腦海中抹滅，祂曾有什麼名，子子孫孫關聯，通通用某種巫術消除，山上地區有幾樣超自然現象也實屬正常吧，其中主辦人大概是阿博師，他就是這樣保住自己名聲的。算命師的清白還未解開，外婆所有的好與壞都隨著這些程序迅速逝去。欠腳在旁一路跟著出殯隊伍走完全程，我想她大概沒參加那場聚會，在她的右耳上隱隱約約能看到一塊缺口滲著血，欠腳缺失地方越來越多，半走半跳的姿態從未停下。

夜裡醫生舅舅、主婦阿姨和她那蔬果商丈夫、賣網拍的小阿姨……全都聚在古厝，神桌下疲憊感和燭光交疊晃蕩，交談聲近乎其微，不過是個山間小鄉，誰家夜半打呼特別大聲，家禽多了幾隻，牲口賣了多少又足夠撐幾個日子……諸如此類芝麻蒜皮傳遍鄉里，赤裸裸攤在眾多炙熱耳目下只是時間長短，即便如此母親他們幾個孩子仍然刻意不做聲響，我才知道外婆的名連著爐子燒盡了，落下的塵覆在留下的人身上，先是舅舅，母親，阿姨……過了我後知曉外婆那輩的鄉里人也死了大半了吧，隔日所有人匆匆下山，深怕那幾克重的塵灰引來更多口舌；臨走前我看到了那隻三腳貓，瞇起眼捲縮在石子路上，雪白毛皮有層晨霧，耳上的三角口子還不斷沁出一點血。

「帶牠走吧。」不知道貓的記憶有多好，這座山沒剩什麼人能證明外婆不拿枯葉熬湯了，母親沒說什麼，靠著電線桿抽上第二根菸，我將牠套進大塑料袋裡，放在後座為牠繫上安全帶，欠腳只是喵喵叫著，轉過幾個彎後只剩嚶嚶聲，山路的顛簸似乎也把牠轉暈了。

欠腳搬下山後，總是在四十坪大的公寓到處找尋什麼寶藏似，靠著牆能搜上一整天，牠從不理會我的叫喚，自顧自地吃喝撒睡，尋覓這麼久，也總算給牠嗅出沒人拿自己有辦法的氣魄，野性跟著牠的眼一起下山，幾隻麻雀終究遇害於白貓嘴下，一陣尖叫慌亂後母親擺起正色，在陽臺出入口架上鐵網，奈何困不住這老貓寥寥無幾的慾望，從鐵網高處跳下時，欠腳僅剩的前肢會連帶胸部重摔在地，耳上傷口順勢漸出血珠，母親看了還是決定作罷。

「缺鐵補鐵，讓牠吃些野味也沒什麼不好。」她邊收起鐵網一邊說服面子，那些光有五臟看起來不長什麼腦的麻雀對輸給一隻三腳貓似乎憤恨不平，每隔幾周討債般吱吱喳喳地不請自來，陽臺上伸著懶腰的白貓轉著裂縫般的眼眶，有時滑過我的顱頂，消耗大部分時間。

「乖一點，我很輕……」「這樣才會快點好……不要再亂動了。」

夜鷺啼叫，高架橋上零星呼嘯行駛的車輛將氣流掃進了廳室，白貓蹬著三隻腳發狂扭動肥嫩的軀體，像顆陀螺不停反覆前後自轉，我捏緊吸飽優碘的紗布直盯那團毛絨風暴，抓緊間隙往牠耳上大開的口下手，一人一貓如此相互對峙已有好一段日子。

「叮拎拎——」

盛滿生理鹽水的瓷碗碰倒，磁磚地一股清冷攀上腿腹，鮮紅的酥麻順著汗毛游下，黏上掌心，動物血混進苦澀碘液摻入這灘泥沼，我伸出拇指劃出幾片深啡色花瓣，一瓣兩瓣……嗡嗡耳鳴朝向白貓的眼，真空的窒息，欠腳滿臉不在乎，左耳口子上噗簌噗簌又結出了幾顆紅果，紅得安靜腥得鮮明，一股子屍臭味衝上，我能嗅到前前後後死去的麻雀怨靈在牠耳上不停自我繁殖，那刻我為將牠們葬入有蓋垃圾桶感到自責，只當是沒了幫忙的入殮，總歸都是要燒成灰的。

手掌那道開口一呼起氣來密痲痲的刺痛感一把將我拉回小室，雜亂掌紋中觸目的血盆大口撞進腦內，淚水洩洪似地爆發，我對著那團毛絨大罵。

「欠腳！老番顛！討厭鬼！缺角！惡魔！撒旦！沒人要的三腳貓！」

牠停下動作回罵一連串嗷嗷喵喵，走在自己的頻率，絲毫對不上我的回應

「嗷嗷嗷嗷——喵——喵嗷——」

清早欠腳頂著朵大王花，花身重得牠抬不起頭，走起路來遲緩，一路停停蹭蹭，一點點拈下深紅的肥厚花瓣，腐敗味鑽進每個犄角，我張開所有孔隙等待它將其補滿，仍未散去的潮氣在腳

下積累，柏油似盤上腳踝稠軟而黑亮，死死定住雙腿，白貓俯地長號，排泄了滿地，尿糞拖出蜿蜒的迴旋畫作，圈起牠滿腹血水，喚回失走的名。

外婆在古厝塗上的點仔膠沒有這股腥臭，我又向下摸了一把。

「嘔，好腥。」

是經血，臀部浸在變了色的點仔膠中，床單因吸了過多經血變得浮腫。

「醒了？」我扶著牆走出房門，母親坐在皮質沙發滿臉倦容撥著電話，嬌豔的服飾還未褪下，我走進廚房開了盒新鮮的罐頭兌上一些溫水和魚油，細長的筷子順時針攪動，走過母親身邊她皺起眉指了指我通紅的睡褲，右手繼續和著食糧，經血味還緊黏褲底，欠腳睡在儲藏室角落，體液泡濕牠大半毛髮，窗外天光大亮，清黃正陽下白貓耳上靡爛的腐肉枯萎捲縮，瘦骨嶙峋，竹筷在鋁箔盒裡斷了半截，木屑插入指肉，那半截直挺挺地插在了鮭魚肉絲上。

「骨灰……骨灰不用留。」

「集體五千阿？牌位……」

「樹葬嗎，額外費用……」

母親撥著紙鈔，仔細搓揉後交付了五張藍紙給門外帶著一頂藍色鴨舌帽，身穿印有狗掌印休閒衫的男人，欠腳僵直四肢被抱進紙箱內，瞪大的雙眼彷彿只是剛受驚嚇還未緩和過來，我們雙手合十聽著誦經聲，鮮黃的往生被嚴實蓋在欠腳身上，理所當然的，素未謀面的男人帶著裝了箱的白貓和五千大鈔，鄭重行了禮後匆匆離去，我才想起身下乾硬的血漬還留存在那。

牠的牌位安排在藥師佛像旁，大悲咒從不間斷地朗誦，到處都是鮮黃色，欠腳兩字也寫在黃色卡紙上，那隻白貓陌生的名，看過樹葬地點，墓園最深處一塊看似荒廢的草坪，一棵委靡小樹插在那層層疊覆的厚重骨灰中，牠輕薄的骨也混在這片灰濁。

「公共行政系好像不錯。」

從靈園回程路上，母親駛著休旅車試探性問了幾句。

「不太適合我。」

「我們不是說好了。」樹影沿著車窗交錯擺盪，車身搖晃彎過幾個大彎，晚風掠過樹梢，天暗得越來越晚。

「那你要做什麼。」

「我想要……我……我要當隻貓吧。」一個下坡，慣性帶著我前傾，拉近了唇畔和駕駛後腦勺距離，小小氣音也能毫不費力傳達清楚。

「是喔……我打算過幾年辭掉工作，回去古厝。」

「他們全都知道你是誰。」夕陽拉長了我們的影子，眼看要溢出這狹小空間時又將兩個個體的虛影揉捻，一圈暈黃繞著母親，瞇起眼看像有一層薄灰色的粉塵蘢罩著她。

「看，斷尾。」母親搖下車窗指著遠處一隻少了半條尾巴的大黑狗。

名家推薦——

這篇舉重若輕，表情型態都很靈活。不匆不忙好像只是從容記錄小山村，幾筆就讓小山村存在了。若即若離，很懂得對情的觀測。——駱以軍

這是一篇用散文調性寫成的小說。有很不錯的敘事細膩度，想要當貓耍廢，不想要在血腥世界拚搏，很淡然，不會太用力，但角色立體不刻板。——鍾文音

若蓮

短篇小說獎　二獎　陳禹翔

個人簡歷

2003 年生，臺南一中三年級，曾任臺南一中青年社長，即將就讀臺大人類學系。

得獎感言

謝謝華老師，謝謝下午的時光，也謝謝評審老師們提醒我該來繼續寫作囉。想藉這個機會順道換氣一下，這片海洋太深邃，使我聯想到自己是隻鯨魚，希望所有不安與害怕全都拋諸腦後，浮起來剛好是在一個寧靜燦爛的地方。

在機車上抱住若蓮的時候，我總喜歡唱歌。

我總是先把所有我愛聽、我記得的歌唱過一回，然後再唱幾首她喜歡的，這時候若蓮常說有夠難聽的不要再唱啦，然後，然後我就會從後座聽到，她細細哼歌的聲音隨著那些趕著長長路途的風吹來我身旁。而每次當我唱我的歌時，路邊的砂礫都會被揚起並飛進我的眼睛，讓我睜不開眼，不得不停止歌唱，可是輪到若蓮喜歡的歌時，卻從沒有這樣的事發生，我紅著眼睛，裡面積滿為流掉砂礫而泛出的淚，邊拭淚邊唱，這情景就彷彿她所熱愛的一切都帶有濕潤的成分那般，讓我每靠近都必以流水似的什麼獻上。

那陣子若蓮帶我練摩托車。我們經過國道一號底下的不知名甬道，抵達永康的那座機車路考練習場。清晨六點的時候空無一人，若蓮停車，熄火，然後把鑰匙交在我潮濕的手裡，我瞇眼看她的身影在朦朧的清晨暈開，身後偶爾經過的來車都像是徹夜不歸的人。

我跨上機車，插進鑰匙，慢慢壓轉油門，聽見機器發動的聲音，兩腳一蹬立即出發。我搖晃晃沿著白線騎了一圈又一圈，尚不太能穩定控制油門，車子一下失去氣力，一下輪子又實力飽滿地往前滾動，我被慣性的力前後擺甩，很像在航海。但說真的，現在與航海兩者之間其實差不多，都要左彎右拐，都要手臂用力防止身體或機車失去平衡而跌倒，再把腳伸出去觸地支撐。煞車的時候我全身都豎起了窒息之感，遠遠看來姿勢很醜，因為動作太唐突太大力的緣故。

就這個模樣在清晨時走時停騎了三十多分鐘，太陽還沒完全曝曬世界，但我已經覺得眼前所見是乾涸的。或許是恍神作祟吧，使我一股腦撞上前方的塑膠柵欄。

「怎麼說呢李察，我好像誤會你的意思了。」當我懷著疲憊把車牽到停車格時，若蓮就站在我的前方一臉不敢置信地看著我：「我以為你早就會騎，只是想再複習一下場地跟手感而已。你剛剛的表現是真的嗎？」

「我不記得有跟你說過我會騎。」

「你那時的口氣聽起來根本就是差點考到駕照，但是出了一點意外沒過，蓄勢待發準備再考的人。」

「好啦，那你剛才看到了。我完全不知道怎麼騎，這樣可以了嗎。」

「既然來了我就要教你，但是李察，你要知道這個樣子會讓我心情很悶。」若蓮說。

若蓮接過鑰匙，坐上機車，騎到那條狹窄的直線道上，然後用很慢很慢的速度，騎在線道的正中間，過程中手臂完全沒有搖晃，沒有踩線。然後她停了一下，又轉進彎道，接著兩段式左轉、打方向燈、變換車道，擺頭左轉而後接續直線轉彎，穩妥停在岔路前，流暢左彎並煞車在平交道警示線後方。

我盯著若蓮，若蓮盯著我。她順暢地做完環場道路測試的所有關卡，我埋在安全帽下方的臉聽見摩托車滴滴答答的方向燈的音效，忽然覺察自己心中總常懷有的靜默的孤獨。

「第一關叫作直線七秒。」若蓮說。「通過直線的時間要至少高於七秒，重點在慢，但慢就容易失去平衡，所以剛開始可以先催油門，然後放它滑行，快不穩時再催一點點。」

「這是最難的。」我說。

「多練幾次吧。」

我騎車重回出發點，前輪對準那條直線道，每當有畫線的時候，我就知道自己永遠有辦法超到線外去。我明白若蓮在看，於是我發動摩托車，到了中途都還算順遂，但當車漸漸沒力，我再繼續轉下油門時就壓到線了，那時我彷彿聽見若蓮為我一次次的落空而嘆息。

為什麼為什麼，那是和以前同樣的嘆息。我想起以前小學升旗，我們成群結隊的學生像小兵一樣，穿著制服如木樁被鑽在光禿斑駁的草皮，主任在臺上整隊，一手招呼後臺的同學上來領獎。同學一個一個上臺時，擔任司儀助手的若蓮都會在右邊拿麥克風念他們的名字，李佑哲，魏秉叡，李婕妤，鄭子喬，林禹崴，好像在念一串密碼一樣，我剛開始以為在最後，若蓮會像平常說話的習慣，於句尾加上一個靦腆的「就這樣」。但她沒有，她只是不斷唱讀手中的名單，使我忽然感覺全世界就如此平淡地缺少了某些事物，而且是我這樣一個還沒長大的人不會理解的。

若蓮關掉麥克風以後，總是以極刻意而不自然的姿勢，轉頭凝望那些領獎的人，有次我問她為什麼要這樣，「看看你在不在上面。」她說。

「可是你不是才念過那些名字嗎？」

「哪可能念過就記得了？」

當時是我首次想到，原來有人說出的話並不完全是自己所清楚明瞭的。我又問她要怎麼樣才能站上臺，她告訴我變厲害之後，參加比賽得獎就能上去。「多練幾次就好。」她說。

我猶記得若蓮說這句話時的神情，我向著她，那時我的身高還不及她的肩膀，她臉上飄著夏天的氣味，就是在盛夏時從屋簷的陰影伸出手掌，用手指玩耍熱騰騰的光芒，然後留下的氣味。多年以後，我在電影選修課看了楊德昌的《一一》當見到洋洋被一群女生包圍欺負，然後默不作聲的鏡頭，我腦海中卻只浮現與若蓮四目交接的畫面，那景象鮮明無比，使我能夠切身感受那個年紀所承有的嘆惋與噓息，原恰巧在一直線上，隨後搖搖晃晃並意料之內地跌出線外。

「記得待轉記得待轉。」若蓮大喊。「不要直接進下一關啊。」

我煞停在斑馬線上，然後傾斜，繞了一小圈，回到機車待轉的格子裡。待轉區是機車路考練習場最內側的位置，我從那裡流觀整個場地，所有整齊劃一的、工整的線段與文字都縮成扁平變形的模樣。若蓮緩緩走到中間，一邊告訴我等一下記得打方向燈，要記得擺頭，切換車道之後會遇到連續的直角轉彎，一開始繞大圈一些，不要走內側否則會壓到線。

「欸若蓮，你說得很簡單，但我聽起來就像你國小的時候當司儀念名字那樣。」我說：「你還記得吧？」若蓮搖搖頭，霎時我竟然有點感傷。「那你第一次騎車第一次路考呢，你還記得嗎？」

「你先往前騎好不好。」

我催了油門，這次機車跑得比剛才都還順，我完成一個不踩線的轉彎，然後不經思索停車再開，也順利煞在平交道的號誌前方。我知道，臺南此時正將鐵路移到地下，所以在我的生活範圍內，已不會再遇到平交道了，這使我意識到路考練習或許跟我方才垂釣起的回憶相似，就像一則公式、一個被設計好的課堂、一個有缺角破損的迷宮，或是一串不知所云的姓名。總之，那所有或許跟我有關事物瞬間湧上我的腦海，導致我沒聽見若蓮在背後叫我的聲音。

「李察你自己看看你，已經壓在鐵軌上了，如果這是真的在考試，你會嘔死。如果火車真的開來，你就會被撞飛。」

「你放心啦，鐵路地下化了，沒有火車了。」

「再講一次，你給我再講一次。從剛剛你就不夠專心。我看你是考不過了。」若蓮突然大怒，把我嚇了一跳。她的用詞與口氣之嚴厲，讓我不知所措，我並沒有將練習機車當成一件無所謂的事情，反而極認真地看待，不過一旦認真就容易想太多，就容易做得零零落落的。

「你自己練。」她丟下一句話。

看著若蓮的背影，我真心想要放棄回家了，她不是一個有耐心的老師。若蓮過了斑馬線，走進對街的便利商店，而我繼續重複練車場裡一模一樣的道路，在清晨，就像在課堂裡反覆謄寫一道公式。還參透不了那道公式的小孩抱怨無聊，參透了的也覺得乏味，說不定根本沒有人需要這道公式，我不曉得。

對於若蓮來說，我的障礙與困難渺小得難以理解。她知道我明白，她自己和我相隔好多個時區，永遠能走得比我更快一些，對於那樣的人，等待簡直是種浪擲。

後來是等到讀同一所高中，我才又與若蓮碰在一起。若蓮此時正與學測奮戰，在我經過他們充滿原子筆墨水味和紙張潮濕味道的教室時，正好就看見坐在窗邊的她。我感覺得出來，她這幾年早就緩緩變成我再也無法懂得的樣貌。

她下課後走出教室，在我面前微微抬起頭，沒有一句好久不見之類的話，只從口袋裡掏出兩張皺皺的演唱會門票問我要不要去，她的眼睛就和宇宙一樣，偶而會有流星劃過，但更多時候是神祕的漆黑。當時我想了一想就同意她的邀請，放學後隨便打通電話回家，說我不吃晚餐了，然後直奔向若蓮的教室。

那天晚上是我第一次搭她的摩托車，我們奔馳在入夜的街道，她穿著學校白衣黑裙的制服，隨著涼涼的風鼓脹又消縮，當下我心裡突然閃起恐懼又害怕的念頭，不知道在演唱會那裡會遇到誰，其他人會不會覺得我們是蹺課的不良分子，我的父母會不會突然報警，我明天的考試會不會大爆炸等等。不知不覺，我捏緊自己的大腿，路邊的小石子彈進我的眼睛，讓我很不舒服。

「夜晚是不是很漂亮？」若蓮從前座微微偏頭放聲說。

「車太多了，我覺得很恐怖。」我說。

「大家都趕著要去演唱會，你等一下就知道了。」

「學姐我問你。」

「你說。」

「為，什，麼，你，要，邀請我？」

若蓮沒有回答，我的心因而揪在一起。那時候我尚未有任何戀愛的經驗，於是我無法克制地將一切原因怪在當時全然不懂的愛情之上，我揣摩著，如今覺得好羞恥，揣摩著該如何執行接吻這種艱鉅的任務，並難以想像自己終有一天也將面臨愛情夾帶的種種身心試煉。

演唱會的噪音大到所有人的吶喊聽起來都像消音一般，上千萬支揮舞的螢光棒，如海嘯般一摺一摺掀起，海水淹沒之處，即升起更熱烈而瘋狂的尖叫與迷狂。若蓮也在人群之中跟著唱跳，我遠望她一身潔白的制服染上螢光的迷彩，在聲光之間，連胸口僵鏽的學號與姓名也剝落下來，若蓮脫身變換回原來的自己，黑色百褶裙裡藏納的公式與註解，被她旋轉不停的動作抖落，而成為白晝遺留的某些微不足道的化石。

我滿腦子想的都是自己沒能再更了解她一些，當然也無能和她一起跳入演唱會的海洋中游泳，我始終在觀望，因為對於自己，白晝的生活使我感到安全，但是現在，那種安全的知覺葬入水中消失了，就像一切稀微的泡沫，於雙腳的攢壓下四濺，由我的身體流去如宇宙般的深水區一樣。

演唱會結束以後，若蓮還是很亢奮，她載著我於近乎午夜的城市裡竄行。我告訴她不要騎那麼快，很可怕，警察會臨檢抓人的。

「李察你會怕啊。」她笑。

「我會，不只怕，我討厭亂騎車的人。我討厭。」我在她耳邊大叫。

「那你可以抱住我。」若蓮放聲說。

也許那句話是整晚最接近我原先揣想的臺詞了，我遲疑了一下，然後伸出雙手環抱在她柔軟的腰際，並且閉上眼睛。不知道是什麼樣的原因，那時的世界忽然沉寂下來，汽車與汽車之間嗅不到任何趕路逼車的意味，一路上我都聽得見若蓮的呼吸，而她也聽得見我的。

我相信自己從來沒有喜歡過她，但當晚我確實伸手擁抱了她。若蓮騎車接近我家時，我像是想到某件重要的事情那般，心血來潮唱起剛剛演唱會的最後一首歌。原以為若蓮會跟我一起唱，沒想到我只聽見自己的聲音。唱到最後我忘詞了，索性哼哼哈哈地帶過，我彷彿看見車燈模糊成霧化的光點，移動閃逝著把歌繼續唱完。

後來我聽說她蹺課，在學測前兩個月，騎那臺她載我聽演唱會的摩托車走南迴去了臺東。當學校裡的同學、老師、家長，以及黑特版都熱烈討論的時候，似乎只有我仍與她保持私下的通訊。

我記得若蓮寄來一張她自己與臺東海岸的合照，分享她經過南迴公路，看到太平洋乍現時觸電般的感動，還有她認識另一個騎車環島的男生時，徹夜聊天，聊各自的生活、學校、文學、電影的種種刺激。

「我好像知道自己未來要什麼了。」我盯著手機螢幕，看到若蓮打下這一行字，但不一會兒又自己把它刪去。

「你跟我講這些幹嘛呢？」我問她，然而話一出口旋即後悔了。對於我而言，那是屬於我之外的事，明明可以一概不聽的，同時卻又感覺不聽的話會辜負了自己。若蓮具備的是我永遠無法企及，可以走得更遠，跨越我和她的時區阻隔，屬於未來的某種謎樣能力，她流暢穿梭在曲折迂迴的道途，頻頻回頭看著我依然只緊踩在那條白色線上。

「我也不知道。」她說：「我甚至不知道你會不會想聽。」

我又在機車路考練習場裡來來回回騎了好久，直到手掌泛紅，握拳時感到難以忍受的酸痛才停止。若蓮走出便利商店，從對街走了回來，我下車，立好中柱，換她上車，然後我才跨坐到她後面，並且很自然地抱住她。

她載我沿著來路回去，風颼颼地把世界遠方的氣味都傳遞過來。「你下次會不會認真練習？」她問我。

「你還會願意跟我來一次嗎？」

「廢話，我如果不把你教會，今天幹嘛跟你耗在這邊。」

「欸若蓮，你真的不記得你第一次路考的事嗎，我看你騎得那麼好，不可能忘掉吧。」

「高中的時候我載你去聽演唱會，你信不信，那時候我根本沒有駕照。後來我其實也一直沒有去考，連去臺東的時候也沒有。」若蓮說。

「天吶。」

「可是一路上我騎了無數次直線七秒，無限次兩段式左轉，無數個平交道，哪像你練習那麼久還騎成這樣。」

「那是因為沒有人一直盯著你看。」

「騙人，隨時都會有。」

這時遠處的紅綠燈由綠轉黃，若蓮騎車緩緩減速，在變成紅燈的時候剛好完全靜止，許多行人從我們前方步行過去，其中有一個小男孩鬆開她母親的手往前奔跑，我們就這樣看著他的身影消失在人行道盡頭。

名家推薦——

常見的參賽作品都有很清楚的企圖或命題，顯得鑿痕。這一篇淡淡的，很素樸，篇名「若蓮」顯得老派，但其實是非常當代的，青春的。我喜歡裡面的情感，看起來什麼都沒有發生，可是什麼都在裡面。

——鍾文音

這篇從「表現不好」的學生視角去看「好學生」，最後發現兩人間的差異其實是假的。作者沒有用上太多的化妝術，但氛圍和角色氣質優雅可貴。——胡淑雯

未成功的物品展覽會

短篇小說獎　三獎　陳映筑

個人簡歷

2005 年生，曉明女中高一即將升高二。曾獲兩次曉明文學獎。擅長在寫作文時編故事，熱愛以小說創作反映時事。

得獎感言

〈未成功的物品展覽會〉是我會考的作文題目。動筆寫小說前特地翻閱歷屆的六級分範文，發現歷史總是驚人的相似，本作因此誕生。雖然這是略具爭議性的題材，但我希望衝擊的光波會像煙火一般燦亮。感謝一路支持我的家人與老師，也感謝評審老師的肯定。這對首次參加大型文學獎的我真的是個大驚喜。最後一定要感謝看到這裡的讀者。

好喘，我大口吸氣，拂曉的寒冷空氣刺入心臟。一大群人在滿地碎石山坡上奔跑，狹窄的道路土石鬆動，緊鄰萬劫不復的深淵。身旁的人全穿著深色衣服，不斷推擠碰撞。我用力換氣，在人群中快要溺斃。

隨者前面的人停下腳步，我趕忙扯了扯灰色外套，試圖遮住和周圍格格不入的黃色洋裝。這時天還未亮，只有銀絲鑲在東方地平線上。

我踮起腳尖看到人群已經走到路的盡頭，前方是個山洞，直直望入洞內，彷彿若有光。刺耳的鈴聲撕裂寧靜，人群霎那飛蛾撲火似的衝入洞中。僅是微弱的光線就有巨大的吸引力。

在一陣混亂中，我成功進入洞中，管不了灰頭土臉的狼狽樣，我雀躍地抬頭，眼前豁然開朗，雪白土地平曠，一條條綠線縱橫，祥和寧靜，放眼看不到邊際的壯闊景象。似乎這裡是一片能任意發揮所長，人人都真誠道出自己生命故事，不受限制的淨土。

跟著興奮的人們向前走去，在許多綠線框成的格子中找到自己的名字以及一串編號，20210515。

人們滿面笑容，自由氣息四處舞動，準備大展身手。

突然一聲鈴響，打碎空氣中所有的祥和。我腳尖前的格子出現文字：「起。在這樣的傳統習俗裡，我看見……」

接著在下方格子處繼續寫著：「（A）開門見山法（B）引用法（C）舉例法（D）問答法，請選擇。」

人們訓練有素，飛快地用手觸碰了其中一個選項，然後手握黑色毛筆開始在格子上揮灑。筆尖墨點飛散，飽滿黑珠橫劃天際，輕盈降臨在格子中，暈染潔白土地，霎時遍地墨花盛綻。手中筆不停歇，一朵朵花中出現黑線勾勒的影像。

農曆春節，春暖花開、張燈結綵、五福臨門、歡喜圍爐；端午節，五月端陽、艾蒲青翠、粽葉飄香、百舟競渡；中秋節，花好月圓、桂子清香、闔家團圓、吃餅望月。這些景象矗立在每個人的格子上，瓊樓玉宇、雕梁畫棟、美輪美奐。只可惜大家的景色都大同小異。

我沒有猶豫，一會兒就完成作答，和其他人創造出的畫面差不多。等待的時間，我注意到一個身穿黑色連帽斗篷的身影。因為那黑影穿梭在各個格子中揮筆，輕盈得像個舞者，而其他人都只站在屬於自己的格子中。

我小心地移動腳步，輕輕地用腳尖觸碰一下自己的格子外，立刻縮回，什麼事也沒發生，才發現原來可以踏出格外。我心中冒出疑惑，為什麼大家要在不存在的界線中盡情揮灑？

那個黑斗篷身影創造出的景象非常特別。一排儼然有序的房屋出現在他的格子上，每棟都掛著斗大的招牌清一色寫著作文補習班，其中一間最為醒目，招牌用黃色的大字寫著「成功作文補習班」。裡面傳來老師授課的聲音：「起承轉合，文章中不可或缺；成語修辭；得高分關鍵重點；

以上所說，一分鐘全數背下。」

黑斗篷的作答明顯超出格外，但他卻完全不在意。

我不敢相信眼前所見。那間作文補習班我常去，裡面的聲音和授課內容我再熟悉不過，早已成為像身上外套那樣不可或缺的存在。

我連忙朝黑斗篷走去，想問他為什麼知道那間補習班。但在過去的路上，我看見一位老奶奶站在旁邊望向格中家人團聚，無比溫馨的景象。她注意到我的眼神，轉身對我說：「這是我第八次的死亡了，我無法避免的為我孫子犧牲。我從來沒有怨懟，反而很開心能幫上他。只是不了解，為什麼一定要刻劃生離死別才能動人？」她笑了笑，慈祥卻無奈。

「可是您的孫子——」我接著說。

突然一陣鈴響，打斷我們的對話。每個人剛剛作答的格子旁紛紛出現紅色的字體，包括我在內的人的格子上都出現了「成功」兩個紅字，但黑斗篷的格子卻出現了「未成功」三個大字。

所有人見狀，如同看見某種凶殺案現場嚇退了一步，我幾乎放聲尖叫，連看都不敢再看一眼那三個血紅的大字。只有黑斗篷一派淡然地在案發現場踱步。

時間沒給人喘息的空間，腳下的格子清空，又重新寫上：「承。我們這個世代。」

和剛剛一樣，我飛快動筆。手機、便利、光纖網路；科技、快速、資訊爆炸。城市高樓林立，科技日新月異，這個世代的美景在所有人的畫面中盡收眼底。

我看見黑斗篷站在他的創作後面。不想花太多時間經過別人的格子，我決定直接穿越他的創作去找他問個清楚。

一走上他的格子，一堆白面具快速撲面而來，我嚇得往後一跳。原來是裡面所有的人都戴著面具，全神貫注地盯著手機，螢幕上五光十色的畫面把他們毫無表情的面具染上一層詭異螢光。

浪潮般的人群襲來，他們整齊劃一朝同方向前進，一波一波綿延成海洋。我逆流，拉緊灰色外套想抵禦無情洪流，卻還是被撞倒在地。

好痛。我想爬起來，人們卻抬起腳，鞋底像無止境的夢魘輾壓我的一切。曲起四肢，每被踩一下，好像又往下陷入地底一寸。我掙扎著撐起身子，由下而上的角度赫然看見，每個人的脖子上都吊著透明絲線。

如同伊甸園的蛇般柔軟扭動的透明絲線，底下懸著甜美的禁果。人們盯著禁果完全移不開目光，成癮、無法自拔。

絲線的上端在空中織成一張複雜、精美的網，層層交疊，無遠弗屆。

我顫抖的張口，卻好像有絲線扼住喉嚨，越收越緊，困住血液阻止腦中思想傳遞。我緩緩蹲下，縮起身軀，無力質疑。

等到鈴響，所有事物消失，沒消失的只有臉上淚痕。

聽到一旁有人竊竊私語，我一轉頭，就發現「未成功」三個紅字出現在我蹲著的格子上。默默起身，我目送黑斗篷的背影離開。

鈴聲再度響起，這次出現的是：「轉。青銀共居。」

我揮筆創造出低矮的三合院，入口處有斑駁的木門。

「通常都要有一棵老榕樹。」我邊想邊加上一棵。

完工後我看著住在城市的奶奶，在簡樸的三合院中忙進忙出。畫面毫無違和，我相當滿意。再看看別人格子上的景象，他們回到祖父母家競收桂子慶豐年，再開筵面場圃，把酒話桑麻。不然就是到養老院志工服務感受年老與年輕靈魂的碰撞、智慧的交流，精神的傳承。「家有一老，如有一寶。」、「願老者安之，少者懷之。」如此充滿天倫之樂，溫馨美滿的場景栩栩如生。

根據題目要求，需要有與老人互動的經驗。於是我步入格子，開心的和家人團聚，吃著從沒吃過的奶奶拿手菜。

用餐過程中，我還忙著揮筆創造其他畫面，一下是幼年時期的我和奶奶在金黃稻浪起伏的田裡玩耍，一下是我們一起在老屋的爐灶旁做菜聊天。

我深知接下來的步驟是驀然察覺以前的偏見和疏離有多不應該。於是我停下手邊動作，看了看奶奶，想迎向她溫柔的眼眸。

四目相交的那刻，我突然想起一開始在別人的格子上遇見的老奶奶，她們的神情如出一轍，她們的身影逐漸重疊……

「不對！」我用力推開椅子起身，想修改作答。這時鈴聲響起，格子中出現「成功」。

好熱。我拉開灰色外套拉鍊。看到黑斗篷的作答畫面後一切都變了，越來越多想法盤旋在心上，腦袋不斷運轉使我體温上升。

隨著鈴聲響起，大家的空格上又出現了「合。我想開設這樣的一家店。」人群忙碌地揮筆，兢兢業業，一棟棟的建築雨後春筍般冒出。

一直感到很熱讓我無心作答，下意識勾勒出一間小房子，但是沒有多看，只想趕快找黑斗篷問個清楚。

我跑過飄香十里的格子，琳瑯滿目的餐館除了讓人食指大動的食物，多了一份愛與傳承。只是這些店綿延數里，不著邊際。跑過一排公益商店，裡面閃著經世濟民、扶弱濟貧的光芒。只是這些店外門可羅雀，店内主人啜飲進口咖啡，享用精緻甜點，愜意等人上門。

我突然發現人們創造完格子上的畫面後，眼神渴望的貼近店門，注視著裡面光鮮亮麗的店主。我仔細一看瞬間寒毛直豎，因為裡面的店主竟然長得跟創造者一模一樣。

接著，創造者們兩眼直勾勾的盯著店内，伸手胡亂摸索門把。

門一開，他們飢渴地飛撲入内，掠食者般地撲倒和自己長相一樣的店主，臉上是掩不住的渴望。

我遮住眼不敢再看。把手拿開時只見店内地上散落一閃一閃的七彩碎片，而「掠食者」一步步踩滅光芒，坐上店主的位置。

「他們成功了。」我想。

我不願再看，所以慢慢走回剛才作答的地方，終於仔細打量這不假思索創造出的店。那是一棟小房子，牆面上掛著小牌子，簡潔的字跡寫著「心的店」。跟其他店家不同，它沒有古樸典雅的木門，也沒有現代華麗的玻璃窗。整個全白如雪的屋子在周邊五彩繽紛下顯得格格不入。

我推門入內，裡面一片黑暗，只能透過滲出門縫的光看到前面還有一扇門。我開了一道門、兩道門、三道門，第四道門一推開，是一間空曠的房間。牆面地面一塵不染，唯有被褪下的黑斗篷縮成一團，安靜地躺在地上。

整個房間唯一的光源來自屋頂的天窗，一個穿亮黃洋裝的身影蜷曲著身子，坐在灑落的一束燦陽下，彷彿若有光。

聽見聲響，那個人轉過頭來。

「妳也想成功嗎？」她像孩子般偏著頭，用澄澈的雙眼凝視我。

我向她走去，一步、兩步、三步、四步，啪。

披在肩上的灰外套掉在黑斗篷旁。身上只剩亮黃洋裝，現在我也沐浴在陽光下。

「成功與未成功都是我們。」我笑著說。

然後，擁抱自己。

名家推薦——

本篇從作文爲什麼一定要寫生離死別，思考體制內如何要求你去造假，很深刻。——黃錦樹

這篇討論「作文」，而沒有落入「作文」窠臼，題材、思索有企圖心。——胡淑雯

無聲

短篇小說獎　優勝獎　林鈺喬

個人簡歷

西元 2004 年生，現就讀北一女中二年級。喜歡寫作，但只有在截稿前夕才會寫出像樣的東西。喜歡手指在鍵盤上敲擊的快感，雖然最近比較常用手機。希望有一天能寫出很厲害的作品，靠寫作養活自己。

得獎感言

非常開心能夠得獎，謝謝評審們的青睞。也感謝陪我寫出〈無聲〉的親朋好友，沒有你們的回饋，我就無法擁有這個殊榮。

如果林琪棻知道這個作品得獎了，她應該會抓著周常蓉去吃大餐。雖然臨近小成發，但周常蓉還是會無奈地赴約，然後被迫請客（即便獎金在我這裡）。

「所以說，明明是我們兩個都得獎了，為什麼是我要請客？」

音樂教室裡，所有塑膠桌椅都被摺疊起來堆在教室後面，幾十個高一學妹們肩並肩坐在大理石地板上，抱著自己的電吉他，低垂著頭。

空氣悶熱而黏膩，不時有別人的嬉鬧聲從外面的操場上傳來，但教室裡悄聲無息。

「沒有人自願的話就照班級順序吧，我看看……一忠的周常蓉，妳先。」李盈柔清亮的聲音劃破了寂靜，她雙腿交叉，慵懶地坐在教室中唯一一張木椅上。

被點到名的周常蓉抿著唇站起身，拿起電吉他，小心翼翼地越過坐在地板上的其他人，盡可能每一步都踮在空隙上。

眾人的視線順著她的步履，慢慢從地板挪到她的身上。

好不容易走到講臺邊，周常蓉彎身將導線拾起，就在她準備將其插入音箱上的插孔時，她的動作凝滯了一下，腦中出現學姐教的音箱使用步驟——即使她在家總是怎樣方便就怎樣做——與此同時，她感到了些微的彆扭。

「沒關係，妳可以慢慢來。」李盈柔將手肘撐在膝蓋上，托腮看著她。

「謝謝學姐。」周常蓉反射性地如此回答，但她的後頸浮起了一層雞皮疙瘩，身體自動加快準備的速度。

等到所有設備都調整完畢，她站到講臺上，深吸一口氣，撥開音箱的電源鍵。

「嗡——」細細的運轉聲響起，幾十雙眼睛全盯著周常蓉看，眨都不眨，但她們看的似乎不是她，而是待會兒就要站在同一個位置的自己。

「開始吧。」李盈柔開口，在一側待命的學妹立刻抬手播放音樂，輕快的節奏一下，周常蓉渾身的肌肉瞬間繃緊。

隨著拍子的起落，她的呼吸愈來愈急促，汗水滑落脖頸……但一進主歌，她緊掐彈片的手依然憑著肌肉記憶劃下第一顆音。

有第一顆就有第二顆、第三顆……旋律這種東西不就是這樣嗎？

周常蓉慢慢放鬆下來，一板一眼地完成了驗收。

一曲終了，有一個人正要拍手，「啪」地一聲，跟李盈柔的聲音剛好在同一秒出現。

「嗯，妳彈得還不錯，大部分的音妳都有顧到，和弦也是。」她斜眼看了拍手的學妹一眼，沒打算說什麼話，但那人立刻縮起了舉起的雙手，不再抬頭，「只有一個地方妳要注意。」

周常蓉扭頭看向她，在無聲的共鳴之中，李盈柔臉上的每一分神情都是那麼的清晰，凝神思索、抬眸、唇瓣蠕動……

「主歌的單音妳都少彈一顆音，是So——Re——Si、Do，妳都只有彈So——Re——Do。」

她本欲起身示範，但身子才剛動她便打消了主意，轉而向身側的學妹說：「幫我放一下那一段。」

音樂聲再次在教室中響起，那是每個晚上周常蓉抓著手機聽了無數遍的段落，但她從來沒有一次聽到學姐說的那顆 Si——這一次也沒有。

「有聽到嗎？」李盈柔問，周常蓉遲疑了一會兒，沒有回應，但其他人都點了點頭。

李盈柔很有耐心地讓播音樂的人又播了一次，主唱和所有樂器的聲音都疊在一起，要從中抓出電吉他的低頻旋律並不容易，但周常蓉在連日來的練習下能夠很清楚地分辨出電吉他的聲響，可她唯獨聽不見學姐說的那顆音。

是被其他同頻率的樂器聲音蓋住了嗎？還是她聽太多遍聽到耳朵變遲鈍了？周常蓉想。

「有嗎？」學姐又問了一遍，所有坐在地板上的學妹們再次點了點頭，沒什麼表情。

周常蓉此刻的四肢比剛才彈奏時還要僵硬，她想皺眉或者是搖頭，但她感覺到自己的下巴先動了動。

「雖然不是什麼大問題，但妳明天放學再來驗收一次給我聽吧，只要加上那顆音就算通過了。」李盈柔擺了擺手，本打算放周常蓉回去，但她的腦海中突然閃過了一個人，於是她「啊」了一聲。

「對了，如果妳抓不準那顆音到底在哪一拍上的話，妳可以去問林琪棻，我記得妳們同班對吧？」李盈柔的語氣隱隱上揚，「雖然她今天請假，還沒驗收，但我記得她之前上課的時候都表現得很好。」

林琪棻？周常蓉沒有想過會在此時聽到這個名字，那是與她座號相鄰的人，也是她音樂課的同桌——如果座位總是空的也能稱作同桌的話。

周常蓉分神地回到原本的位子上，與下一個走上臺的人擦肩而過。之後每一個上臺的人都彈了那顆音，有人節拍不穩，顯然是臨時才將音符塞進去，也有人表現得滴水不漏。

周常蓉全程盯著地板，音樂響了一遍又一遍，她的眉頭也遲來地皺了起來。

等所有人都驗收完畢，周常蓉回到班上的時候已經五點半了。

原本她以為教室裡會空蕩蕩的，沒想到還有一個人坐在門邊。

「嗯？嗨。」林琪棻從立在桌上的鏡子中瞧見了周常蓉的身影，她隨口打了聲招呼，手上的動作卻沒有停下。

她很仔細地在刷睫毛膏，試圖將每根睫毛都拉得纖長捲翹，每隔幾秒她便會眨眨眼睛，眼睫毛像蝴蝶似的撲騰著。

「妳不是有事所以才請掉驗收嗎？」見到她，周常蓉一陣愕然，不由得問道。

「對啊，我等一下要去約會，所以要提前化全妝。」林琪棻答，接著她扭過頭，向周常蓉笑了笑，「好看嗎？」

突然被這麼一問，周常蓉下意識地掃過對方的臉想給出回應。雖然她看不出這跟平時的林琪棻有什麼差異，但她還是回答：「還不錯。」

林琪棻愉悅地道了謝，放下睫毛膏，而周常蓉遲疑片刻，出聲問道：「那個……我想問妳，主歌的旋律妳是怎麼彈的？」

「妳是說驗收的那首歌嗎？」林琪棻挑起眉，看向周常蓉身後背著的電吉他，「我沒有特別寫譜欸，還是我直接彈給妳聽？」

說完，她果斷地站起身，示意周常蓉將電吉他遞給她，周常蓉很快地就將電吉他從背袋中拿出來，林琪棻則順手抓起從拉鍊間露出來的導線，穿越教室的空座椅，直直走向講臺。

只見她毫不猶豫地拔掉麥克風的線，將導線頭插進牆上連接麥克風的插孔，周常蓉心頭一驚，連忙望向窗外，壓低聲音喊道：「妳在幹嘛？這樣接會被罵啦！」

「安啦，我試過，不會壞掉啦！」

林琪棻伸手打開電源，並在弦上撥了幾顆音，電吉他的聲音隨即充斥整間教室，外面經過的人都瞧了好幾眼。

周常蓉原本還有些慌亂，但當林琪棻的演奏開始，她想阻止的心便漸漸停歇了。

音樂從林琪棻的手機流出，隨著拍子，她小幅度地點頭，即興地搭配前奏彈了一小段旋律，而後露出滿足的笑容。

周常蓉怔怔地望向她，她好像忽然變了一個人一樣，又好像什麼都沒變。旋律很自然地從她的手中流瀉而出，就像是這首歌屬於她。

林琪棻站在講臺上，一身制服配上一把電吉他，馬尾輕盈地隨著節奏甩動，彈片靈巧地在弦之間跳躍。當歌曲進入高潮，她的眼睛瞇成一條縫，全身的每一個細胞都在笑。

事實上，這首歌的電吉他伴奏並不長這樣，林琪棻在本該空白的地方加了許多旋律進去，卻不會令人覺得突兀，反而異常亮眼。

聽完整首歌，周常蓉都忘了她們正把導線接在教室的麥克風插孔上，也忘了她本來想確認的是主歌到底有沒有Si。

一時間，偌大的教室裡只有電吉他的聲響，一串串音符從本該只有上課時才能使用的喇叭中傳出，不斷迴盪。

「同學們，請問這是幾度音？」

隔天的音樂課，周常蓉身邊的空位久違地坐了人，但那人並不是林琪棻，而是某個被古芳齊叫來填塞座位的同學——原因就在於教室後面坐成一排的學校老師們。

今天古芳齊上課上得格外有精神，她口沫橫飛地講解大三和弦和小三和弦的差異，手在黑板上的五線譜來回比劃，空調的風吹過所有強撐著精神的學生，有時他們還必須在適當的時機幫忙舉手回答問題。

「叩叩。」驀地，兩聲清脆短促地在門口響起，緊接著是長長的咿呀——林琪棻推開門，所有人都扭過身看她，包括周常蓉和那些來觀課的老師。

隔了幾秒，那些老師的目光才緩緩從林琪棻移向古芳齊，鎖定在她的臉上，古芳齊和藹的面容幾乎有鬆脱的跡象，但她的嘴仍舊打開了。

「林琪棻，妳怎麼現在才來？」她的語氣卡在溫柔和冷硬之間，周圍安靜得彷彿能聽見從冷氣機上滴下來的水聲。

啪嗒。

林琪棻沒有回應，轉身將一張椅子搬進來，讓從門外走進來的班導師能夠坐下。

又多了一雙眼睛。周常蓉坐在離古芳齊最近的位子上，她能看見老師的嘴角以肉眼可見的頻率顫抖著，幾乎快掛不住了。

「如果是去幫忙的話那很好啊，但老師還是希望妳能回應我，説一下為什麼妳會遲到。」她的語氣離溫柔更近了，但更像是試圖用柔情方式彈奏的命運交響曲。

啪嗒。

「老師也沒有説過為什麼上學期期末考試那天妳沒有來啊。」

聞言，所有人都愣住了，周常蓉也不例外。

「明明老師叫我們要提前一個月準備，結果努力準備到最後誰都沒有考到試，大家都只拿到及格分。」林琪棻面帶微笑，語氣平靜無波，她伸手拉了張空椅子坐到教室最後一排，「老師有要跟我們說一下嗎？」

古芳齊的嘴角瞬間落下，就連目光也是，被垂落的長直髮遮擋，沒有人看得見她眼裡寫著什麼情緒。

教室裡只剩下空調運轉的聲音。

林琪棻說的是全班都知道的事實，但從沒有人開口問過，就像今天上課總會有人主動舉手。周常蓉低下頭，暴風雨將要來臨的預感掐得她喘不過氣，心跳震耳欲聾。

沉默的時間愈長，整間教室傾斜的幅度就愈大，有如歪斜的五線譜，所有音符都被重力牽引，失速墜下。

周常蓉甚至聽得見呼嘯而過的聲音。

刺耳的寂靜不知道過了多久，教室後方忽地傳出一陣咳嗽聲，那個老師咳得急促而劇烈，就像憋了好幾分鐘。

停滯的空氣悄悄地流動了。

一直不發一語的古芳齊伸出手指，若無其事地掀開講桌上的課本，翻了一頁又一頁。

在紙張的唰唰聲中，她緩緩啓唇，朗聲說道：「來！大家把課本翻到下一頁，我們來認識什麼是屬七和弦。」

「這樣子大家覺得好聽嗎？」她旋身在琴鍵上壓了相鄰的Si和Do，不和諧的聲音直直貫穿眾人的耳膜，接著她又同時按了Do、Mi、Sol、Si，「這樣子呢？」

「這就是屬七和弦喔！」她的語氣歡快，嘴角揚起，可是角度已經有了偏差。人聲毫不間斷地從臺上穿進耳內，周常蓉卻遲遲沒有抬起頭，她的胸口還在隱隱震動，難以停歇。

她發現自己找不到即興和走調的差別。

冷氣持續送風，她小幅度地挪了挪身子，搓揉裸露在冷風中的手臂。

夏天竟然可以這麼冷。

一走出教室，濕熱的空氣立刻將她團團包圍。

周常蓉的身子剛從涼到刺骨的冷氣房裡出來，外面的天氣再熱也無法瞬間融化她的皮膚，又冷又熱的感覺令她不太舒服——即使令她感到不自在的不僅僅是溫度。

她摸了摸自己的手，繼續往前走。

與音樂教室有了一小段距離之後，走在周常蓉前方的兩個女生開始聊起天來。

「我剛剛突然想起了那些苦命日子，我們每天都在背爵士樂的流派，有人甚至幫我們創造了記憶口訣。」

「我也在想那個口訣欸！剛才太安靜了，我只能默背那些流派來殺時間，然後我背到一半就卡住。有一個音樂聽起來很奇怪，但名字很簡單的流派叫什麼啊？我明明就記得它很簡單……」

自由爵士。周常蓉忍不住在心裡回答她的問題。

「妳是說自由爵士嗎？」幾乎在同一時刻，林琪棻的聲音出現在周常蓉的右方。

前面那兩人立刻扭頭，笑意凝固在臉上，但不出一秒，她們就做出了恍然大悟的神情，拼命點頭。

見狀，林琪棻的臉微微動了一下，周常蓉看不出來是哪裡變了，可能是眉眼，也可能是唇角，但她彷彿聽見一道沉甸甸的低頻旋律從主唱的聲音底下略微浮現，轉瞬即逝。

「妳在想什麼？」有人說。

周常蓉蹙起眉頭，她明明沒有打算問出口——直到她發現這個問題是林琪棻問的。

林琪棻不知何時湊到她的面前，放大的臉上滿是好奇，周常蓉這才驚覺自己已經恍神了許久。

「我在想……驗收的事。」她轉了轉眼珠，如此回答，「學姐說主歌那邊有一個Si，但我一直聽不到，她要我今天放學再驗收一次。」

「喔？那……妳有聽到就彈，沒聽到就跟她說沒聽到啊。」林琪棻舉起一根手指，很認真地建議，「不然妳會發現，手裡彈的東西跟腦中想的東西不一樣感覺很奇怪。」

她的態度是少見的正經，這讓周常蓉也難得地想開口吐槽：「有比自由爵士怪嗎？」

「自由爵士哪有很怪！妳覺得它很怪是因為『妳』覺得它很怪！」不出所料，林琪棻高聲辯駁，並在說到「妳」的時候加重了語氣，雙手在胸前揮舞。

周常蓉剛要點頭，卻在頭順勢往下的剎那停住了，隱隱約約間，好像有什麼輕輕碰觸到她的耳膜。

放學後的四點十五分，李盈柔坐在和昨天一樣的木椅上望向門口，因此在周常蓉一進門的時候她就注意到了。

「學姐好。」周常蓉點頭打了聲招呼，李盈柔也點了點頭示意。

因為今天要來的學妹只有周常蓉一個人，所以塑膠椅子沒被往後推，全都完好地擺在原地，跟早上的音樂課一模一樣。

李盈柔的視線跟著周常蓉的動作來回移動，看著學妹彎身準備設備的樣子，她忽然想起了去年的自己，喟嘆一聲，感慨道：「其實我高一的時候也跟妳一樣沒聽見那顆音，是學姐提醒我之後我才發現的。」

拉開導線的動作頓了一下，周常蓉扭身看向她，在日光燈的照射下，李盈柔的身影背著光，面容模糊。

「那……學姐妳是什麼時候聽見的？」

李盈柔想了想才答道：「學姐提醒我之後，我過了很久才聽出來，大概第二首歌驗收完畢的時候吧？」

聽見這個回答，周常蓉沒有說話，五線譜上的音符卻開始變得鬆散，她低頭將導線插進插孔，心中冒出一個念頭——

那顆Si在或不在、彈或不彈，好像一直都只是耳朵和手的問題。

水塔

短篇小說獎　優勝獎　顧瑛棋

個人簡歷

2004 年生，畢業於臺中女中人社班。總是喜歡人以外的事物。

得獎感言

謝謝回覆的人、__唇輕啓相關人士、停水漏水和分科測驗。

實數R.

為了電腦機房，學校裝了水冷式箱型冷氣機。為了水冷式箱型冷氣機，他們設置了冷卻水塔，接了冷卻水泵和水循環管路。

RBC圓型逆流式冷卻塔，誕生於水從冷水管流出的那刻，那時風扇葉低鳴顫動著，馬達正在運作。冷水沿著管路，流入水冷式箱型冷氣機裡，再依照循環系統的設計，作為溫水回到RBC裡。

廠商手動切下開關時，RBC整個都在震動。然後他們關掉開關，完成檢查表，就關上燈跟門離開了。房間黑暗，馬達推動水流過管線，風扇葉低鳴顫動。

RBC初生的那幾個月裡，外面經常下雨，雨打在頂樓遮雨棚，流入排水孔裡，然後順著排水管沿著牆壁流過，水用聲音包圍整個房間，RBC都知道。但RBC在室內，水循環管路是封閉的，那些水與RBC內部的顫動無關。

電腦機房的冷氣一直開著，RBC也一直活著。RBC的水位比滿水線高一點，水間歇地隨著馬達作動離開RBC，又帶著溫度從溫水管流入。

4.

程式選修課的老師到了下學期，總是講解課堂任務後，就走去後面的辦公室看 Youtube 影片。庭均發現這件事後，就總是花十分鐘寫完程式，然後假裝要上廁所，離開教室。

她會經過校長室，走上樓梯，從欄杆跨到樓頂的鐵皮屋頂，沿著斜屋頂走。那裡有方正的金屬門，門的下半部被屋頂斜切。

從水塔房另一側上去的門是鎖的，可是施工用的門沒有鎖，廠商把機具撤走後門就留在屋頂。她會坐在水塔旁邊，把門關著。她的側腹和大腿貼著水塔，想像水塔裡的漩渦。冰涼的金屬桶震動著，她感覺水塔活著。

今天她貼著水塔，背對交錯栓接的水管，提起了禎頤。

「我應該找禎頤來嗎？今天集合美宣把邀請卡發下來，我多拿了一張。」

「要他為了我來很奇怪吧，聯合成發我也才上十五分鐘。而且我也只是去幫學妹而已。」

「邀請卡也很怪吧，可是我想說……他會重視邀請卡吧。」

庭均在黑暗裡說話，偶爾沉默。

「可是誰假日不想待在家裡就好了。我是不是沒有理由要他來看我表演。」

「還是我不要說是為了看我，就說支持學妹，可能說怕沒人來看……但是每年都可以坐八成滿。」

「還是我就問。對，我就問。」

她快下課時就走了。

3.

ＲＢＣ感覺水低於滿水線。不太明顯，隨著抽水造成的波動，水還會切合滿水線，但是平靜下來時，水確實比較少。

不太對勁，ＲＢＣ稍微空了一點點。內裡的回音沒有因此比較大聲，不太正常。

「上禮拜晚自習之後，他說要趕在超市關門前去買菜，結果就走掉了。」

「還是不要呢，好尷尬喔。他不會直接拒絕人，他會笑笑答應……也不答應，他就只是笑而已。」

ＲＢＣ在聽，庭均說話帶來的振動，從貼著金屬壁的側腹傳來。

ＲＢＣ的水位離滿水線又更遠了，觸發了自動補給裝置，水從補給水管流入，整個水塔都在震動。庭均就沒有說話。

水補完之後，ＲＢＣ又安靜下來，庭均又開始說話，ＲＢＣ繼續聽。

「邀請卡不重要吧，我覺得邀請卡不是重點，我可以就告訴他……可是他又不看臉書也不看Instagram……都什麼時代了怎麼還這樣……」

冷水從ＲＢＣ流出，順著管線到電腦機房的水冷式箱型冷氣機裡，又順著管線經由溫水管流入。

庭均快下課時就走了，她把門關上。

3.

ＲＢＣ經過幾天，發現自己真的在漏水。問題可能出在循環管線，也可能是水冷式冷氣的問題。水位還是越來越低。

防止藻類生長的藥錠在ＲＢＣ裡，只有五公克那麼重，它沉在底部，離水面越來越近的底部。

ＲＢＣ內裡漩渦的回音變得比較大聲了，只有ＲＢＣ可以發現。有時候老鼠跑過，牠們小小的腳步，ＲＢＣ在安靜的時候聽得見。

外面下雨下得少了，溫水管流入的水，又更暖了一點。偶爾，樓上被白日曝晒的磁磚會在冷熱交替時裂開，很小聲，ＲＢＣ都聽得見。

ＲＢＣ知道自己誕生於水從冷水管流出的時刻，如果水塔裡沒有水了，水塔還是水塔嗎？那ＲＢＣ也就不再是ＲＢＣ，不是圓型逆流式冷卻塔了。

浮球位置不對。

也許線路水壓異常可以被監測系統發現，ＲＢＣ於是等待。

2.

庭均站著，因為ＲＢＣ漏的水越來越多，地上有灘水。

自動補給裝置在送水，但是庭均還是無視噪音跟震動，靠著ＲＢＣ。

ＲＢＣ聽得到庭均內裡流動的聲音。泡泡、漩渦，還有她的馬達、她的風扇，她的溫度比溫水管流入的水還要高。她也活著。

「會不會有人已經先問他了？不會吧，他不是我們圈的人。」

「怎麼辦，再兩個禮拜就要發表了，我太晚問會不會他排不出時間？」

庭均穿著步鞋，踩在那灘水上。她來回走動，水印就隨著步鞋在地上留下印跡，後來她又走回那灘水上，靠著ＲＢＣ。

她久久沒說話，ＲＢＣ震動著。

「快畢業了。」

「我已經沒有幾個晚自習了。」

「我知道這樣，我知道，我說……」

「我真的很珍惜每個站在警衛室門口等車然後跟他聊天的記憶。」

庭均又開始來回踱步，走回RBC旁邊，他們共處在黑暗中。

「我其實知道我該怎麼做。」

然後庭均把水塔房門打開一點縫，發現透進來的光不夠，所以又把門關上，然後拿出手機，打開手電筒。

她蹲下來，盯著地上的水看了一下，然後用手蘸了一點水，在牆上寫字。她每寫一劃就要蹲下來蘸水，總之照著水塔的光，她寫完了字。

「我應該好好畢業。」她走之前說。

1.

RBC的水位低於原本的一半了，內裡空氣的聲音已經比水聲還要大。補給裝置停擺了，自動補水裝置是為了自然蒸發的水而設置的，也許它也有它的限制。

庭均打開門走進來的時候，外面天氣很好，光非常强烈，是RBC搬入之後從來沒見過的。水塔房裡的溫度也比平常還要高。

她把門關上，水塔房又黑暗下來。

她不說話，RBC就聽自己的聲音，水進水出。

整節課這樣過去，下課鐘響的時候，庭均還沒走。

她說：「有學妹去邀他了，她說他會來。我接下來整個禮拜晚上都要留下來彩排。」

「我跟禎頤說了這裡，我沒說具體的位置，我說我有個祕密，我說在屋頂，我說他可以找。」

下課了，聲音很遠但是整間學校都走動起來，很遠，人們在說話、在笑。只是涼水的水從RBC的冷水管流出。

「已經很好了。」庭均說。

「是嗎？」RBC說。

庭均上課鐘響之後就走了。

1.

水冷式冷氣會因為過熱而停止運轉，但是幾個小時後，會有人發現並嘗試重開，水冷式冷氣就會因為已經冷卻下來而繼續運轉。

水冷式冷氣沒在運作的時候，RBC整個都停了下來，沒進沒出。如果沒有運轉的話，RBC就不是冷卻塔了。會是金屬筒，會是管線的組合，會是廢棄物。

RBC的水位很低，但是沒有觸發任何警報系統。水一滴一滴漏掉。地上都是水。

水塔房安靜下來，因為水冷式冷氣又停擺了。

磁磚今天又裂得更多了，老鼠爬過。也許有螺絲從驗收那天就沒栓緊。浮球的鏈子連著水塔內壁的頂部，它懸在空中。

後來又有人打開了冷氣。RBC又活著，但是活著讓RBC越來越靠近無水的時刻。

0.

今天學校應該週期性地沒人，但是從下午開始學校就很吵。

水冷式冷氣又停擺了，但是沒有人發現。

防藻丸已經露出水面。

RBC聽著，今天天氣應該很好，水塔房裡的溫度比較高。音樂和鼓噪聲從很遠的地方傳來。

有人走來。腳步聲沿著鐵皮屋頂，慢慢往水塔房靠近。

不是庭均，庭均總是穿布鞋而且腳步很輕很快。

有人轉動喇叭鎖，但門沒有開。門沒有上鎖，但總是有點卡，打開時會發出匡當的聲音。門打開了。

0.

禎頤一打開門，地上的水就漫出來，沿著鐵皮屋頂的波浪往下流。他低著頭走進水塔房，然後把門開著。那就是個被水塔占滿的房間，接著管線、馬達，房間角落有個裝著風扇的窗口。沒有霉味，就是悶熱。他把門關上，摸索到門邊的燈。長條燈亮了起來，青白色的光。

禎頤一下子就看到牆上的字。用帶灰塵的水寫的，水乾掉後字就留在牆壁上。

它寫著：發現我。

每個字都是人臉大小，一筆一畫方方正正。

禎頤皺眉，閉了閉眼。然後他睜開眼，看著滿地的水。

他又看看自己的襯衫和西裝褲，太久沒穿私人正裝了，燙平花了些時間，不過早已磨損的皮鞋倒是沒什麼關係。

他走到水塔後面，發現塑膠管有很小的破洞。老鼠什麼都咬。管壁很厚，所以實際咬穿的部分很少，水就從那裡滴漏出來。

他蹲著思考，還是站起來，頭不小心碰到了天花板。他扶了一下水塔，居然沒有滿手灰塵。

他又看一眼牆上的字，一擦，灰塵就隨著一點白粉往下掉。

禎頤於是拿手掌下半部擦過那些字，直到牆上只剩下一些灰跡。

「就說是巡邏時發現的異狀吧。」他對自己說。

然後關了燈。

「還是算了。」他說。

禎頤開門離開了。

虛數i.

那個人離開之後，ＲＢＣ的水漏光了，內裡只剩潮濕和附在壁上的一點水滴。防藻丸在底部，浮球懸在空中。

空空的，ＲＢＣ不是水塔，只是塔，但是沒有人會用塔稱呼金屬筒。它本來就是金屬筒。

「是嗎？」ＲＢＣ說。

外面又安靜了。

爐火

短篇小說獎　優勝獎　林心慧

個人簡歷

2004 年生，松山高中社會組高二生。
不斷妄想走到哪一步，又因為認為遙不可及而不敢用全力，不斷表演著努力的樣子向外證明，總歸一句是有表演慾的偷懶傢伙。幸好足夠幸運。

得獎感言

肖想了台積電文學獎整整一年，收到通知時差點把家門給拆了，媽媽還認為這是詐騙——開玩笑的。
感謝一路上幫助過我的所有人，謝謝松山的森茂老師和瑩嬑老師。感謝哥哥 R 與哥哥的朋友 S。感謝小貓與喬，能認識你們真的是太好了。最後感謝國中老師 N，儘管你不讓我寫上你的名字，但我依然想說：沒有你就沒有現在的我。

阿娟吃力地抱著一桶衣服往廚房走去，屋外一陣轟隆吵雜，大概是有卡車經過——家就在山路一側，這點吵鬧是常有的。她用龐大的籃子推開老舊的木門，腦海一邊浮現一切瑣碎的待辦事項：收進房間的衣服該摺了，不然阿慶回來又要大發脾氣了——啊，灶上的水壺好像空了，等等又該燒水了，阿慶從工地回來要喝茶的。她托著沉重的洗衣籃底部，使勁將其抬起，向下宣洩總是很快的，原先空蕩的洗衣機內部一下子就填滿了。啊，她隨手拭去鼻尖的油汗，很快地盛了滿壺的水。她心不在焉地扭開瓦斯爐的開關，扭一次是不夠的要多扭幾次，火才會砰地一聲點燃，喀嚓喀嚓，火卻一直沒出現。怎麼回事，她不死心的多轉了幾次，喀擦喀擦，心底的火苗比灶上的火燃的還早。想起手機上阿玲想賣掉祖產的訊息，喀擦喀擦，「轟——」

火點不燃，心中零星的幾點火星卻迅速地竄成高高的火苗。阿娟不耐地抬手拭去額前的汗，不得不承認她唯一能做的只剩下叫瓶瓦斯來。火要燃也需要燃料，夏日暑氣逼人，她只覺得全身都快要燒起來了。

打過電話，瓦斯下午才來——阿娟躲回房間，冷氣開著，昏昏沉沉的，睡一覺好了，但她卻做了一個夢，夢裡的她站在一望無際的草原中央，天空呈現火燒般紅色——火燒雲吧，颱風要來了嗎。但她卻不動，奇異的是也沒有風，四周的草長的要比她還高，卻一絲晃動也沒有。她幾乎要開始恐懼，偏偏雙腳違背了她的意志，好熱啊，她木木地想道。才又發覺原來自己正高舉著火把，而四周的野草早就詭異地燒起，沒有風，好熱啊。火勢迅速蔓延，她驚慌地想跑，卻仍然動不了，四周開始傳來似有若無的聲音，她仔細聽，是草的哀號與尖叫。下意識的低頭一望，看見草根長著一張張扭曲的人臉，她駭然地張口，但沒有聲音，「吡啪——」火映著天空一片豔紅，人的低泣聽起來像助長火勢的風。遠處傳來風鈴清脆的鈴響，綿延似的一聲帶過一聲。

阿娟被大門鈴聲驚醒，背後一片濕涼，那是什麼夢——一邊思索一邊起身，瓦斯來了，舊的空瓶被帶走，她心不在焉的開始做晚飯，一方蒸籠般的斗室又開始運作，菜葉挑挑揀揀，她又想起下午那詭異的夢境，幹嘛啊，那不就是一個夢嗎，她失笑決定不再多想，手腳俐落地開了大火快炒，「刷啦——」阿玲在群組中說的話又浮上腦海：

「如果你們不打算重建，那我們就賣掉了——」

他們兄弟是各擁有一人一半的土地。阿玲嚷著栽培兒子，想在他們那一邊的地上蓋一間私人球場——真是誇張，沒聽過小孩這麼養的。為了這一件事，她來找過阿慶談好幾次了。就談吧，她在一旁聽著幾次，阿慶終究是應下了，她想著，微妙的情緒在心底凝固了。

十年前阿坤——阿娟的大兒子要娶媳婦時也討論過一次，阿玲五歲大的女兒還笑著說要當哥哥的花童呢。那時討論著要將現在的水泥平房重建，順帶再蓋一個二樓，二樓呢，阿娟想著，衣服就不用晒在廚房了。

「阿毋擱那疊柴我還沒燒完，再等等我幾天吧。」阿慶說。

時隔多日，那疊必須丟棄的木材一點也沒有減少，她每天看著阿慶上山，又帶回了一堆柴，她日復一日的蹲在灶前，望著裊裊炊煙，臉上燻滿了炭的黑。突然明白這是她的宿命，如同這疊用來升火的柴薪。

火竄得更大了，阿娟將兩三碟菜端上餐桌，關了火，耳邊阿玲的話卻還沒熄：「我們時間沒有這麼多，小孩子的成長黃金時期不能等啊……」

那她的阿坤呢？十年前就說要蓋的房子到了今天依舊沒消沒息的……菜終究是上桌了，她輕呼一口氣，像是這麼就能一把燒完心中放了十年的柴，阿坤仍然住在外頭，中永和那一帶吧，聽說離公司近，和女友住的那間公寓，他們已經付了十年的房租。小兒子阿申至今還住在家裡——他是最乖的孩子，從小不曾對阿娟說的話有任何反駁，比阿坤每個月都多給了一萬補貼家用，也沒有一絲怨言。阿玲說的話言猶在耳，晒起衣服時她瞥了一眼外頭，是錯覺嗎？柴堆得更高了。

今天阿慶依樣準時回來。悶悶的吃完一頓飯，阿慶拖著腳步去沖澡，而她又鑽回狹小的廚房內，默默地把碗洗了，這個不大的家中，總覺得只要有阿慶在就不自在，真正屬於她的領域也只剩下阿慶不會去的廚房——冰箱在廚房外頭，他從冰箱中拿出涼茶時是離廚房最近的距離。後腰接近脊椎骨的部位在每一次轉身時就痛，像是被火炙一般。夜半躺在床上，阿慶早就睡沉了，她翻來覆去的，輾轉難眠。我背上有顆火球，恍惚間她滿身冷汗地想道。頓時覺得乾渴，於是盡量輕手輕腳的起身，移動期間還得注意別動到背後那使她不眠的源頭，卻仍換來阿慶半夢半醒的咕噥，「半瞑仔吵吵鬧鬧的……」

吞了顆止痛藥，她緩慢地爬回床上，頭靠上發黃的枕頭，想起不久前去醫院被阿慶大罵的那一天：「阿姨，你背後長了一根骨刺……」

回家後她簡直是逃難般的，在阿慶的大聲斥責中手忙腳亂的將全身衣物洗了，甚至拿著酒精裡裡外外都噴了一遍：「沒事你去什麼醫院？去那邊帶一堆髒東西回來。」

那天阿娟忙到日落，抱著好不容易洗好的衣服，她抬頭不經意間發現天空火燒似的紅，她眼中也是一片通紅，這是老一輩說的火燒雲呢，代表颱風快要來了，一場風暴悄然無聲的形成。憋著許久，只聽見似有若無的一聲嘆息。幾點斗大的雨滴撒在懷裡的衣服上，又是悄然無聲，下雨了呢。那雲卻仍放肆地燒著，也罷，有些東西是澆不熄的。

命運向來是不公平的，一支香就在爐中，她想。更早之前，阿玲一嫁進王家，婆婆就興沖沖地拿著帳簿給她瞧，阿娟看在眼裡，心中微妙的情緒一點一滴擴大，最後只能幽幽地化作青煙，盤旋著一絲一絲向上，說不出口的滋味和香一般，化成灰撒在供桌前的水晶盤裡，祖先要照三餐祭拜，早晚點上一炷香，婆婆那時還沒臥病在床，背卻也挺不直了——阿玲那時忙著照顧新生兒，兩家距離也沒隔多遠，幾步路而已，照顧一家子是長媳的本分，世世代代的女人都是這麼熬過來的。婆婆說，阿娟聽不進去，火悄悄點燃了——婆婆看見她後總是別過頭，啐一口。她裝作沒看見。儘管如此，那時她三不五時仍然會不情不願的去主屋拜祖先，替他們點上一炷香——阿慶的拳頭比婆婆的喝罵有用多了。

煙裊裊升起，燻得眼前一片茫茫然。香巍峨佇立在爐中，彷若死去一般靜止不動——誰會知道火確實在燒著？而香灰確實會燙人，阿娟吃痛的迅速縮回手，撥落手背上的灰，一片紅腫，她倉皇地沖水，沖著沖著，她想起廳堂中的香灰，原先已消腫的手背頓覺一片滾燙，那香灰竟牢牢附著在她古銅色的膚上。她呆呆看著自己的手，明白再怎麼洗也洗不掉了。

阿娟又陷入那個夢境。

夢裡整片的天空豔紅依舊，但這回她曉得這不是什麼火燒雲——地上的反應天上的，烈焰衝破天際，她環顧四周，一把焦枯的草散落在腳邊，上頭的人臉早已被火化為灰燼。但不知怎地，她本能地看清那些臉——早些年和婆婆借十幾萬的阿嬸、隔壁常接濟他們一家的伯公，伯公那不成材只想借錢去賭博的孩子——前些日子還來找阿娟借零花錢買菸抽呢，阿慶、阿玲、阿坤、她的小兒子阿申……每個人都面無表情，臉孔下方的白的紅的，一把火燒得快看不清輪廓了。怎麼會呢——阿娟心一慌，手中的火把就這麼應聲落地，轟然大火吞噬一切，高温扭曲視野，她卻發寒地清楚明白，怎麼燒也燒不掉的——她能去哪呢，這一回她的腳能動了，原來是草牢牢地纏住她腳跟，而大火將草燒得垂落在地——不，不應該是這樣的。阿娟害怕了起來，突然又不想走了——不，是走不了的。

醒來時已經是接近正午——自己怎麼會這麼晚起呢，阿娟笨拙地下了床，才想起昨晚背後的疼痛使她夜不成眠，有做夢嗎？好像有吧，記不清了。只記得翻來覆去間還想起年輕時的那些往事，嘆一口氣，婆婆早走了，阿玲他們也搬去都市，自己買了房子，兜兜轉轉間快二十年過去，貸款早就還清了——哪像他們最後仍守著公公留下來的菜園和平房？阿娟一撇嘴，想起婆婆那時給阿玲的帳本，上頭的數字加加減減，不多不少就二十萬——孩子都成年後她又去念了會計，比起當老師的阿玲也不會不靈光多少。這些年的水電瓦斯，可是都要各付一半的，大哥住了安養院，錢也是得公家分呢。

「送到南部的療養院比較不花錢。」她還記得自己那時和阿玲的對話。

阿玲卻搖頭，「送去南部，出了事要我們趕過去，我和阿龍沒辦法。」

阿娟沉默著，瓦斯爐上的水正好煮開了，刺耳的蒸氣鳴聲叫囂著，水爭先恐後地冒出頭，朝著底下幾簇藍色火焰當頭淋了下去，發出刺耳難聽的，宛若摩擦撕裂了什麼的聲響，火卻頑强的沒有熄滅。阿娟匆匆起身進了廚房，撇下客廳的阿玲，慌忙掀了壺蓋，手還是抖的。

「喝茶吧。」

最後阿玲那杯茶也沒喝，匆匆地走了。

阿娟起床後習慣性地開啓了手機，看見群裡分享生活大小事的群組，想起一般的點點滴滴，思前想後仍然發了幾封消息——群裡有幾個女人至今仍是孑然一身，嫁不出去也好，她是羨慕的——多輕鬆自在啊，「你們真有福報。」她下了結論，接著幾小時，她隱密地注意著手機中的消息——他人的安慰無論是否真情實意，仍是她需要的，她想。如同阿慶日復一日撿回的木枝，高高的堆在後門一角，有了瓦斯爐後，那口灶便沒再使用過了，他卻仍像被鬼魅纏住似的，著了魔般的蒐集，不需要和需要，他們都有些分不清了。

「多念佛號，心無欲無求才能快樂……」群裡有人回應。

「最近有去廟裡坐坐啦。」她慢吞吞地回覆。

她也修佛，畢竟生活太苦了——苦得她必須精打細算，沒人能占她家的便宜，為了雞毛蒜皮般的小事——幾塊錢或者是幾瓣蒜和附近親戚吵過幾次後，如今大家都曉得，阿慶的老婆不是好惹的。初次聽見「小辣椒」這稱號時她笑了，莫名有種荒謬感，但至少沒人上門借錢了，「攏是親戚，計較嘎這型。」她充耳不聞，堅信自己算帳斤斤計較是對的。

「最近有去打坐靜心。」

「內心無欲才能真正靜心的。」手機跳出訊息，阿娟看了一眼，是阿玲傳的。

「我本來就沒有貪欲！我爭的難道不是合理合法的權益麼？」

正午的太陽像顆火球，手機螢幕會反光看不清楚。阿娟抬了抬架在鼻樑上的老花眼鏡，刺眼的光就這麼聚焦於一點上，太熱了，她想。莫名想起小時住鐵皮屋的日子，每當夏日總像是一廂蒸籠——阿玲這麼好命的女人，他人的辛苦她又怎麼會懂？

她緩慢地努力在狹小的螢幕上打出一串又一串的文字，急於講些什麼，又想著如何講贏阿玲——這是面子問題，那群裡都是家族的人呢，劈哩啪啦，鍵盤敲擊聲從靠近廚房的一扇門流洩而出，她這才想起小兒子阿申正在房間裡辦公——阿申解釋過最近公司讓他們在家中辦公就行，就不必出門了。也難怪，阿娟那時只心不在焉地點點頭，現在想來頓覺得煩躁——這不是又得多繳一筆電費嗎？一滴汗從她的鼻尖滑落。

「十幾年公公還在時，電費就一直是我在負責，公公離世，才又去多申請一顆電表……」越講越上頭，阿娟忍不住了，墳頭上的草生了十幾年，長的都比人高了，火就燒吧，攔也攔不住的。

模糊之間，阿娟恍恍惚惚的，外頭的蟲鳴聽著也快聽不見了，倒是以往的日子無比清晰的浮現。她想起剛嫁進來時手忙腳亂整不出一個家的樣子，明明家計吃緊，二姑婆卻向婆婆借了二十多萬，到了今天也沒還出一塊半。那一陣子的省吃儉用，卻有親戚不定時的上門喝茶，踏出家門時灶火也就分給了別人家，阿慶只管喝酒。爭這一個字，天經地義的，有什麼錯呢？這一方田地是阿慶的，是阿坤和阿申的，阿玲生活過得比他們好了，讓一讓又有何不可？

阿娟驀然想起先前的夢境，一片草原，一把火，人臉是那麼清晰——冥冥之中，她曉得了自己手上為何高舉火把：這是她該背負的宿命。草卻無論如何也燒不盡的，風一吹，底下的根又會長了——臉的輪廓也除不去的。

爐上的水恰好燒開了，她放下手機，喀拉，阿申的房門開了，三十幾要奔四的人了，默默走進廚房，背似乎是駝的。

「媽，你跟嬸嬸談得怎麼樣了？」

阿娟沒說話，只是一勁疲憊地抹臉，彎下腰準備關上瓦斯開關，背駝得深深。

眼前一片黑暗，她瞇起眼，聽見背後傳來窸窣的聲響，接著是一句問話：「……有水嗎？」

「有。」

阿娟起身——小心地扶著腰，畢竟生著一根刺的，挺也挺不直了。緩緩拿了桌上裝了冷水的壺，如同拿著火把般。手中的水壺高高舉起，臉上的神情隱在照不到光的昏暗裡，有幾分肅穆，幾分傳遞聖火般的凜然。阿申不發一語，伸出的手捧著杯子擺在胸前，水流呈現優美的拋物線，杯子漸漸被注滿了，兩人都安靜地觀看這過程。杯子滿了，阿娟手上的壺也空了，她竟如釋重負的微微挺起了背脊——阿申小心翼翼地捧著水杯轉身，或許是多了些重量該捧著，看著兒子的背影她驀然從心底升起一股感慨：阿申的背似是馱得比她還深。

時間的流光

短篇小說獎　優勝獎　游耘如

個人簡歷

2005 年生，蘭陽女中一年級。常常徘徊在沉睡與清醒的間隙，聽著光影入侵夢境，等著被綁架到另一個時空或宇宙。那裡有詩句、音樂、透明的陽光，也有來自黑洞的瘋狂幻想大雜燴。

得獎感言

感謝那些不眠的夜，以及只在深夜造訪的繆思。感謝曜裕老師的陪伴，讓我的白日夢在紙上有了輪廓。

2022 年早夏，反覆被隔離的日子，身體與心靈都是。孤獨時最容易產生妄想和迷亂的夢境，在這些安靜的時光，伴著放不完的音樂和窗外的天空，我把這些影像書寫下來，完成的那一刻就像終於離開了單人太空艙。

他在星期二早晨八點二十七分四十五秒醒過來時，覺得頭痛不已。那股抽痛是從左後腦——大約是顳葉的位置傳來的。

應該是這樣，蔓延到整個頭部，感覺起來像經歷了一次不太成功的升空，遇到嚴重亂流。他的呼吸紊亂，急需氧氣，吸氣——吐氣的速率卻異常遲緩。空氣像涼水般流入鼻腔、滑下氣管、填入肺部，另一朵暖熱的雲低柔飄出。空氣中有檸檬、青草和某種苦澀的味道，層層織迭，緊貼著他因冷汗而刺癢、濕潤的肌膚，濕透的棉質衣物吸走了他的溫度。他並非不熟悉這樣的感覺。每次升空的激烈G力變化後，總會需要一段適應期與恢復期。其中一項「後遺症」——據他所知，就只有他會這樣——就是短暫失去對時間的感知力。由於對時間流逝的知覺弱化，他對空間的感覺變得敏銳，提高到令他痛苦的程度。每次發作，他都無法確定究竟是時間的流速減緩至幾近停滯，或由於心智與神經系統疾速運轉，以致時光被切割成片片，一幕幕無法連貫的幻燈投影。

彷佛用了迷幻藥一樣說不出話，唇齒的運作完全趕不上思潮的湧退。凝結在玻璃帷幕上的晶形水滴、一根卡在枕頭套上的鬈曲髮絲、漂浮的床與桌、沾染墨水的樂譜、六瓶用水晶瓶塞緊緊壓住的魔藥、二十一本書、鐵製模型。還有一扇窗，透入光影；那是一切都可預期的時空內，唯一的捉摸不定。

光線入射時首先會聚在玻璃瓶上。瓶身是清透的粉橘，浮動著金色碎影，捕捉就要遁逃的日光。

陽光總是孤傲且固執的。灼人的隱形細針反射或折射，散漫落在牆面和地上。然而清晨時的流光有時又融成一片，自百葉窗縫隙滑落。

他暫且冷靜下來。再過不久，巫師就要來了。巫師從不遲到。他是巫師的俘虜，巫師把他深鎖在這密閉艙室內，用來實驗新咒語和魔藥。巫師總是穿著同一件長袍，波希米亞式的腰帶，掛著羊皮腰包與一串精雕青銅鑰匙，亮晃晃的刺眼如刀。

這個巫師梳著油頭。他從沒看過任何一個巫師梳油頭，而且全身散發金屬與酒精的氣味。

他預計要十分鐘——大約是蜂鳥拍動翅膀二八八萬次的時間——巫師才會走。但在那之前，他還有時間見一個人。

「人不可避免地必須在孤獨與庸俗間做抉擇。孤獨是所有偉大心靈的歸宿。」

詩人邊說邊從天花板上優雅走下。他的皮鞋踏過牆面，身著厚重絲質襯衫，排釦長外衣的下擺微微揚起。

「你終於出現了。」他沒好氣地看著詩人。「這句話真是很大的安慰。叔本華，憂鬱與悲觀主義者之友。」

詩人每次都以不同的戲劇化形式出現。他只有在他獨自一人時才願意來，自他有記憶起便是如此。最近更是頻繁。他明白如何面對熬煮多時的寂然——哦，不是排解孤寂，而是共用並發揚光大。

詩人走到他的床沿。「別這樣，我替你帶了本書。『書籍是造就靈魂的工具。』」

他低頭瞄了一眼。《星期三下午的金邊眼鏡與烏鴉的威士忌》。「謝謝。」他希望詩人可以停止這樣說話，但今天的他就是如此，顯然是由於今天雲形的幻變不如他的意，或是他早餐咖啡的溫度不對。

詩人似笑非笑。「慢慢看吧，這對你的生命將有無以名狀的啓發。」他接著往上飄升，揮發在空氣中。

他認真思考自己和這本書的關係。唯一的聯繫是，詩人說過他擁有鴉羽般的頭髮。他隨意流覽書頁，其中一章叫〈流浪者的蹉跎〉。

他翻回作者序，試著找尋能看懂的部分。作者試圖重新定義文學。

「什麼是純粹的文學？」他，或者是她，這樣寫：「成串的長句，精細修飾後的破碎言語，令人費解、虛無縹緲的暗示明喻，諷喻堆疊又自以為是的過度詮釋——然後以相同形式進行批判。讓你好像什麼都看了也什麼都沒看，就跟這句話本身一樣毫無意義。然而，這就是文學存在之必要。」

整本書都沒有提到烏鴉。

巫師來了。

巫師問了很多私人問題；他的體温，是否覺得胸口沉重，以及是否頭暈。

如果巫師真有魔法應該要自己判斷不是嗎？他怎麼能知道，是否有隻隱形貓咪挾著黑夜窩在他體內睡覺？或是世界自己開始旋轉？就連當年睡美人被王子的吻驚醒時都沒這麼不受尊重。

巫師對待他好似他是一隻蠑螈。嗯，說不定他真的是，但在一次失誤咒詛下被變成人類。

他寧可當蠑螈。他很好奇蠑螈是否也會作夢？

他嘗試跟巫師解釋他遇見的人。巫師認定那是幻覺，還問他是否把魔藥混著喝。

他相信巫師弄錯重點了。不管他出了什麼問題，都和魔藥的配方沒有關係。巫師的配方比他本人有趣多了：一瓣蟬翼，清晨凝於鬱金香上的露滴，煉煮千年的苦楝香水，斷掉的小提琴弦，乙醯柳酸，流星的碎片。

巫師堅稱有用的成分是乙醯柳酸，但其實不是。是流星的碎片。那些墜落的星星在他體內劃開成光，巫師不管用什麼法術都無法看到。但確實就是這樣。就跟詩人或太空艙的存在一樣真實，比窗幕之外的現實更得以掌握，那些流光的軌跡讓他得以繼續燃燒。

巫師離開後，這裡又恢復為單人太空艙，有著厚重木門和魔法封印的太空艙。這個想法來自他最後還未失去時間感的日子，物理學家第一次於深夜造訪他時所言。

他很可能是太空艙唯一一位永久住民，以趨近光速的速度遠離地球。根據時間膨脹理論，對太空船上的旅行者和地球觀測者而言，彼此的速度都會相對減緩，就像逐漸向邊境遠去的兩人，轉身在對方視野中漸漸縮小。

任何不屬於艙內的空間，時間流逝的速度都顯得如此遲緩，幾乎靜止。他知道對他們而言也是如此，千年流逝的恒河時光，對另一方而言僅是剎那。但不會長大、不會衰老的人是他；他將永遠留在地球時間軸上的某一點。

他只不過走向了時間的岔路。

這裡的日夜與四季交替全然無序。永晝，永夜，極短的一次日出和漫漫無涯的午後。

破曉前和日落後那一刻鐘，光線是種毒藥。從窗戶滲入晦暗灰階的室內，溶解一切，讓它們變得像素化，好像可以伸手捧起。一旦闔上掌心，粒子便開始褪成某種微弱的、摻過水的午夜藍色碎片，消失殆盡。

從巫師來訪的第一個晚上算起，冬天來了兩次，夏天來了四次。介於兩者之間的時光非常短暫。

秋天時，他拾起了兩片楓葉和一根鳥羽。楓葉是深紅和茶色的，脆弱纖細的骨架清晰可見。一片比較圓潤，另一片比較尖，都有著花俏的鋸齒狀邊緣。鳥的尾羽是象牙白，往前漸層成墨水般的深灰，鑲上純金斑點。羽毛會發出鳥鳴，任何時刻——有人說只有清晨才聽得見鳥鳴，但它們其實從未在其餘時刻保持安靜。

這些季節遞嬗的紀念品，似乎只有他自己才能看見，儘管它們如此清晰，遠比他腦中失焦的記憶斷片更加真實。他的記憶凌亂如散落的膠捲，只有在夢中，影像才會以隨機的方式拼湊出無法連貫的默劇。聲音或太過喧囂，或太過沉寂，以致回音震耳欲聾。

在失重的時間裡，唯有握住即將溶解的片刻，才能證明時間之流曾在此陷落。

他又來到星空下了。

物理學家和語言學家肩並肩的坐在河畔。他幾乎沒看過他們一起出現，但他直覺認為他們並不會注意到他。在逐漸透徹的夜幕下，兩人的剪影奇妙地融為一體，彷彿鑲嵌在風景中，光影似乎就此停駐，完全看不出是否有任何細微的移動。

「你知道嗎？我們即將停留在時間之初。」物理學家說。「永恆的時刻就要到來。」

「時間之初？」語言學家一身襯衫、卡其長褲加上綁帶短靴，口袋冒出半本筆記本，如雲似的深色長髮壓在草帽下。「我想『即將』與『時間之初』是牴觸的，至少在時態上。」

河水淙淙。「如你所知，這是時間流逝最緩慢之處。時間之流中的漩渦，更像是黑洞。我們愈遠離此處，時間走得愈快。陷落漩渦的一切，都將被凝凍封存，停留在某一刻，無視時間之流的流動。」

「若是這樣，我不同意。」語言學家說。「我們正在遠離。我感覺到時間流逝的速度愈來愈快了，過去我停留在其他星球的時光，從來不曾消逝得如此迅速。我想，也許是這裡的時間並不一樣。」

「你想過未來或許就是過去的鏡像嗎？未來，未來有一天會變成現在，然後變成過去。我們需要二維才能轉身回頭，倘若如此，時間的不可逆性和線性就被破解了。我們凝望未來，其實就是在回首過去……」

「那我們究竟是在未來，還是在過去？」她問。「你怎麼確定你所處的時空是『現在』，而不是某種鏡像？」

「想像一下兩面鏡子互相映照的景象，鏡子裡有一面鏡子又一面鏡子再一面鏡子，無限延伸，就像那樣。」

「若這是真的，大概會破壞一堆語言的語法結構。」她低喃。

「該清醒了。」陰影中一個聲音說。

他睜開眼睛。「你不該打斷我的！」

巫師冷靜地看了他一眼。「我沒有，但我不想跟你吵。我只能說，想這麼多這對你沒好處。」

他看著他們。從沒看過這麼多人同時出現在他的太空艙內。目前為止，這裡看起來很像某個冷笑話的開場：一個巫師、一位物理學家和一名語言學家——還有一個困惑的男孩——同時出現在狹小幽暗的艙室內，一小扇窗微微透進幽光。

「你來這裡做什麼？」

「善盡職責。確定你有喝下魔藥，沒有神智不清。」

「我沒有神智不清。」

「那是你說的。我可不敢保證。有人告訴我你常常毫無邏輯地自言自語。」

巫師的學徒，毫無疑問。他們總是時不時經過艙門口，若巫師是典獄長，他們就是他的獄卒。巫師需要知道這些嗎？關於被俘虜的實驗對象在做什麼？也許巫師只是很想確定自己的雞尾酒魔藥有效。他可不想辜負巫師對他的期待。

他看見語言學家非常輕巧地眨了一下眼。「皮拉罕人認為，夢境是真實的。清醒與沉睡時的體驗儘管不同，卻能同時存在，也都是真確的。」

「喝這個會讓我回到地球嗎？」他也朝她笨拙地眨眼，她回以微笑。

「什麼？」巫師看著他。他有雙銳利卻沉靜的眼睛，他以前從未注意過。他對巫師的臉龐一向印象模糊。「如果你不願意喝，我可能得直接把魔藥輸進你體內。」

他微微抬頭，一言不發。

然而巫師是對的。略過魔藥的那幾次，升空變得更加難以忍受。

在太空艙加速脫離星球的重力範圍時，他由於遽增的G力而動彈不得。有時這似乎會持續很久。他不曾體驗過飛行員等級的G力，這使他不致暈厥，卻因缺氧而頭痛欲裂，視野漸次失去色彩。

恍惚中，無盡遞迴的長廊。錯動的階梯。扭曲的鏡像。他不斷地跑，被恐懼具象化的獸所追逐，那是一些不知名的熟悉的臉。唯一感受到的是眩暈與越發强烈的窒息感。磁磚是幾何重複的黑與白，有什麼動物正要爬走。而底端，他未曾到達的底端是一道平直灼目的白光。那樣的追逐永無止境，每當猛獸迫近，時間就如太妃糖般拉長延展。他從未死亡，也從未逃離。是那樣惶惑的虛空，他在黑暗中睜大眼睛，心跳急促，呼吸困難，彷彿身在沸水中。

他閉上眼又睜開。

「你還好嗎？」巫師的聲音彷彿自光年外傳來。

語言學家和物理學家已經消失了。

現在只剩下他和詩人了。

「我不喜歡你的太空艙，我們出去吧。」

「門鎖了。」他指出。

「那是你的想法。」

「什麼……？」

詩人已經不見了。或許他才是那個有魔法的人。

他跟著從窗戶飛出去，穿過玻璃紗窗和屋簷。他漂浮在銀光閃爍的雲靄間，從已經罕見人跡的城鎮上方掠過，光溜溜的腳滑過一位女孩的深色髮絲，與她頭上隨性卻極優雅的草帽。

「我們停一下吧。」詩人在傾斜的磚瓦屋頂頂端坐下，重力似乎忽然回到了他身上。

「這裡太危險。」

「你往下看。」

他驚呼出聲。這裡不是房子的屋頂。至少，不是「地面上」房子的屋頂。事實上，他們正坐在一團屋子形狀的浮雲上。

「你看。這樣，你就可以繼續待在這裡。但千萬記住：不要懷疑。這世界本就是由虛構拼湊而成的，隨性而無道理，由一連串重複的巧合和不可知的意志掌控，任何邏輯的分析與建構在它面前都毫無力量，我們因而得以遁逃。」

「你可以說人話嗎？」他隨即回想起詩人是沒有邏輯的，所以他自己很可能也不知道這句話的意思。

詩人微笑。「你並不真的渴望『人話』，對吧？」

他隨著詩人的呼吸飄浮。「你從不回去嗎？」

詩人並未回答，但他已經知道了。回去是另一次降落。唯有在此，才能暫時擺脫時空的限制：無論如何總有規則可循，沒有任何不可知或意外。這是種祝福，也彷若詛咒。

「我還有一個問題。」他看著詩人以蝶式的動作誇張地飄浮在空中。

「說吧，孩子。」

「世界是一座泳池嗎？」

「你學會了。」詩人微笑。

有種透明的光影在房裡。詩人遠遠望著他們，他和巫師。巫師用鵝毛筆在羊皮紙上唰唰寫字。他小口吃著優格，這樣的沉默令他自在。難得有那麼一次，巫師很安靜，沒有盤問，沒有刻意挑起的話題，只是舒適的無語。優格冰涼細緻，覆盆子，藍莓，櫻桃。

那是一次長途旅行，一次流浪。他攀附在窗邊，像某種藤蔓，汲取初醒的日光。

其實從五樓和五萬呎高空望下去並沒有差那麼多。一場清醒的夢。在那樣無聲的時光。

他花了一整個上午待在城市上空。一個年輕男子走過，又走回來。他聽見那個深色長髮女孩的笑聲。她走過去，而他跟著她，消失在視線之外。

但他們很快就會回來的。接著離開。然後再回來。

就像物理學家不斷供給他的，時間是無數規則匯聚而成的長河。在規則之外，有數不盡的鏡像與岔路，儘管最後總會再反射，再繞行回來——像哈雷彗星，英仙座流星雨。

白花阿嬤

短篇小說獎　優勝獎　林欣妤

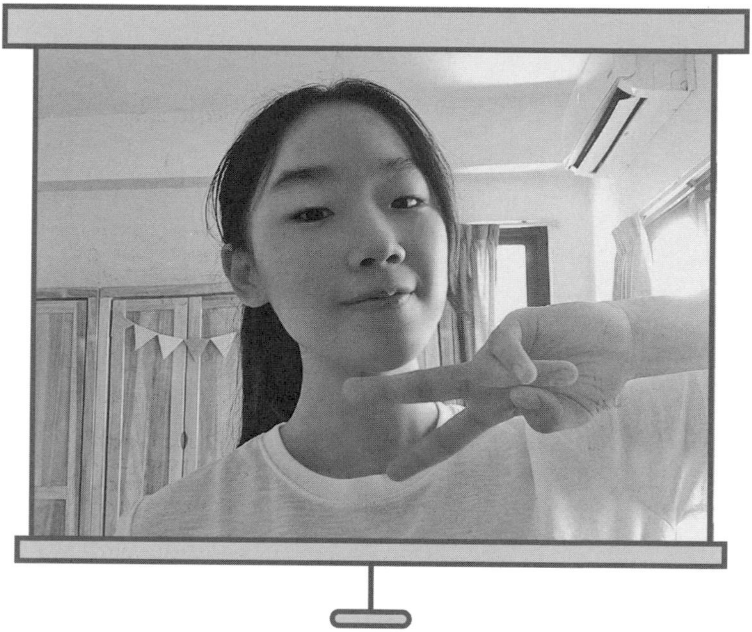

個人簡歷

2005 年生，目前就讀臺南女中二年級，熱愛每個晴天、陰天和雨天。是個每天努力生活、偶爾會過度樂觀的雙子座女孩，特殊才藝是必要時可以徒手打蟑螂。

喜歡温暖的文字，目前仍在努力思考如何讓自已的文字保留溫度。

得獎感言

非常感謝評審老師的肯定！這讓在創作中迷惘的我重新有了向前的勇氣。

也謝謝還願和返校這兩款遊戲，讓我成功找到了一種與我很相契合的說故事方式，也在故事本身給了我靈感。（如今我終於有錢可以買完整版來玩了嗚嗚）

最後謝謝自己，向勇者一樣不斷嘗試著，今後繼續努力吧！

周末早餐時刻，我拿著麵包，在樓梯上看家人來回走動。他們的腳步規律而急促，我幾乎能從他們身邊算出時間流動的速度——若真如他們所說，他們是被時間推著走的話。

在我視線所及之處，所有人的面容都因為迅速的動作而看不真切，但我並不在意，因為太好推論了，那些總是相似著的面孔和神情。

吞下最後一口麵包，我起身準備離開這只值得打發時間的劇場，卻被一個有些陌生的聲音給喊住。

「阿如啊……」

蒼老的聲音說了一大段話，我卻只聽得懂我的名。雖能辨認那人說的是臺語，但說的含糊又膽怯，久未分析這語言的耳朵，竟將後面的話語歸到腦海裡無法理解的那一類。

我緩緩回了頭，在我反應過來以前，手上的包裝袋便被我擰成一球，塑膠袋摩擦著發出尖叫。阿嬤靜靜地站在角落，偶爾緩慢移動收拾碗盤，我卻看不清她的臉。我能從皮膚傳來的溫潤觸感察覺她正凝視著我，但那塊只比巴掌大一點的肉色區域，卻像新聞上的受害者似的，被上了馬賽克。

我揉揉眼，四周的一切都是清晰的，阿嬤的紫色外套也是，但那本該是五官的地方，卻怎麼也填不上一個合理的樣子，我試圖從記憶中搜索，卻徒勞無功。

幾乎要運轉過度的大腦只有氣無力的跳出一張網路迷因似的畫像，畫中的西裝男人變成紫色外套的阿嬷，遮住臉的蘋果被換成一朵大白花，樣子滑稽可笑。

我無奈的敲敲腦袋。

最後我還是鼓起勇氣和阿嬷說她的臉消失了。

我看不見她的神情，只知道她看了看鏡子後，用擔憂的語氣問我最近有沒有去什麼不乾淨的地方，是不是中邪。

我聲音細碎，她也沒有細聽回答，便箍緊我的手出了家門，腳步飛快。我雖然被拉著，但或許是太久沒有奔跑，幾乎要跟不上，右腳踢起的小石子打在左腳上，從腳掌到腳踝都陣陣生疼。

穿過一個比一個更陰暗潮濕的小巷，來到一排水溝味的房舍前。為了尋求一絲乾淨空氣我望向天空，卻只得到一個在晴天漏水的屋簷和陰影一片。

阿嬷推開貼滿廣告的綠色塑膠門，廉價塑膠與霉味混和著上升到鼻腔，我連留在這兒都心不甘情不願，但被推著，只能勉强踏進窄小又沒有陽光的空間。

屋裡堆滿了我看不懂的神像，有些蒙上了灰塵，有些在黑暗中隱去一半，讓我幾乎要以為它缺胳膊少腿。神桌上的紅色燈泡一閃一鑠，映在出來接待的中年男人眼中，讓他像黑暗中的貪婪鼠輩。

「白花阿嬤，來這麼久，第一次看你帶人。」

他的聲音薄的像紙，換個角度就是若有若無的鋒利，聽他說話像把手放在紙的邊緣，我坐立難安。

「阿如，打招呼，這個是黃半仙。」

乖乖照做，他像打量賣場標價似的打量我。

沒幾秒後，轉頭對阿嬤露出親切的表情，開始用甜膩的語調噓寒問暖，連連誇讚我聰慧可愛。

阿嬤原本還有些緊繃的背脊放鬆下來，我聽著她的聲音，感覺每一句都帶著笑意，還有被汙染的甜。

他們的談話越來越不清晰，似乎在說明我的「病情」，臺語節奏一快就變成了陌生的語言，我只能在一旁呆望牆上的符咒，廉價檀香的濃烈氣味蓋過了來自髒亂的腥臭，卻對著鼻腔不規律地用力搔刮，我被從昏昏欲睡的狀態拖回壓迫的空間裡，不只一次。

不知道處在這種意識模糊的狀態裡多久，男人終於起身。

一些白色星點被丟進小小的火爐燃燒，細白的煙霧裊裊升起，散在空氣中後轉為灰黑，一股如銅錢臭的臭味飄散而出。我被嗆得咳了幾聲，瞇起眼睛，意外在昏暗中看清那些星點是一片片殘破腐爛的白色花瓣。

隨後，我便被蒙上了眼。

全然的黑暗裡，只有男人變得高亢的聲音不斷重複著：「死去的人會帶領你找到方向唷！」

視覺忽然被剝奪，剩下的感官霎時清晰。我的掌心被阿嬷一次次拂過，很柔、很緩，我幾乎要能夠用觸摸記憶下她錯綜的掌紋。

「莫驚、莫驚，不會有事的、不會有事的……」阿嬷重複著，但和背後那隻令人煩躁的鸚鵡不同，她的話語小心翼翼的降落在耳際，觸碰到肌膚的剎那，竟驅散了身邊陰冷的寒意。

如日出吞吃黑暗那樣，我的身子從潮濕中剝離，一寸寸被敷上暖意，原本該是一片漆黑的眼前，也奇蹟似的亮了起來——

晴空萬里，一大片湛藍下，是富麗堂皇的廟宇屋頂，再往下是氣勢恢弘的雕花大柱，幾隻龍盤在上頭，陽光好强，我幾乎以為他們瞇著眼在笑。

來往的信衆與神像的面龐被晴空亮起。莊嚴的檀香味飄散在空氣中，浮躁的心也被木質的香氣撫平，我深深吸了幾口氣，體內最後一點竄動的躁動也靜止下來。

「有效！有效！她醒了！」我的身邊爆出一陣各種聲調混雜的歡呼，往下一看，所有人都變得人高馬大，我想再湊近些，才發現我現在正躺在阿嬤的臂彎裡。抬頭望了望阿嬤，依舊看不清她的面龐，卻與方才的看不清有著些許不同，此刻阿嬤的臉不再是突兀的模糊，而是像回想遙遠的記憶時，一切都會被蒙上的朦朧。

人們叫喚著我的名字與阿嬤的名字，奇怪的是，她們口中用來指稱阿嬤的姓名，並不是我所熟悉的「白花」，而是另一個平凡無奇的名，似乎是淑惠吧，那名字太過沒有特色，記都記不清。習慣了群眾的鼓譟，我將注意力放回自己，我的身子變成了幼兒，印著卡通人物的領口濕透，上頭沾著幾片白色花瓣，抬手碰了碰嘴角，也沾上了幾片，口中更是漫開花朵的清香味兒。

「菩薩保佑哇，跑了這麼多有名的大廟，終於……」

「這間真的很靈，聽我姪子說他二兒子也發醫生治不了的怪病，也是來這裡求藥方。」

「還好這女孩有個這麼好的阿嬤唷！聽說她爸媽都要放棄了，阿嬤每天都醫院還有廟來回來回的跑，繞著她打轉了。」

似乎是聽到放棄兩字，還在我身上的手臂緊了緊，阿嬤嘴裡叨叨念著的「菩薩保佑、真不知道怎麼感謝菩薩……」卻一刻都沒有停。只有在我因為彆扭動了動身子時，她才暫時停下來，繼續撫著我的掌心，用彆腳的國語告訴我，沒事。

乖乖窩回懷抱裡後，我在阿嬤的喃喃中睡著了。在更加朦朧的夢裡，飄起了白花瓣的雨。被花瓣觸碰的地方留下了清淺的印記，不特別難看，只是一個記號，阿嬤卻仍將它抹去，放在自己身上。

「妳的人生還很長，不知道這東西會護你還是害你。要是它的功用是護你，那我也能做到。」她的聲音，比花瓣更軟、更輕盈。

再度醒來的時候，整好趕上黃半仙跟阿嬤報價，好幾個零圓滾滾，活像我瞪大的眼睛。

「這療程要多做幾次，不可能一次見效。」他嘻嘻幾聲，方才扔花瓣的火爐忽然又轟的燃起，空氣中再次臭氣瀰漫。

「阿伯，我可以問問題嗎？」我小聲詢問。

「問事一次兩萬八。」他甚至沒有看我一眼。「如果你要問的是那個火爐，抱歉無可奉告，要是告訴你，我生意也不用做了，大家人人都能來做仙。」

聞言，阿嬤小心翼翼的撫了撫我的背，像在為對方的魯莽致歉。

這一切結束後，我幾乎是逃跑似的離開黃半仙陰冷的屋宅，那兒的昏暗角落像是隨時會有毒蛇竄出，我甚至懷疑我是不是已經被咬了幾口，渾身發癢。但更大的原因是那個黃半仙看著我時陰惻惻的眼神，像貪婪的獵食者護著牠垂死的獵物。

阿嬤依舊是擔憂的語氣，問我有沒有看到什麼。

「像做夢一樣。」太多離奇的細節，我不知該如何說明，只能以一句話概括。

「做夢很好哇！我以前也常常做夢。」阿嬤沒有繼續講下去，逐漸寬闊的道路上，有的只剩沉默。

或許是已經睡了一覺，用完午餐後我沒有睡意，只想找個地方坐著，仔細思考方才迷幻的經歷。

記憶裡阿嬤要求事情都是去大廟拜拜，什麼時候開始往那些陰森森的地方去的？我咕噥。走到家中放滿電腦的書房，試了幾把椅子，此刻卻都坐不安穩，那種變回一個孩子的感覺尚未從體內褪去，桌椅都好遠、好遠，我不敢伸手，害怕發現自己勾不著那些高度。於是，我久違的趴在冰涼的地板上，似乎很小的時候，我喜歡這樣做白日夢。

但彎下身去的那刻，我赫然發現，簡潔俐落的擺設之間有個我從未注意的夾縫，藏著一盆小小的白花。

不過說是藏，更像被遺留於此。或許是太久沒有照料，已經枯的差不多了，只剩下最後一個潔白的花苞勉强撐在盆邊，仰仗最後一點養分挺直腰桿。

腦袋嗡嗡地響著，有什麼與這盆白花一起被遺留的東西，此刻與我接上了線。

剛有記憶的時候，這個房間呈現三國鼎立的狀態，阿嬤的木頭床和花棉被占據一腳，母親搬進來的雜物占據一角，而領地最大的，是屬於我的一片小花園。原先只有一盆白花，為了怕它寂寞，我總是搬來各種其他的花兒陪伴它。我每天都欣賞花兒，阿嬤就一直都在旁看著，偶爾被我天真的舉動逗的發出咯咯笑聲。

母親不喜歡我玩這些花，她總說那是多沒意義的事，再不努力些，我就要跟不上別人的腳步。

「別人是誰？」

「這整個時代。」她恨鐵不成鋼的嘆了口氣。

那些花一盆一盆的被搬回戶外，成為我不能觸碰的庭園造景一部分，只有小白花被阿嬤强行留了下來，她總是偷偷喚我去她房裡看花。

「阿如啊，阿嬤如果哪天不在了，能給妳的可能就只有這盆花了。」她總是用歉疚的語調緩緩說道。

「阿嬤不會不在！」我總是用著稚嫩的聲音大聲宣誓。

但沒過多久，沒了照顧原先那些花卉的理由，阿嬤的木板床與花棉被也被驅逐出境。偌大的房間一點一點被電腦手機與參考書占滿，我的眼睛也從地面移到了螢幕裡——從此我便再也沒見過那盆小白花，也幾乎從未再想起它。

手上的花盆遞出陣陣暖意至我的掌心，我連忙撥開早已乾裂的土，想將它移入新的盆與培養土，但小心翼翼的移出時，它卻卡的死緊，我挖的更深一些，糾糾纏纏的根部映入眼簾，但它們一起抓住的卻非土壤，而是一張證件——

正確來說，是那證件上的名，所有的根都繞上了名字的欄位，名字因此而辨識不清了，但證件上的照片，還能清晰辨認出，那是阿嬤的紫外套。

小白花被種到新盆子去了，放在我的書桌前，一個能好好晒太陽的所在。或許是有了充分照養，它開始散出淡淡清香。香氣探入鼻腔那一刻，我竟有些恍惚，意識到時，已經在自己臂膀圈出的領地閉上眼睛——

我和阿嬤一起出門了，這次阿嬤沒有帶我走進陰暗的小巷，而是在晴空下的廟埕邁步向前。我偷偷握著袋子裡的小白花，種進新盆子後沒多久，它就生的茂盛極了，因此我剪了一小束。走進廟裡，我將花遞給身邊的她。

接過花的那一瞬，我看見了她的臉龐。

那是一張很普通的老婆婆面孔，但此刻，我卻能找出她無數個特別之處，若要形容，那便是那朵最初存活下來的花苞，再次盛開的模樣。

阿嬤布滿皺紋的臉上又驚又喜，眼睛像個小女孩似的彎出月牙，我被暖洋洋的情緒擁抱，臉蛋兒也掛上了笑。

她將花放進神桌上的花瓶，拿著香虔誠祝禱，她輕聲呢喃，我仔細地聽。

第一個願望她說得毫不遲疑，希望我能繼續平安長大。

再來她猶疑了幾秒，許願全家都能健康。

她沒有說出第三個願望，但從她偷偷瞥了眼小白花的可愛舉動，我大概能猜出七、八分。

回到廟埕，聚在一起聊天的阿姨伯伯露出驚訝的神情：「淑蕙阿嬤！足久無來餒！最近甘好！」

「誠好誠好！但是莫擱叫淑惠啦，我改名啊！」

「廟公毋是講改惩查孫……」伯伯見阿嬤眨了眨眼，沒有繼續講下去。

氣氛凝了一瞬，我連忙接下話題。

「阿嬤今仔日特別踹我來拜拜！」我轉過頭，輕柔而真誠。「謝謝阿嬤！」

陽光從我肩上灑落，阿嬤的眼底也清晰了，倒映出我的模樣。

我牽起阿嬤的手，很輕、很柔，謹慎如拾起一片潔白花瓣。

二〇二二第十九屆台積電青年學生文學獎——短篇小說組決審紀要

時間：二〇二二年七月三日上午十時
決審委員：甘耀明、黃錦樹、胡淑雯、駱以軍、鍾文音（按姓氏筆畫序）
列席：宇文正、許峻郎、胡靖
吳佳鴻／記錄整理

本次小說組共收到一〇五件，三件不符資格，共一〇二件進入評選階段，複審委員王聰威、何致和、李屏瑤、吳曉樂、林育德、黃崇凱最終選出二十件進入決審階段。

複審認為，參賽作品文字質量高，主題則因為缺乏實際經驗，多出自幻想，而因組織能力有限，寫作多停留在描述狀態，沒辦法說出完整故事，另可看出閱讀養分來自經典及網路文學。

決審委員經討論推舉鍾文音為決審主席。

駱以軍：像初複審講的，可能缺乏生活經驗，他們好多篇用不同技術對話不存在的自己、幻想的鬼魂，在鑄造內心模型的工藝上展現用心

黃錦樹：滿多篇比較晦澀，不知道在寫什麼，好像對鏡子牆壁自我對話，文字抽象乾澀，故事破碎，有的甚至是胡亂剪接。

胡淑雯：有一半以上的作品，試圖駕馭自己無法駕馭的東西。結果在表演語言技術的過程，反而表達了自己語言本身的乾澀；另一類談青春、切身小事的也有，我覺得後一類比較好，有年輕人的聲音。

甘耀明：描述寫景很強，寫人的能力就很蒼白，一寫到對話就露餡了。人的互動、本質跟衝突也就弱化了。意象迷宮是他們的執著，像是異化的詩、夢境，就被混雜在一起，但是不應把解謎當成小説，許多地方難以索解。反而是對具體經驗較能掌握的、接地氣的部分，比較觸動我。掌握寫實，是爭取我票源的關鍵。

鍾文音：小説技術與人生經驗，也許未來再歷練就好，語詞語感才是天生不能取代的，小説如何對未來提供辯證，是這次這批小説常出現的訊息；另有一些則是架構在溫情寫實上。

以下進行第一輪投票，每位評審各選出五篇入選作品。

第一輪投票結果，一票作品共四篇，依序為：〈未成功的物品展覽會〉（黃）、〈陌時〉（胡）、〈水塔〉（黃）、〈幌〉（駱）；兩票作品有：〈若蓮〉（胡、鍾）、〈樅樹〉（黃、胡）、〈時間的流光〉（黃、鍾）、〈去當貓吧〉（駱、鍾）、〈爐火〉（甘、胡）、〈天人五衰〉（甘、黃）、〈白花阿嬤〉（駱、甘）

三票作品：〈關於阿公的作文〉（駱甘鍾）；四票作品：〈無聲〉（駱、甘、胡、鍾）

鍾文音：一票的四篇先請評審說明是否要爭取進一步討論，或是選擇放棄。

駱以軍：放棄〈幌〉

胡淑雯：放棄〈陌時〉

鍾文音：剩〈未成功的物品展覽會〉、〈水塔〉，請投票的錦樹說明。

黃錦樹：有評審提到這些小朋友不太寫切身問題。作文就很切身。這兩篇〈關於阿公的作文〉和〈未成功的物品展覽會〉比較，我覺得〈未成功的物品展覽會〉複雜度遠超過〈關於阿公的作文〉，〈未成功的物品展覽會〉複雜度較高，用複雜的文學技術，或者是說比較奇幻的手法，談關於作文的種種訓練和程序，破格、開門見山等等，嘲諷模仿作文的種種套路，來完成小說。我覺得高中生難得，不知道為什麼沒有人投他，懇請各位評審再看看，這篇我一定是保留的。

另一篇一票的〈水塔〉也是我的。〈水塔〉也是自我對話，我建議保留。

駱以軍：〈水塔〉我滿喜歡的，我附議。

鍾文音：好，保留這兩篇，接下來討論兩票作品，針對編號順序進行討論。

〈若蓮〉

胡淑雯：我要積極為〈若蓮〉辯護。他的缺陷是，講學摩托車的技術語言太多了，但這缺點很多作品也有。雖然很小很簡單，但通過多年互動，去談好學生跟趕不上的學生這個主題。從表現不好的學生視角去看好學生，最後發現兩人間的差異其實是假的，這很簡單、很可愛。他不太會小說的化妝術，但氛圍和角色氣質很優雅可貴。

鍾文音：常見的參賽作品都有很清楚的企圖或命題，顯得鑿痕。但這一篇淡淡的什麼都不清楚，包裝很素樸，叫「若蓮」，顯得老派，但其實這一篇是非常當代的，青春的。我喜歡裡面的情感，看起來什麼都沒有發生，可是什麼都在裡面。

胡淑雯：我也覺得最厲害的是用表層無波的方式，在水面下挑戰學校的秩序、挑戰什麼叫做「像樣」的年輕人。

黃錦樹：我剛好相反，我覺得你們投射太多了。這是一篇很簡單的作品，比較初級，接近散文，他有一些情感，但是非常簡單。這種作品投他的評審都會投射很多，覺得沒寫出的比寫出的多，但我其實是滿保留的。

甘耀明：騎車教學的過程太多，以至於模糊主軸，很囉唆。

〈樅樹〉

胡淑雯：這次有幾篇是透過既有的文本或經典，依附在對這些經典的理解來發展小說。我覺得這篇是這類作品中，比較有能力駕馭這種寫法的，知道自己要說什麼。

黃錦樹：比較有趣的地方是用三種童話來比喻人生，對中學生來講有點裝腔老成世故，但是就像淑雯講的，用前文本表達中學貧乏，想像人生可能性，就這點是不錯。

駱以軍：這篇我態度較保留。比附童話好像很可愛，但反而也遮斷了有限的篇幅裡，發展出更有個性的人物，我們很自然就移位到童話裡的象徵性人物，作了結構性的分類，人就消失不見。

鍾文音：陳設太清楚，比較制式，少了一些生活的味道。

〈時間的流光〉

鍾文音：技術上非常非常細膩。在思考時間，將經典的閱讀都融合在一起。他調度了卡夫卡、村上村樹、波赫士……把很多經典，竟然像是化學元素溶解在一起，有飄忽的詩意。在這麼窄的篇幅裡動員各種小說技術，很厲害，有一種魔幻感，雖然許多語言質地太過。

胡淑雯：〈時間的流光〉聰明，野心也大，但有點在炫耀自己不太確定的東西，語言本身也不吸引我，沒辦法讓我想瞭解他的時間觀。

駱以軍：他把全部東西都符號化了，小說在一個接一個的符號中跳躍，最後講到時間的大爆炸，就下了太初之始的結論。這篇一起步就寫到巫師、物理學家，這個會立刻踩到我的「反的機制」。

甘耀明：他很難能可貴想要追求時光之流，但不免有點看不懂、很抽象。有一些對話很漂亮，但是意象很縹緲。他有天賦，不過我沒有辦法接到他的語言，進不去。

〈評審決議：〈未成功的物品博覽會〉與〈關於阿公的作文〉，因主題接近，合併討論。〉

駱以軍：〈阿公〉那種很會詼、倒楣狗的、耍婊者的口吻，一開始就打動我了。有一種比較寫實、喜劇但又悲傷的元素。

胡淑雯：〈阿公〉這篇寫小經驗，〈未成功〉文學企圖心比較強，更接近小說。我比較傾向〈未成功〉。

甘耀明：我比較支持〈阿公〉，比較沉穩紮實。〈未成功〉就是加上很多圖卡、旁白、動漫，比較有企圖，不是寫實而是從大量的圖卡呈現。拼湊起來感覺太硬梆梆，〈阿公〉比較自然可愛，是我的前三名。

〈阿公〉對作文模板有諷刺的幽默，他融入經驗後又掰了一個阿公，跟高中生的生命情境貼得很近，很打動我。但是阿公真的生病過世，有點突兀，這麼短的篇幅其實不用寫到這裡。寫實的部分、情感的拿捏反而不錯。

黃錦樹：〈未成功〉就有討論到作文為什麼一定要寫生離死別，也就是說〈阿公〉的討論已經包含在〈未成功〉裡面了。〈未成功〉更深一層討論作文，是後設層次去思考體制內如何要求你去造假，很深刻。

胡淑雯：〈阿公〉最後阿公真的死了，這很諷刺讓這篇作品自己也陷入所要批評的作文模板，祖孫情也沒有寫出情感的內核。〈未成功〉比較沒有落入作文窠臼，但〈未成功〉的結尾，「成功與未成功都是我們」是敗筆，有點可惜。

鍾文音：我選了〈阿公〉是因為他有一個隱喻，就是下筆是會成真的，下筆寫阿公死掉，就會成真。但轉折太快了，好像又落入模板。

〈爐火〉

甘耀明：精準寫老宅裡面妯娌間分家產的衝突。鄉土氣氛越看越覺得處理得還不錯。女性阿娟沒什麼地位、被家暴。她的叨叨念念，描述滿深刻。小說中LINE的群組中互拋訊息，呈現妯娌的爭執與心計，氛圍有意思，用簡單的話就可以呈現形象和訊息。結尾在訊息背後，還有大量的訊息，但有點老套。語言雖沒有其他篇俐落精準，但比較清楚、紮實。

胡淑雯：這篇真的在乎被書寫的小說人物，因而他的哀傷有分量。寫出兩代都沒有希望、被困在一個小地方，沒有餘裕的狀態，家庭內部隱約燃燒要爆炸。

駱以軍：我覺得這篇會不會只是從一些鄉土小說得到印象？這些線索證物，我覺得是臨摹出來的，沒有真正生活的苦難感。你們說他寫很好的結尾，我只覺得是聰明帶過的一個意象。

黃錦樹：這篇給我感覺又是一篇作文。這個年紀的寫作者，如果對文學有興趣的話，他可以模擬出像是〈時間的流光〉，或是鄉土寫實的〈爐火〉，這就涉及評審的價值選擇。我覺得是比較老套一點。

鍾文音：以人物為主述者去驅動小說時空的敘事，可是〈爐火〉跟作者的年齡所產生的現實經驗差太多，因此需要去想像臨摹，於是技術上會出現一些問題。時間軸線太長，也就有一些踩空。阿娟的夢很文青，也顯得跟阿娟很脫離，有些細節不妥。

〈去當貓吧〉

鍾文音：這是一篇用散文調性寫成的小說。有很不錯的敘事細膩度，想要當貓耍廢，不想要在血腥世界拼搏，很淡然，不像有些寫得太用力。厲害之處是角色很容易就寫出來，不像是〈爐火〉處理比較刻板。

駱以軍：沒有花很多力氣去寫實素描，但是很立體，沒有套路感。不匆不忙好像只是從容紀錄小山村，幾筆就讓小山村存在了。若即若離，很懂得對情的觀測。也不是想好主題，很堅持的像是在做數學，很拘執要解題，而是舉重若輕，表情型態都好靈活。

甘耀明：這篇不只寫山村，也寫到都市。死亡和貓，可能讓人物對於生命有新的詮釋，也許殘缺才是自由的。語言可更自然，有時讀起來卡卡的，要跳又跳不太進去，運鏡不太自然。

胡淑雯：讀來有奇特的不均質，有點像是學習寫作的過程，對幾種不同風格的語言和主題的學習與拼接，似乎鄉土、新鄉土、城市都有一些，掌握上稍微不足。

〈水塔〉

黃錦樹：這一篇是很清楚意識到什麼是小說。藉由〈水塔〉這樣一個裝置，寫一個女生跟水塔講心事，水塔好像也有自我意識在聆聽，有巧思。

駱以軍：他沒有炫耀自己看過卡夫卡什麼的，寫得很冷靜，很簡單抒情，可是在執行法國新小說霍格理耶的《百葉窗》或是黃國峻的風格，冷靜在寫靜物的慢速紀錄。

胡淑雯：我覺得是企圖用巧思一躍而過，把我們蒙過的作品。我覺得水塔的形式設計不夠精巧，反而是閱讀障礙。我常常困在水位裡。

鍾文音：我覺得這篇反而太精巧，像是封閉空間，有時候不容易進去。有巧思，只是女性角色有時跳出來會干擾，截斷敘事線性。

〈天人五衰〉

甘耀明：升學壓力之下，跟鏡像自我的投射。一些細節滿有意思，去洗衣店裡面洗一洗，有點魔幻變成新的人生，跟內在的我合而為一，意象恰到好處，細節滿繽紛的。

黃錦樹：〈水塔〉看起來比較有才氣，這篇比較老套，題目太大了。

駱以軍：結尾非常好，用夾娃娃機寫學校裡的小鬼，怎麼能對抗邪惡街景的大人世界陷阱？當然夾不到。但最後機器壞了，夾了一大堆，這很有他們新一代時代感的哏，最後去洗衣店也幽默可愛。

胡淑雯：寫得好的部分就是駱講的夾娃娃跟結尾。我對這類高度關心自我的作品標準比較嚴格。他做了沒有做完的旋轉，雖有兩個跳躍還不錯，但基本的滑行反而沒有做好。

鍾文音：我也覺得題旨太大，情節設計上有失落。育幼院跟小丑的場景感覺可以拿掉，我不知道為什麼要設計這個部分？亮點應該是城市文明跟清純情愛的失落與洗滌，在城市機器中遊走。〈水塔〉技術上比較有創意。

〈白花阿嬤〉

甘耀明：祖孫情細膩，通過宗教儀式，得到生命的向上提升跟洗滌，寫得到位。語言太纏繞不夠精準。祖孫情寫得可愛，結尾也迷人。家裡盆栽小花是宗教的情感象徵，從中呈現出阿嬤跟小女孩深層的互動，算是細膩也貼近生活。

駱以軍：也是寫另一個只有我面對的對象，但具備寫實場景跟細節描述的技術。他似乎在寫不存在的對話，就像「布魯斯威利是鬼」那樣，其實小孩不存在？如果他有意做出這個曖昧性，那就很厲害。

胡淑雯：這篇有企圖心可是沒做完。他企圖要講觀落陰搭元宇宙的新題材。他寫到阿嬤的臉是一張網路迷因，有強烈的企圖也連結民間信仰跟人工智慧、元宇宙。梗都鋪了但沒有做出來。

鍾文音：很可惜，觀落陰、白花附身這些都迷人，但是有些地方可能字數限制問題跳躍掉，否則應可更細緻去寫。阿嬤跟自我可以更細緻化處理，用情節去驅動，而不是直接給我們答案，題旨內容較刻板。

四票作品〈無聲〉

駱以軍：比〈若蓮〉更老實，更少女漫畫。沒有一出現人物就要判他生死、情愛或陷入其他戲劇性。感覺、感情流動都很輕靈節制，不會誇張化戲劇化，這對初學者往往是很大的誘惑。

甘耀明：高中校園常會出現的主題，是要從眾還是忠於自己感受呢？寫得還不錯。主角跟配角的互動走位有點卡卡的，運鏡的走動有點卡住。

鍾文音：我比較喜歡〈若蓮〉的情感，這篇則是對從眾與否的議題圍攻較好，人物走動一路寫來十分自然也是優點。

進行第二輪投票，每位評審各選出五篇作品給分，分數為五到一分（不重複），再依照分數統計結果，決定名次或淘汰。

若蓮，12分（胡5、駱4、鍾3）

樅樹，2分（胡2）

時間的流光，5分（鍾5）

無聲，9分（甘4、胡3、黃1、鍾1）

關於阿公的作文，3分（甘3）

未成功的物品展覽會，10分（胡4黃5駱1）

去當貓吧，13分（黃4駱5鍾4）

爐火，6分（甘5胡1）

水塔，8分（黃3駱3鍾2）

天人五衰，2分（甘2）

白花阿嬤，5分（甘1黃2駱2）

依投票分數高低，第一名當為〈去當貓吧〉，第二名為〈若蓮〉，第三名為〈未成功的物品展覽會〉。優選不分名次，共五篇：〈時間的流光〉、〈無聲〉、〈爐火〉、〈水塔〉、〈白花阿嬤〉。

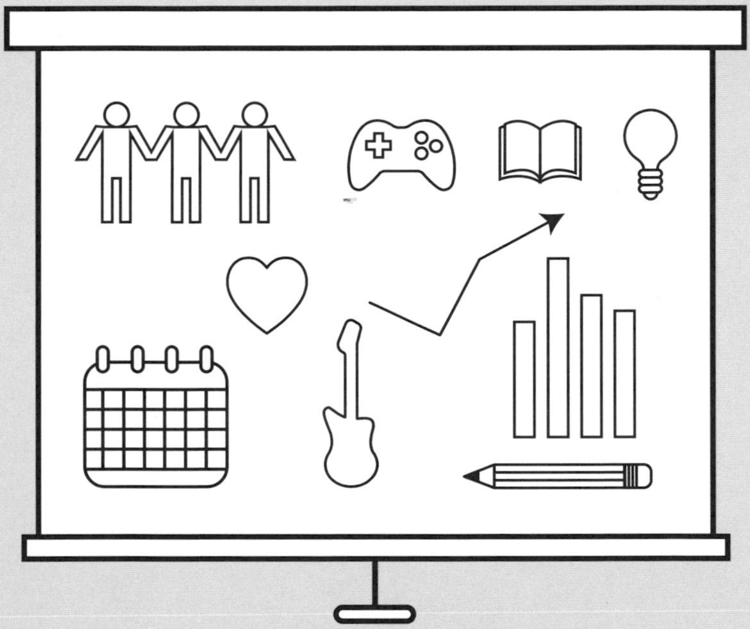

散文獎

我們這一代

散文獎　首獎　羅心怡

個人簡歷

2003 年生，畢業於山明水秀的臺中新社高中，即將前往就讀臺大戲劇系。

得獎感言

接到得獎通知又叫又笑的，隨後又擔心主辦單位有沒有搞錯人，哈哈。最想感謝家人在我其他文學獎落選時，告訴我，他們喜歡我的作品；不論我是落魄還是綻放光彩，只要有你們在，我就能堅定信心。

「妹妹，你這個鞋子不夠黑，老闆看到會扣錢喔！」領班大姊斜眼瞥了一眼我的腳，一邊在桌次分配表上塗塗改改，然後用盡可能溫柔的語氣警告第一天來到這家婚宴會館上班的我。我無語地盯著自己腳上那雙，僅有鞋帶前端是白色的全黑布鞋。而像是下馬威一般，與我年紀差不多的高中工讀生，因為鞋子太髒，在結算工資時，被扣了五十塊錢。這對於時薪僅有一百六十八塊的我們，打擊不小。

在客人陸續進場時，我們將一捲捲濕紙巾，十個一組地排在白色陶瓷盤上，然後詢問客人是否要為他們調皮的小寶貝換上塑膠碗筷，而這些程序都是開始上菜前的序幕。華人喜歡吉利的數字，結婚的日子、禮金的金額；連上菜的數目，都要「十」全十美。

今天我要顧四桌，這意味著這十道菜，我要重複上四次。第一道菜，按照慣例，是一艘裝著生魚片、乾冰的大船，澎湃得不行，也無懸念地增加我們後續上菜的難度。為了上後續的佳餚，我們依照客人的要求，把他們不喜歡的菜清掉，即便那道點綴著小花的油飯根本沒被碰幾口。然後新人準備進場，要清場，別誤會，被清掉的是我們這些服務生。我們被趕進幾坪大的儲物間，那裡沒有椅子，我席地而坐，歪著頭看著門縫下透進來的五光十色，耳邊傳來主持人興奮地介紹新人的聲音。

婚宴結束，我們收拾客人留下的一地狼藉，有的人收廚餘、垃圾，而我拿著大籃子回收酒杯，偶爾，對手滑打破的杯子裝沒事。打工快結束時，腳底板與後腰隱隱作痛，此時的我已經是沒有靈魂的擺筷子機器。周而復始，讓客人使用乾淨的環境，他們再弄髒，我們再還原。

夕陽西下，意味著今日的辛勞走入尾聲。我拿著薪水，走回去搭捷運的路上，我想著「這就是我想要累積的社會經驗嗎？」

時間回到大學放榜的那一天，我是少數的幸運兒，比多數同學早了幾個月有了著落，而且那是全臺灣最頂尖的大學。但當看到那場作了三年的夢，就這樣在我眼前實現時，我卻出乎意料的冷靜，甚至，五味雜陳。我想我隱約感知到，短暫休息後，我又重新回到起跑線上，將這場競爭的遊戲，按下重新開始鍵。而遊戲場景，不再是高中校園。

我並非出生在藝術世家，念普通高中，卻選擇了一個沒有藝術天分似乎就會餓死的道路。連相關領域的過來人都跟我說，做他們這行，沒有不餓過肚子的。說這話時，他莫名地驕傲。我只是歪著頭，誠懇地問他：「那我可以吃差一點，然後吃得飽嗎？」

玩笑歸玩笑，但頻頻刷著求職網的手指，洩漏了心中的惶恐。說來可笑，但我似乎想透過僅提供最低起薪的兼職，找到能在未來社會立足的依靠，為將來真的一點藝術天賦都沒有的自己，留一條後路。然後接連被拒絕，畢竟我只是一個剛滿十八歲的高中在學生，在雇主眼裡，大概就是乳臭未乾的小鬼吧。最後，僅僅只有一家婚宴會館大發慈悲收留了我。

付出大量勞力，換取微薄的薪水，打工APP上，第十份被無視的履歷。我似乎在空轉，庸碌填補日常。我確定自己沒有學習到想學到的東西，於是開始自學那些似乎能幫自己加分的技能，影片後製、修圖、電繪。似乎將自己打造成能幫老闆賺錢的工具，是刻在我基因上的求生本能。

打工完的周末深夜，我在幫一支影片上字幕，遠在中國工作的父親打來跟我閒聊，我將最近的境遇同他分享。對此，他有一些感慨。他說：「你們這代可真不容易，我那個時代會用PPT、Word、Excel，就是人才了，結果到你們這代，只懂這些就來求職，可會被當成來亂的。」可不是嗎？我掃了一眼自己的書架，滿滿自我提升的書，《二十個表達的技巧》、《掌握第三外語的竅門》、《如何自學C語言》……諸如此類，不勝枚舉。「斜槓」、「跨領域人才」，我聽得都煩了，難道只專注於用自己的筆、專屬自己的字體，寫好一篇文章，太過矯情了嗎？

週一早晨，我悠悠轉醒，卻覺得不對；打開手機，我驚呼：「已經八點了！」，倏地起身，將運動服囫圇往身上套。但轉念一想，才想起學校因為有確診者所以停課了，我要做的事不是趕校車，而是打開筆電的視訊會議。

不打開鏡頭，老師點名，我按下「舉手」後，就以迅雷不及掩耳的速度，再會周公。大疫情時代，這是我第二次遇到停課，我老練地應付所有線上作業，與同樣在家上班的母親分配家務，連點外賣的時間都是精準的中午十一點三十五分，歸功於這套標準流程，我們能夠在正十二點整，也就是午休一開始就享用剛好送達的午餐。

這場疫情，為這以科技發展為尊的時代再添一把火，人們花在網路的時間更多，資訊流通的速度更快，但弔詭的是，世界的紛爭未曾因為科技的進步有過休止。幾年前的我，一定未曾想過進步的歐洲，會發生慘覺人寰的戰爭。

這不是該死的資訊認知作戰，你甚至可以在風靡全世界的短影片網站上，有網路覆蓋的地方，看見戰爭第一線的慘況。赤裸裸地，沒有馬賽克的影片上，我毫無防備地看見雪地上，一具五官被血淋淋大洞取代的屍體，還有像是破舊布娃娃般被凍到蠟黃的屍體。然而，資訊再怎麼傳播，情感也未曾相通。知道得越多，越發突顯自己的無能為力。我知道在戰火肆虐下，有人頂著被亂槍打死的風險，為了家人翻找垃圾桶的食物，然後同一時間，婚宴會館裡，大量大量的合菜被我親手扔到廚餘桶。

停課一週再次回到學校，我向朋友傾訴打工的不易，豈料，他告訴我，同樣在婚宴會館打工的他，因為身材高壯所以常被指派搬重物、多負擔幾個桌次，當然，他的薪水跟我一樣低。沒有聽到預想中的安慰，我愣愣地問他，你這麼累地打工是為了什麼？他簡短回覆，為了大學學費。他還補了一句話，他說：

「我們已經過了要父母為我們負擔一切的年紀。」

又來到了週末，賭氣一般，報班了下午的場次。認命地換上，那雙剛上高中時為了應付學校檢查買的六百塊皮鞋。舒適度沒有，但能保住我薪水中，那重要的五十塊。果不其然，堅硬的鞋底，無法為我分擔久站對腰部與腳底形成的壓力。我煩躁地扯動口罩，試圖減緩耳朵被勒住的疼痛，順帶呼吸一口新鮮空氣。

新人一組組換，相似的甜蜜笑容，一如雷打不動的菜品組合，芒果奶酪、蜜汁烤鴨、養生雞湯……，那雞湯才上三分鐘，客人就叫我打包，那麼燙的雞湯，我端過去就不只三分鐘了。沒辦法，我謹遵客人指令，默默地把湯撤下，雖然手上的動作沒有停止過，但大腦全速運轉，思考如何在手不被燙傷的情況下，把一整盅的熱湯連同全雞一起倒入雙層塑膠袋裡。結果沒有成功，我顫著紅通通的大拇指領薪水。

再次踏上歸途，我姿勢不自然地走著，試圖找到一個不需用到發疼的腰與腳底的最佳走路方法。離開會館，已是薄暮時分，沐浴在夕陽餘暉裡，兩個小孩尖叫著從我身旁，伴隨一陣風吹過，樹葉沙沙作響。

耳機裡，正撥放一首關於海洋的歌。海嘛，無邊無際，總讓人聯想到自由。歌詞唱到：「讓我們無視鬆開的鞋帶，乘著風兒，擺脫名為想像力的束縛，向著更遠的那方前行。」我瞧了一眼自己的鞋子，是沒有鞋帶的皮鞋。

耳邊是浪拍打的聲音，玻璃瓶被浪捲著，發出清脆的響聲。我彎下腰，撐著膝蓋，細細感受此時向我襲來，那有如浪潮般的情感。
我決定了，就做到今天吧。

名家推薦——

本篇作者很自然地呈現世代間的勞動差異，以及現實生活中的掙扎。能看見人在艱難中仍不斷嘗試的生存處境，是本屆最特別的一篇。——楊渡

本篇文字雖平鋪直敘，但透露真誠，具有掃描外在社會實況的能力。作者能迅速掌握事物間的邊界，不論是時局、階級、勞資，也提及疫情與戰爭，將工作中面臨的食物浪費與遠方戰爭並置，直面出拳，結尾亦充滿餘韻。——簡媜

二二春

散文獎　二獎　劉子新

個人簡歷

2005年生，嘉義女中一年級，喜歡雪和浪花，喜歡在搖搖晃晃的公車上寫同人文，喜歡對著生活中的瑣事胡思亂想，給飛過天空的候鳥加上心情，希望他們不要覺得我很煩。也希望能一直一直寫下去，還有很多很多故事想寫。

得獎感言

謝謝評審老師、謝謝爸爸媽媽、謝謝花圃的開拓者R同學，以及明明死了還要被我挖出來消費的椿象們。〈二二春〉寫於水深火熱的二段前，也代表2022春天的意思。春天的夜晚總是難眠，謝謝那晚失眠的我揉著眼睛爬起來寫了這篇，增色了好像變得沒有那麼平庸的十六歲。總之我好幸福喔，感覺活著真的太好了。

春天的雨滴絕對稱不上錯落有致，天色昏沉黯淡，我和R背著書包狼狽的離開校門口，向補習班狂奔。我說跑太慢就要濕透了，他說跑太慢他會錯過一個禮拜一次的偶像直播。

於是我們加快腳步，踩過一個髒兮兮的水窪，襪子濕得可以擰出水來。公車呼嘯而過，濺起來的泥水噴在腳上竟然是溫的，又暖又噁心。

地上是幾隻椿象仰面死去的屍體。

鄉下的春日花是沒多開幾朵，但椿象橫行，飛行起來就像要墜落一般，偶爾在轉角會踩過一隻翻著肚子的，碎裂的聲音很響，一不小心就為牠開腸剖肚。

班上的花圃用地上的瓷磚碎片歪扭的擺了一個巨石陣，圍繞著一株從一片荒蕪之中破土而出的雜草，像是什麼邪教組織的春日祭儀，狂人們圍繞著篝火跳舞，綠芽在深夜的歌舞中越攀越高。

不過後來有人偷偷破壞了陣法，移走一塊摸著扎手的瓷片，用紅色的粉筆寫上了「R．I．P．」，又拿圓橇小心翼翼的把一塊碎裂的昆蟲翅膀以及只剩兩隻長長觸角的椿象斷頭一同用黃土掩埋，就當做每一隻竭力而亡的椿象的墳墓。

隔壁總是拖堂的數學老師仍在絮絮叨叨，轉頭總是不小心和早已分神的隔壁班同學對上視線。然後尷尬的翻了翻黃土，陌生的同學別開眼睛。

後來埋葬椿象好像變成一種習慣，在窗溝裡的、在門邊的、甚至粉筆盒裡的，每一隻都抓著長長的觸角再裹上寫滿雜亂公式的筆記紙權當屍袋，然後胡亂塞進亂葬崗裡。

就是牠們飛的姿勢不很美觀，但我總是在數學課的時候分神去看，就算歪歪扭扭的，至少是笨拙吵鬧的飛起來了。

膽小的同學一邊喊著牠有毒液，掐一下手就會腐爛，一邊四處亂竄。不知道腐敗之說的真實性，不過他們總是吵嚷嚷的喊叫，最後空白一片的考卷就被打上很多紅叉。沒意外的話又會變成裹屍袋，滿江紅的考卷沒資格待在抽屜裡。

數學小考的壓軸題說有兩個視為一樣的球，物理題目三言兩語就帶過空氣阻力，我的春天一點一點蹉跎，被理性主義學者的理想狀態破壞了理想。

補習班的天花板很低，我不太記得公式、證明和定理，但我依稀記得那句幾乎被所有高中生奉為圭臬的理想箴言：「沒有好成績就沒有好大學，沒有好大學就沒有好人生。」

就像椿象的毒性未定一樣，我也不知道這是不是真的，畢竟人生我也尚未走完一遭。我只知道因為這個原因，我的十六歲就注定會被按在椅子上一張一張考卷的寫，一節一節正課的聽。

沒意外的話世界不會真的有兩顆一模一樣的球，比薩斜塔旁邊的空間也絕對不會沒有空氣阻力，連百步穿楊的箭都沒有破風之聲。理想人生的定義也不會是三言兩語就能概括的。這樣就太不浪漫了。

也許我該休學，不然至少請一次長假——打破我唯唯諾諾的全勤——搭上飛機無論去哪兒都好，去非洲部落晒黑每天用制服外套遮著掩著的膚色，去海島的沙灘上奔跑，跟海浪賽跑，和熱帶魚對視。數天上有幾朵白雲是我僅需的數學能力。

不過世界似乎容不下這種義無反顧卻無用的浪漫。

於是教室中最掙扎的是上下眼皮，和我混亂的、一事無成的十六歲春天。

好像在書上見到的十六歲都濃墨重彩，牡丹亭裡十六歲的杜麗娘夢見柳生，紅樓夢裡十六歲的林黛玉幾乎都走到了生命盡頭，他們都熱烈的愛過，然後熱烈的死去。

總感覺十六歲是新枝抽芽的時節，應該認識很多人，去做很多事。可是在這裡好像莫名奇妙就要走完了似的。

不否認我擁有也一點一般少年人那種幼稚的心高氣傲，總覺得這樣的春日就像是花在敗亡，樹在腐朽，只有野火燒不盡的雜草在田野漫爛。萬物都是死了再生又死，椿象像魚一般翻著白肚，我平庸的青春期死在一行又一行算式裡。

沒辦法出國，沒辦法遠遊，甚至很久沒有呼吸過陽光下的新鮮空氣，於是生活順理成章的被雜事填滿，假日眼睛閉上再張開就過了，上學的時候也渾渾噩噩，數學課本底下塞了一張白紙，我兩段算式兩句新詩的寫，雜亂的腦子頓時覺得那個期望值是負數的賭徒很是可憐。就算數學不需要那麼多的感性，只要冷靜的分類、代公式、速解法，甚至不用讀懂題目就可以做，有時候總覺得其實這樣的過程比死無全屍的荔枝椿象要乏味可悲一些。

我兩分現實兩分理想地做，好像什麼都沾一點，又什麼都沒做全，徒留遺憾和眼高手低的雄心壯志。

在一節是在撐不住的化學課下課，我又經過了那個椿象重災區的走廊，因為沒帶眼鏡，站著視野模糊，我俯身看那一團移動的黑色，才發現是一群螞蟻扛著一隻尚在掙扎的、翻不了面的椿象在移動。

然後牠掙扎著，奮力的，最後不動了。被螞蟻們往遠方抬去。

意外目睹了春日的死亡，一點都不驚心動魄，只是很平淡的、很普通的力竭而死。也許會被抬進蟻窩裡作為食物？我弄不懂這樣硬梆梆的東西口感如何，只是轉念一想，又覺得這樣的死亡好像不算毫無意義。

就像春雨滋養從排水溝開出來的頑强的雜花一樣，牠平淡又壯烈的犧牲好像也滋養了來冬那一行盲目又勤奮的蟻群。

椿象也像春。

惹人厭的、帶著毒液的，還有倔强的。

好像這般腐朽的春天其實也在認真生長，每朵花的枯萎、每一場在春天的死亡應該都是重生，掙扎且認真的生了死後再生。

萬物腐敗後不算真正的滅亡，敗亡的花倒進土壤還會再開，腐敗的樹死後長出蘑菇，平淡的春日就像酒廠的酒罈沉默卻殷勤的冒著泡泡，偷偷的、默默的，越長越高。

也或許這是我看不到盡頭的平淡歲月。就僥倖地希望那些總是沉沒的努力都在開花。總是排著長長隊伍的大樓電梯總會輪到我，大不了爬四層樓梯喘幾口氣也就罷了，那個沒有摩擦力沒有轉彎的丁軌道的圓球會一直一直滾下去，那些總是換著位置坐又要和朋友爭吵要分開坐的甲乙丙丁最後也會開一場盛大吵鬧的聚會。

那就拿幾張書寫過的稿紙當作棺木，把平庸的、乏味的、上不得檯面的我一同塞進泥土裡，春雨澆灌、落葉堆肥，在土壤裡伸展，在陰暗中發芽。

再一把明火燒掉一整座春山。在心裡、偷偷的燒掉。

且當為來春埋一壇新酒。

名家推薦——

這篇書寫青春的厭煩、無所事事的不愉快，充滿隱喻，但不做作。整篇作品彷彿煙花，炸開許多發亮的句子與想法。作者對周遭春天萬物的共感深刻，也往往能跳出既定的規則書寫。——柯裕棻

椿象、春天中的生機與腐敗，寫的其實是作者青春的狀態。無論是有意設計，還是文字帶領著他，這位作者都成功地藉描寫外在事物來隱喻內在狀況。——張惠菁

應許之地

散文獎　三獎　李鈺甯

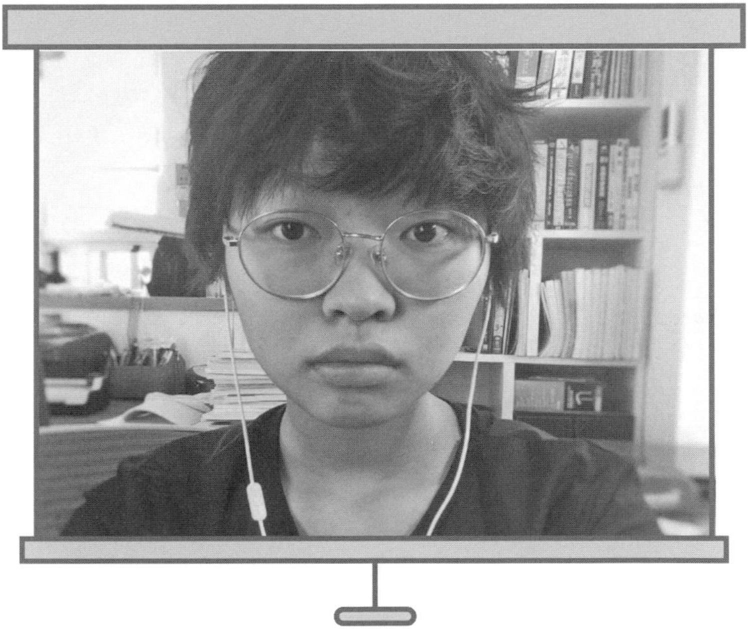

個人簡歷

2004年，國立蘭陽女中二年級，罹患拖拖拉拉晚期。喜歡放空和貓咪，如果下輩子是一隻能天天放空的貓咪就好了。

得獎感言

收到通知的時候興奮的呱呱叫，在床上滾了老半天消化這個事實。寫作於我來說是深深地剖開自己，再把各種臟器裝飾出場。有人說閱讀是靈魂混血的過程，所以那些第一讀者或許都有一點我的影子。謝謝我的家人們，謝謝評審，還有謝謝那些在大雨中寄件、給了我許多建議、還有借我立可帶的天使們。希望自己能更好，希望世界能更好。

夏天的風黏黏膩膩，儘管已是傍晚仍然不減悍勇。我夾在姑姑跟阿嬤之間聽著平交道號誌匡匡地響，小綿羊在重負之下努力呼氣，彷彿下一秒就要過度換氣。溫度使人浮躁，連續兩個火車更是。姑姑伸著腿把機車向前挪了挪，塵與風下一瞬撲面而來。我努力閉氣，躲掉了瀰漫的尾氣和過敏的可能。機車停在一處大樓下，那棟白天會閃著銀藍色，像海波一樣粼粼的建築。進了電梯，阿嬤和幾個朋友寒暄，姑姑則轉頭對著鏡子打理髮蔭。他們都有一樣的目的：七樓的「道場」。

說是道場，其實是一層分成三個區塊的樓層。最中間就是「道場」，會有師父和他一干信徒在冥想、開示和布經講道，氣氛一向嚴肅莊重，信徒們在開示時低頭冥想，表情沉靜地如同提線的木偶。右邊是大人的休息區，有一兩組沙發、疊的跟小朋友差不多高，一箱箱的礦泉水，和一個朝著窗外的神龕，亮紅的長明燈永不滅，不知祭拜的是什麼？那裡的神龕和大人的表情明明滅滅，閃爍幽明的光亮，不知長明燈照亮的是神龕裡的神明？抑或是大人口中喃喃的祈願。那裡可以直接地看到道場裡師父的口沫橫飛，信徒們盤腿默念，臉上全是虔誠，甚至比小學生上課的樣子還乖巧，只是隱隱約約散發出腐朽的味道。只有必須上廁所時，我才會繞到這一側，儘量躡手躡腳、悄聲無息，可偶爾還是有幾個大人轉過頭注意到我，眼裡滿是我看不懂的光。

有一次師父說了什麼，全部的叔叔阿姨們紛紛站起，激動的複誦著師父的經文，有的甚至落下淚來。師父自信極了，那姿態神氣的像打了勝仗的將軍，八卦陣在他身後泛著光芒鋪展開來，我只覺得不安。不知道神龕裡的神是否看見了這尊人間的神？

左側是兒童區，專門寄放像我這樣被大人帶來又無處可去的小朋友。同樣擺滿一箱箱的礦泉水，不同的是，這裡有一臺鎮日播卡通的小電視和陳列整齊的書籍。值得一提的是，那些書無一例外都是《孫叔叔說鬼故事》系列，在神的道場裡讓小朋友們認識鬼的存在。偌大的道場裡，有著神、人、與鬼紛來沓至的足跡，可要留神細看，對面的人是否有著妖物的標記。其實我不愛來道場，但吃飽後要我和阿公乾瞪眼搶電視搶兩個小時也不是辦法，客廳又沒有冷氣，當時不到十歲的我暑假又有什麼作業好寫？寧願跟著小姑姑和阿嬤到道場吹冷氣，也不要在七月的晚上汗流浹背。我算是晚加入的，有幾個和我差不多年紀的小朋友比我來的更早，他們會在ㄇ字行左側和右側之間的通道瘋跑，玩當時最流行的遊戲。我努力加入了幾次，但總覺得格格不入：他們早已形成一個小圈圈，小朋友如狼一般，地盤意識都頗强烈。但我也不惱，只是拿起一本靈異故事津津有味地看了起來。幾回下來，有沒有洗滌心靈不知道，但靈異故事倒是看了不少。

故事中人總是比鬼可怕。

那個窮困的書生總是敵不過聲色，迷失在利祿的考場，妄想齊人之福。或哄，或騙，或誘，或拐，而那早逝的亡魂不願也不想看清，被糖衣下欲鬼所惑，只願浸在膩人的瓦罐中，任甜的發苦的蜜餞豔豔的漬進每一寸，終於染進了無盡的深淵，從此萬劫不復。

女鬼咿咿呀呀的唱著〈閨怨〉，似嘲諷又似同情。眼波流轉間，有什麼比怨更濃的東西一閃即逝。它又哼起了小調，嘆著過往，嘆著世間。若說問世間情是何物？直教生死相許，又為何詞人會寫下「倚遍闌干，只是無情緒。何處，連天芳草，望斷歸來路」的幽怨？一縷真情若真能跨越生與死的界線，又怎會有勾留遠方的眼神？在男男女女之間纏繞糾葛就是大人所說的情嗎？漂浮在情之外膚淺的色彩又是什麼呢？

兒童區是不會有大人的，他們都在師父的草蓆下匍匐。當我看完經典的負心書生與癡情女鬼，正要嘆息時，一個有著厚厚鏡片的男生湊了過來。目測約十五、十六歲，白T恤黑短褲，憨憨的臉人畜無害。他拿著一臺他揚了揚手中當時最新的電動邀我一起玩，我彼時不過是個電腦都沒怎麼碰過的楞頭青，又怎會拒絕？

夏天的蛇吐著信子隨我稀爛的遊戲技術悄然攀上衣擺，滑過肌膚，浸入骨髓。鏡片下的眼神淬著毒，招搖的晃頭挑釁。和神龕隔著一條通道的兒童區不知何時漫起重重迷霧，電視裡的角色也出離安靜，只餘不遠處嘹亮誦唸經文的聲音和夜風的嘆息。這片空間成了獵場，可獵物仍毫無所察。

頭頂的白熾燈忽遠忽近，晃晃的刺眼。聽覺、嗅覺、觸覺被誇張的放大，意識時而混沌時而清明，什麼都感覺到了又什麼都沒感覺。慾望單方面的流動，雙方面的喘息。這是一個獨立的維度，是無盡的死白。

妖物悄悄地走進稚嫩無知獵物的身邊，穿上人皮掩飾他閃著紅光的眼。

小時候的記憶是水面上的一隻黽，湛然漾起漣漪又回復平靜。水面上毫無波瀾，水面下卻是陣陣浪沱，是鯨魚蠻橫的擺尾又是暗伏的渦漩，騰攪著阿嬤睡前惺忪卻固執唸道場專屬〈回向文〉的朗誦聲，明明該是慈悲悠遠，卻隱隱帶著陰寒之氣，夾雜著蛇嘶嘶的吐信。清醒時不願回想的記憶在夢中浮現，如一籠紗似遠似近，鯨魚哀起的輓歌飄渺，悼念著我年少的懵懂。

從此之後我再不信神。

就算記憶早已塵埋在一頁頁撕下的日曆裡，家中一些觸目可及的物品仍見證著那年夏天在道場與神的相遇。頂著「神」名號下的不只有礦泉水，還有各式各樣的衍生物。多了那層鍍光的皮膜，似乎任何東西都化了開來，融進影影綽綽的光暈中，再也看不真切。隨著體制的成熟，木偶的數量也悄然增加，如同沒有天敵的外來種般迅速繁殖，一環扣著一環，不知不覺中竟成了駭然的大患。而親愛的姑姑作為道場裡的一分子，自然也是神龕前少不了的木偶，帶著鍍膜之後的榮光回到世俗。

在上過內部的培訓課程後，姑姑在拉攏客戶這方面的技巧便盡得上線的精髓，而家裡人為了「支持」小姑姑的事業也是費盡心思，從沐浴乳到保健食品幾乎都買過一輪，連我都有幾罐適合小朋友的維他命錠。在甚至沒有零用錢的年紀裡，最大的小確幸便是瞇眼嘗上一塊橙果口味小熊造型的維他命錠，再重若珍寶的收進書包。但不知何時，那塊糖卻不再香甜，相反的卻逐漸發膩，帶著霉斑和一股受潮的味道。曾經的珍寶，如今的敝屣。時間終於自防腐劑的凝滯中脫出，恣意爬上那些遺忘的，模糊的，抑或是清晰的膠捲。

我幻想自己如魯珀特之淚般堅硬，卻又奢望自己纖細的尾巴消失，可現實卻不需尾巴就能輕易的將之擊碎。我緊緊的抱住尾巴，自欺欺人的想離現實再遠一點、再遠一點，但潛藏的記憶是光明下的伴生物，如魅如影，是附骨之蛆，又是吸髓之蠅。明明我已狼狽的縮進殼裡，但仍然持續性的脫水，彷若只能蜷曲至絕望。

最後一次去道場是十歲的夏天，一個適合了斷的季節。我安靜地立在電梯口默然，兒童區那條滑膩的蛇還在，霧靄又泛起。我聽著姑姑與師父低聲交談，靜靜地走開了。

名家推薦——

這篇用兒童眼光，犀利且冷冷觀察迷信。修辭功力扎實，標題也充滿反諷意涵。——須文蔚

作者擅用各種比喻書寫宗教引起他的不安與恐怖，但未淪於咬牙切齒的反諷，控制精準。——柯裕棻

籠

散文獎　優勝獎　王以安

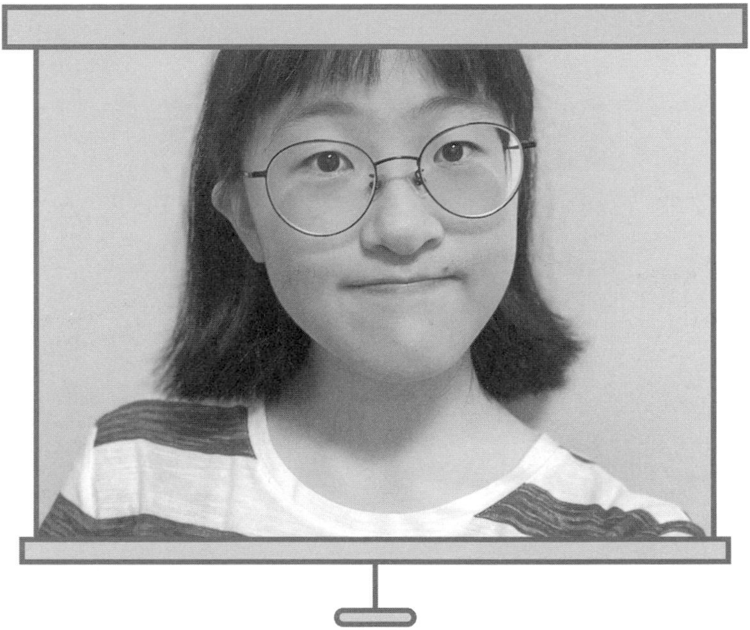

個人簡歷

2005 年出生，蘭陽女中一年級語文班。逐漸領略創作的趣味，享受反思與反省的時光。近期愛好：邊吃媽媽做的便當邊讀散文集。

得獎感言

完成〈籠〉，終於好好認識了藍天的模樣。
日前籠已全空，一些情感和念想，卻像幾隻幼鳥的羽，隨著時間日益豐厚。

感謝父親，感謝您陪我養鳥。
感謝母親和伴我一起熬夜的姊姊。
感謝蘭陽女中和我的同學。感謝曜裕老師直到投稿前晚仍反覆陪我確認細節。
感謝主辦單位與評審老師，您的青睞，讓我的眸在籠網的縫隙間，映上天空。

今天，父親忽然拆除樓頂的鳥籠，整個下午，屋裡持續迴盪框框的聲響。

小六時，我養了一對十姐妹。公鳥名小白，母鳥喚小黑。小白像一隻白頭鷹，頭頸雪白外，翅膀尾羽皆是暗色；小黑則通體深褐，眼周一圈明亮的白。

一黑一白，合住的牠們神似太極圖騰，跳躍、飛舞都靈動著奇異的生命奧祕。我負責餵食、換水，父親協助清除底盤糞便；這和我當初承諾母親的不一樣，他卻從未提起。大概一個月，單純的豢養關係出現親疏之分。我一靠近籠子，牠們便驚惶地上竄下跳；反觀父親更換浴盆時，兩鳥僅輕巧避開伸進籠內的大手。

父親小時也養十姊妹，與我不同，沒有再三懇求奶奶便私自買了一對。眷村房屋低矮斑駁的天花板下，比鞋盒還小的竹籠裔著兩隻小鳥。每當聊起養鳥的回憶，父親都會黯然臉沉，「那個竹籠有夠小，頂多兩個巴掌寬，兩隻鳥在裡面邊飛邊撞，想起來實在可憐。」買鳥花光他摸來的錢，沒辦法再為牠們換更大的籠子，只能偶爾於奶奶外出時關上房門窗口，讓窄小的房間變作寬闊的世界，供悶在竹籠許久的鳥兒恣意飛翔。

精明的奶奶很快發現帳本走失的數目，找到庭院牆角覆著芭蕉葉的小竹籠。在那全家以馬鈴薯充作主食的歲月，奶奶無法理解父親花錢養鳥的行為，旋即抄起掃帚一陣追打。父親只好把十姊妹賣給隔壁覬覦二鳥已久的同學，再到柑仔店買幾粒梅乾，將失去鳥兒的酸澀默默吞下，再沒動念養鳥。要到不甘寂寞的我向母親搖尾哀求，父親才想起被撲翅聲圍繞的時光。

天氣越來越冷，某天清晨，小黑細長的尾羽後躺著一顆白淨的蛋，小拇指指尖一般大。我和父親開心極了，在飼料中加入蛋黃和磨碎的牡蠣殼，撿些落羽松細緻的羽葉放入籠裡，讓小白銜回巢內。小小鳥蛋有如充盈生命力的星子，草窩裡靜靜發光。

隔天醒來更冷了，光滑的磁磚如同冰層，一踏上去就被凍得反射跳起。我掛念那顆小巧的蛋，急匆匆跑到陽臺，卻聽到幾聲彷若嗚咽的啁啾。傾身查看，蹲坐窩前的小白抖了一下，閃電般竄出，急躁地在籠內撲翅盤旋。幾片枯黃的落羽松細葉垂在窩外，我不安地往裡瞄。小黑軟軟地癱在巢內，雙眼在這似要落雪的天裡，凝上一層薄薄的霜，霧茫茫地什麼也看不清。凌亂羽毛下有兩顆小巧的蛋，一顆白淨，一顆沾著褐色的血。

太極圖黑色的那半消失了，留下空茫茫的雪白，和兩粒孤零零、一黑一白的小圓點。我哽咽喚來父親，他和我一樣愣了許久，隨後囑咐我盯好籠門，緩緩將手伸入籠內。裹上小黑單薄的身體，撥開勾住牠指爪的乾草，輕柔地將牠捧在手心，再取出那兩顆蛋予我。掌心裡，小小的蛋早已失去溫度。

我們在前院掘了個洞，把小黑留在土裡。父親隨之默誦地藏經，我在一旁靜靜跪坐，流過雙頰的淚水落在地面，無聲滲進土中。點燃的香，升起一道幽幽白煙，朦朧了情緒，也朦朧父親的臉，只能隱約看見雙眼微紅，沉重地垂著。

小黑離去後，失去的平衡讓我們又養了幾隻十姊妹陪伴小白，一對黑文鳥、幾隻買來放生的綠繡眼。母文鳥因籠門未關，飛走那日，我騎著腳踏車跑遍全村，焦急搜索每棵樹和電線桿，視野裡，一隻隻麻雀都因我的著急變成了文鳥。我用力吹口哨，模仿牠們的叫聲直到日落，母鳥終究沒有回來。隔日公文鳥也走了，倒在一片紛飛的羽毛裡，沒有傷口。父親邊把牠放進我摺好的小紙盒，邊對失神的我說：「應該是母鳥飛走，自己撞籠子殉情。」

殉情？鳥也有像人一樣的情感嗎？那時我思索此事，但太極、地藏經裡關乎生命、輪迴轉世的詮釋，對我來說都太難了。

籠內住戶換了又換，庭院也多了數根燒香餘下的紅炷。流逝的時間冰冷，一遍遍麻痺感官，對於往來空中和土地的生死，那本應使心跳停滯的痛逐漸被我忘卻。父親捧出每隻鳥時，總面無表情嘆出同一句阿彌陀佛，誦讀同一篇經文；但小紙盒重複壓折的痕跡，鐵鏟刮過石塊發出的刺耳聲響，焚香漫出的縷縷白煙，在每一次雙手合十瞬間，層層加深父親眼底的陰翳。

大概三年前買了一對錦花鳥，籠裡的鳴啼就不再改變。五個鳥店能買到的最大鳥籠，住幾隻比拳頭還小的鳥可稱得上豪宅。父親仍覺空間不足，籌畫在頂樓蓋一座更大的籠，供牠們遠距飛行、鍛鍊體力。不久金屬網板、綁籠鉗陸續到來，父親帶著一張標示鳥籠各處長度和細節設計的日曆紙展開工程。三天後，我陪父親鑽進籠中架設鳥窩、棲枝和一些較大的植栽。透過網格往外看，藍天白雲、翠綠田野都被整齊切成一塊塊，望著這片風景，籠內的生活似乎不難想像。

父親只要上樓，便坐在鳥籠四、五公尺處，保持不會打擾牠們的距離觀察。起先他總板著臉，鳥兒成群飛上最高枝時才露出一抹微笑。我喜歡模仿父親，跟著坐到他身旁靜靜觀鳥，看撲翅、啄食、歌唱，學父親專注地凝視，思索鳥，也思索父親。鳥籠內的空間就似一根封閉的透明試管，陽光灑下，永恆閃爍相同的光。我瞄一眼父親，想知道他是否也看見了？這些在撲動的翅膀邊緣鑲上金邊，同時鐫刻了籠網輪廓的透明線條。

因為與鳥的距離始終無法拉近，我漸漸意識到，這些鳥其實與先前養在池中的錦鯉並無不同。當初覺得牠們更親近些，或許是因陸上與水中的差異，屬於內溫動物的暖熱，抑或幾聲清脆動人的樂音，然而仔細想來，只是水面上下變作鳥籠內外。

隨著我無力維繫這段餵食與接受的關係，飼養之事終於全落到父親身上。父親與我不同，他凝視的並非小鳥怎麼啄食、洗澡，而是一雙雙拍動的翅膀；他思索的並非如何讓牠們生存、繁衍，而是怎麼使牠們飛得更高更遠，飛向他盼望觸及的風光。父親亟欲為籠鳥求得自由，又想替牠們蓋出媲美天空的家。於是，又一座將近一層樓高的鳥籠在父親買來的山落成，迎來十幾隻蓬鬆著軟毛的小鳥，於空蕩山野裡歌唱、飛翔，停在籠子圍起的樹梢上，俯瞰河谷。

後來如何，我已無心詢問，大冠鷲劃破天際的刺耳鳴聲畢竟自小熟悉。我告訴自己不要再想了，卻還是默默到圖書館四樓、無人駐足的應用科學類前，了解這些只要更換飼料、環境便容易猝死的鳥。父親不再思索飛行的事，野放鳥兒的夢想與山上大籠一同荒廢，染上點點鏽斑。

寵物，畢竟是寶蓋頭下，養在家裡被愛的動物，得用形似的「籠」關起，相伴身邊。震耳的框框聲裡，一片片金屬網板倒向地面。也許，父親當年的竹籠是最適合的大小；也許，自由和不自由的界線並非如此明確。人與鳥其實相似，不停變換空間，卻始終在生活的籠裡徘徊。父親飛離眷村到都市打拚，於高樓圍起的空中振翅，執著地向前飛行；只是收起羽翮後，精疲力盡的他又將棲留何方？

回憶的籠門悄然闔上，紛亂情感迎風揚起，糾結一團矛盾。父親退休後，來到鄉下田邊買了一座山，最大的籠子容不下更大的夢，放生與擴建的掙扎間，父親選擇緊守。經歷種種奮鬥、挫折、付出，從耳順之年回首，父親不知道看到了什麼？

緩緩走到陽臺，一切開始的地方，我與鳥籠保持距離坐下，原以為籠裡驚竄的鳥早已不是熟悉我的那幾隻。隨拍動的翅膀漸次合起，我透過一枚已褪成象牙白的黃色腳環，認出停留在棲木上的小白。忽然想起小黑死後數月，父親為測試放養的可能性，特意敞開籠門，其他鳥毫不遲疑振翅飛去，牠卻在隔日早晨歸返的奇蹟。

看過藍天廣袤後，小白為何選擇回到籠中？關於鳥類是否有像人們一樣的情感，我始終無法弄清。或許牠嚮往的並非一望無際的蒼穹、滑過雙翼的微風，而是澡浴籠中時激起的晶瑩水花、棲枝鳴啼的愜意景色，甚或昔日與小黑追逐飛舞的日常——牠早已在籠中覓得自由。

今天，我站在拆下的籠門前，想像曾在裡頭的鳥會認出眼前被鳥籠分成一格一格的我，隨後飛上枝頭啾啾唱起歌來。清脆的啼聲似乎在鼓勵我，不要畏懼這座關起世界的牢籠，而是努力朝心中所向展翅，那有一片網格縫隙間，湛藍完整的天空。

指彩

散文獎 優勝獎 黃楊琪

個人簡歷

筆名馬來貘，2004 年生，國立羅東高中三年級。天秤座，代名詞是 sentimental，喜歡巧克力、大自然以及唯美的文字，總是在截稿日的隔一天才把文章寫完。

得獎感言

擷取自日記裡零零散散的生活寫照和一小部分的情感投射，嚴格來說是憤怒之下的產物。但我重新審視與整理那些文字時卻很平靜，彷彿在說別人的故事，或許這也是我極度想要擺脫這段過往的證據。

我凝視著指尖上那飽滿的色彩很久了。時間為廣袤無垠的灰色天地漆上一層又一層的黯然，漫漫暮夜中我點起一盞幽寂的燈，微風送來的槴子花香由濃烈轉為絲絲縷縷，從窗扉的縫隙間滲了進來，外頭如針的雨交織成一片片蛛網，網住了整個世界。

我扭一扭微微發疼的手腕，指片上的光澤隨著擺動的角度而略有不同，似乎能從反光的幾個色塊中，看見自己精疲力竭又無神的模樣。

「哇，好漂亮啊！」

我看著母親指甲片上自己小小的倒影，不禁驚呼。

輕輕倚在母親身旁，我看著她拿著細長的刷子從指甲油瓶中沾取一些染料，仔細地在肉色的指甲上作畫，屏氣凝神端詳著每一根刷毛與指片接觸的瞬間，深怕失神錯過了母親優雅上色的身段。我與母親共同欣賞那些嬌豔色彩在她修長的手指上翩然起舞的風采，聞著瀰漫在空氣中的槴子花香，我們看著彼此，眼裡溢滿幸福的甜蜜，嘴角不禁揚起一個完美的弧度。

究竟是怎麼會愛上指彩的？我也不知道。

想起我第一次躲在門後偷偷注視母親靜心上色的神情，至今仍難以忘懷。好奇地張望著那些在梳妝臺形形色色的指甲油，芬芳沁人的海棠紅、清新脫俗的酪梨綠、如同皚雪落在指尖上的冰晶藍……一瓶又一瓶的玻璃罐裝載著我對於美的渴望。我時不時就會向母親取一些指彩，在不到一平方公分的指甲上抹上一小段歡愉，為我平淡無奇的童年添上繽紛的色彩。而高低不一的指甲油瓶由淺到深整齊地擺放著，恰好在化妝檯串成一條纖巧的天際線，悄悄接起了我與母親之間的連結。

旋開瓶蓋時總是會有一股化學藥劑味撲面而來，不過有趣的是，幾乎所有家人們都覺得刺鼻難耐，只有我與母親喜歡這個味道。

偶爾我也會陷入自己的幻想世界中，經常想像著母親年輕時的樣貌，雖然不曾親眼見過她過往的容貌，但我認為指彩或多或少紀錄了不同時期的母親：學生時期換上俏皮童趣的焦糖色、與父親約會塗上氤氳著溫柔氣質的霧霾紫、作為人妻時的沈穩，抹上深淺不一的珠灰……在不同的人生際遇都換上不一樣的色彩，一小片一小片地抹上了數十載的歲月。

直到我十一歲那年的七月一日，豔陽下的梔子花開得正香，我聽著蛙聲和蟬鳴延續春季的溫柔，抬頭仰望著千絲萬縷的靛青在天空中暈染開來，低頭俯瞰陽光從幾片樹葉間的縫隙篩落。母親告訴我，她買了張機票準備回到故鄉，因為外婆生病了，所以她必須回去照顧外婆一個月。我帶著稚氣地挽著母親的手，問她會不會就這樣不回來了？母親只是莞爾一笑，拍了一下我的頭並說我是個傻孩子，她還開心地告訴我機場免稅店有賣很多很多漂亮指甲油，等歸來的時候再一併帶回家。

我不知道是不是因為全球暖化的緣故，夏季一年比一年更燠熱難當。現在我常常被警告不要成為像母親那樣拋棄家庭的人。自從七年前那一別就再也沒有見過母親，她不留聲影地從這個世界上消失了。我也不是沒有試著去找過她，曾經的我以為母親早已回來了，只是故意在屋子某個角落玩起躲貓貓，翻遍了家裡每一個縫隙，我開始變得焦慮，似乎整個樓房變得越來越大，我卻變得越來越渺小……

直到我發現梳妝檯上那排指甲油消失了，我才真正意識到母親從我的生命中離開了。我沒有收到任何人的安慰，這些年來我不斷懷疑是不是自己不夠優秀、是不是不夠討喜，才讓母親離開這個家庭。我用盡全力逼迫自己長大，在各個領域發光發熱，從科展到戲劇，靜態到動態，甚至考取全校最高分，我奢侈地認為這些成就可以為我黑白的生活上色，能夠換取母親歸來的可能性，或許她只是在遠處默默監視著我做得夠不夠好，再努力一點，她就會回來的。

這樣反覆的期待與失望幾乎持續了整個青春期。世界本是巨大的寂寞，面對阡陌寰宇，茫茫人海，我常常有種被遺棄的感覺。站上頒獎臺無數次的我，在別人的眼中，彷彿是一株殷紅欲滴的玫瑰，但實際上我只是一叢蜷於角落的含羞草，心思敏感又畏畏縮縮。更多時候我認為自己是在夕陽斜下時獨自站在金黃稻田的稻草人，看似獨自一人享受眼前美景卻覺得空虛。

我常常告訴自己應該要擺脫這一切，開始說服自己指甲油的化學藥劑味與加油站的汽油一樣噁心難耐，下意識地迴避任何有關家庭狀況的問題，還回收了家中所有關於母親的事物，包括廢棄許久的梳妝臺，換上了一個與我身高相仿的九斗櫃。我練習讓時間沖淡悲傷，學習遺忘，體面地過好每一天，時刻提醒自己成為一個更完美的人。曾幾何時，我已經開始慢慢習慣沒有母親的日子。

但偶爾還是會看見指彩在十隻手指尖端上輕歌曼舞的姿態。我走在無盡的繁華街道，不經意瞥見路人們指尖上的美甲彩繪。光療指甲盛行的現今，每個人在指片綴上形形色色的墜飾和亮片，如一幅幅細膩動人的工筆畫，顏色也變得多彩多姿，不再是單一色系，更多的是玫瑰金線條和千鳥格紋在指甲上勾勒出幾何圖像。每個手指輕輕擺動的剎那，彷彿一連串雀躍的音符，比以前母親單調的指甲油更靈巧工致。

說來慚愧，每次看到類似的情景時都很想回到那年盛夏。如果當時手再抓緊一點，是不是今天也能看到母親換上光療指彩的模樣？其實我從來沒有告訴任何人，我對那些家庭和樂的同儕感到眼紅，或是在幾個黯淡無光的夜，將一張張與母親的合照撕成碎紙，同時憶起我與母親的約定，以及家人們告訴我，她很有可能是與別的男人私奔了，她已經不要我了。

我始終想不明白，為什麼母親可以像個陌生人般說走就走，只留下我一個人獨自長大？

青春的困頓與不安默默地伴著梔子花開落，時序入夏，我的人生在恍惚之間也即將迎來第十八個春秋。十八歲呀，處於稚嫩與成熟的潮間帶，一個可以獨自開戶辦卡、假裝自己喜歡喝咖啡的年紀。也或許每位女孩到了這個時節，都會越來越在意自己的外貌，在社群網站上關注的盡是服裝穿搭、美妝保養，全身上下每個細胞都充斥著對於「美」的嚮往。

而我開始研究自己的外貌，試著打造出最合適的風格，讓唇蜜和腮紅為蒼白的臉綴上一些生氣，用粉底液和香水佯裝出自己已經長大的模樣。我如同一尾愜意的魚悠游於藥妝店，瞥見一處五彩繽紛之處，定睛一看是數不清的指甲油按照不同色系陳列在架上，與當年母親的擺放方式好像。

我蹣跚地靠近這些指彩，用指尖輕輕碰觸冰冷的玻璃瓶身。突然憶起十一歲時與母親的約定，一陣酸楚湧上喉嚨，我發不出任何聲音。母親愛如珍寶的指彩啊，我以為已經放下和遺忘的，她上色的神態、那年陽光的溫度，似乎閉上眼睛就能再次感受。

於是我決定買一罐指甲油回家，實現二〇一五年母親不能為我完成的願望。回到家中扭開瓶蓋，熟悉的刺鼻化學藥劑味從小巧的瓶身中竄出，我試圖控制稍微發抖的手，聚精會神地塗抹。每根刷毛與指片碰觸的瞬間，我覺得自己彷彿與母親當年的身影重疊，同樣的專注，同樣的仔細。等著指甲油慢慢凝固時，我細細打量手腕、手指到指腹擺動的瞬間，看著燈光在指片上折射出亮白的光澤，隨著手掌擺動的幅度而略有區別。

此刻我好像理解了什麼，卻又什麼都不明白。

我在滿腹疑問的歲月中度過，至今還是不明白母親離開的原因，或許永遠都得不到答案，難以梳理的糾結情緒是捉摸不透的海水，我終其一生都必須在悒鬱的藍裡泅渡。而家中已無任何一處可以見到母親的痕跡，甚至連我記憶中的角落，也僅殘存模糊的身影。現在我與她唯一的連結，只剩下指甲上的幾個色塊了。從上色的動作中揣摩母親的心情，可能還包含我現在無法體會的人生滋味，至少此刻我知道，我對指彩的情感沒有變，那股難聞的藥劑味也沒有被我忘懷，而是無聲地滲入每個人生的縫隙裡。

「真美呀。」我暗自道。

我看著指尖上的色彩莞爾一笑，抱著一種新奇又戀舊的矛盾繼續沉默著。

不知道母親塗抹指甲油時，會不會也想起我。

青氈

散文獎　優勝獎　林子微

個人簡歷

2006年生，宜蘭人，目前就讀蘭陽女中一年級。從小就對語文有興趣，曾參與文字創作。高中進了語文班，開始接觸不同文類。在課業之餘能以文字作為抒發管道，同時精進創作能力，是件相當幸福的事。

得獎感言

感謝各位評審賞識，讓我獲得被肯定的機會。創作這篇散文時正好遇到瓶頸，卡了很久都寫不出什麼，但逐漸釋懷，不再逼自己寫出多精細的文字，回歸最初的生活，把陳年的記憶拾起，細細寫下。也很感謝導師的激勵和陪伴，讓我能有完成作品的勇氣。往後也會讓寫作成為生活的一部分，以最真摯的文字記錄下生活的點滴。

連綿陰雨占盡蘭陽四季的景色。比起夏天午後的淅瀝暴雨，春分細若銀絲，如雨似霧的景緻更令人耽溺。又恰逢播種時節，農人始為水田上色，換去沉寂一整個冬天的明鏡，漾綠隨處裝點，深淺不一，濃密不均，沿著一地無垠的青漫至天邊，大地頓時成為廣袤的畫布，乘載了一年生機。

因為水源充沛的關係，自古宜蘭都是散居的生活型態，村戶非相依而建，而是隔片田，隔條田隴，錯落於拼布般的水田之中。古厝都有相似的組成，環繞一片不修邊幅的半圓弧防風竹林，屋舍掩於其中，似一叢叢巨大的蒼翠稻秧，散落於平衍疇野。

然而不知何時開始？錯落的不再是房舍。

一塊塊拼布被輕扯，織線越發明顯，田與田間被拆換成堅實的水泥梗，鬆脫的線頭無人拾起縫補，放任搖曳的標牌宣告著恒久的荒蕪——貪婪的目光正渴求綠地的遼闊，啃食農人的辛勤，每坪每寸，成了誰也跨不過的深澗。

記得幼時，家對面的田中佇立三座聳峙的鐵塔，高約二十到三十公尺，幾十條粗細不一的電線井然懸於高空，銜得好高好遠，那是我和天空的距離。每到傍晚，鐵塔繫著斜陽，映著一地織翠，會有蝙蝠、燕子在空中沿著扭曲的飛行路線衝刺，似乎趕著歸家。麻雀倒顯得悠閒，幾十隻小憩於電線上，吱喳吵雜，似棲於線譜上的音符，上下蹦跳，交疊一首黃昏奏鳴曲，伴我等媽媽下班，順便偷食幾粒稻穀，隨著天色漸暗，再一隻隻振翅，消失於夕陽照伏之中。

直到鐵塔消失那天，我才意識到天空如此開闊，如此安靜。

那時相當錯愕，鐵塔毫無預兆地被支解，看著工人一節節拆卸，沒有特別的情緒，只覺有點空虛，好似心中有什麼悄悄隨春日的飛絮飄散。視野和聽覺的清靜仍令心情寬舒許多，湛藍色的天光映入眼簾，不再需要仰望被切割的天空。

這樣的平靜沒有維持太久，家門正對面，隔兩片田的位置，立起了一排綠色鐵圍籬。開始封路，各種機具來回穿梭，那圍籬裡的世界進行化學變化般，是不可逆的，一年過後，綠圍籬卸下了，一整排的田也魔術般消失，變為一條寬敞的大道。

一切顯得格格不入，平整無痕、未有泥沙沾染，在陽光下還能閃著粼光，夜裡亮起白色LED燈，與周圍橙黃色路燈不怎麼搭調。幾年過去，至今走上那條路，新穎的色調氛圍仍令我感到說不出的陌生和壓抑，客運隆隆劃過，那是大地無法抹滅的創痕。

以前總抱怨夜鷺長啼，擾人清夢，即使牠的叫聲不似麻雀般嘈雜。如今隨著入睡時間漸晚，牠的歌唱反倒成了點綴，宏亮鳴叫響徹漫漫長夜，延展著相似的頻率，忽近忽遠，呻吟著什麼，非得在夜裡和眾人傾訴。在那之後，夜裡總會參雜比夜鷺啼叫更悲淒的急響，馬路修成後，陽明醫院隨之遷至新址，燈火通明的龐然大物食去夜色，沒了晝夜，成為明亮的冰冷色塊。

國小時，我放棄周邊的明星學校，選擇一所介於城鎮和鄉下間的小學校，離家有段距離。上學途中風景單純，過了公園，就是大片隨季節調色水田，由一條筆直的大道穿越，那是比家周圍更純粹的景致，四時都有不同的水鳥棲息。鷺鳥黧黑、橙黃的嘴喙配上一身白羽，總成為田中焦點。自從知道有大、中、小白鷺之分後，隔層玻璃，觀察牠們的特徵成了種閒趣，灰白相間的毛色讓蒼鷺掩於田埂上或草堆間，高大的身影總讓人一眼就注意到，因為較稀少、身形比白鷺鷥大上幾倍，驚奇感也多了不少。

平行那條大馬路，有條僅容機車穿行的小徑，若天氣好，上學就能有不同的路線。那條小徑被水田環繞，不知是為農人而建，還是為那棟佇立田中的屋舍所建。屋舍四周繞著一圈大樹，旁邊還有一片種滿果樹的庭院，就像融進田野，與四周的稻秧和諧依存。門前還有隻大黃狗，我總愛把午餐的肉留下偷偷餵牠，並在主人發現前趕緊溜走。每到夏天，就開始細數時日，庭院中最接近外面幾棵刻著直痕印的樹會漸漸攀滿獨角仙，母蟲吸吮著光臘樹的汁液，公蟲則時不時被甩至地面，我成了一切的靜觀者。

再過幾年，踏上小徑，獨角仙早已不知去向，聽妹妹說我畢業後，獨角仙越來越少，某個夏天後，也就不再出現。不知道門口那隻大黃狗還認不認得我？又或跟獨角仙一樣，不再出沒。同時，小徑上也出現了其他沒有果園、融不進大地的房子。

到了國中，學校離家近了點，自己騎車上學，能享受晨間的日光，細品未受照拂的冷涼氣息，還能嗅到路邊水窪寄存的濕悶青草味。沿途的風景卻變得生硬，橫列交錯的豪宅讓人摸不清方向，也難再遇水鳥，唯一的常客倒是相當「侵近」，每當身後響起略微沙啞的長嘯聲，就知道夏天將至。

春末夏初是烏秋的繁殖季，光是一趟，沿途就能遇到三、四群以上，相當刺激，若看到有人在大熱天拿著雨傘急飆，別懷疑，八成是在擋烏秋。好在學校規定要戴安全帽，我不太怕被啄傷，若有閒情還能尋點樂子。對大部分烏秋來說，走路太慢、機車太快，腳踏車的速度正合烏秋俯衝加速，所以只要刻意騎得緩，牠飛得吃力，自然就會改變策略，改停在枝頭上，用利銳眼神和尖聲長嘯驅離入侵者。只是，如此兇悍的本土物種，不知面對外來侵略者是否也能長存。

近日上學途中，意外的被人行道草地上的小身影吸引，是兩隻頭腹部白色、頸部黑色，且眼睛周圍環繞一圈亮黃的鳥，樣子看著有些貴氣，可惜綠燈亮起，沒能多看幾眼。之後查了資料，原來叫黑領椋鳥，意外的是，牠是外來八哥的一種，生存範圍逐漸擴散，性情兇悍危害到臺灣本土八哥的生存空間。看完這些後有點鬱悶，原以為碰上什麼珍稀品種，沒想到竟證實了外來種拓展的現況。

生活變動得太快，難有固定的東西。我很喜歡我房間的位置，有兩扇窗，光線十足，視野寬敞。每天早晨，除了灑落窗臺的鑠亮金斑，最期待的是天邊脈絡分明的山稜線，支解了雨天模糊的曖昧。澄澈天光占據視野，雲絮與青空間拓出一條暫托心緒的大道，掃空連月陰霾；運氣好的話，能在二樓窗口眺一眼青綠色的龜山島……

可隨周邊的平闊逐漸消失，房子挽手接連一片，田地卑微地錯落其中。瑰麗的田園景緻不復見，阡陌綜橫的小徑被拓墾，大地被撕裂，一切不再是我熟悉的蘭陽平原。四處隆起高低不一徽菌般的汙點，自然與人類的和諧走調了，那些依存的物種悄無聲息地退出眼前，而我，是最錯愕的一個。

踩著逐漸水泥化的地毯，童年片段切割下來的殘綠遺青在柏油與建物邊緣喘氣，我早已拼不回最初的模樣。視野日趨被裁減，或許哪天，天空再清，運氣再好，也看不見龜山的傳說。

而傳說的傳說，神話那樣寫著，公主與王子的故事，最後彼此相守。正似我守護的家鄉，噶瑪蘭公主隔著一水，遙望化為龜島的將軍。可公主象徵的蘭陽平原漸為房屋所吞噬，一身青綠殘缺不齊，攜著千瘡百孔的軀體，浪聲中，隨著龜將軍遙望，望向古老的天際、地平線。

無人知曉

散文獎　優勝獎　張逢恩

個人簡歷

2003 年生，彰化高中畢業，即將成為臺師大臺文系新鮮人。生活在歷史與現代的夾縫，既喜愛新潮又留存些古典氣息。彰化土生土長，一直期許以書寫，為土地與平權發聲。

得獎感言

2019 年《司法院釋字第七四八號解釋施行法》通過，臺灣成為亞洲第一個保障同性婚姻的國家，但同志就此自由了嗎？家庭與社會納入考量，我們依然身處見不得人的地獄。

願以我的故事，超渡其他仍在痛苦之中的鬼魂，讓我們轉世，回到人間。

謝謝台積電與評審，謝謝育萱和美妃老師，因為有你們，我才有機會為世界發聲。

誰說過年是幸福的？赭紅的紅包、春聯與鞭炮，較銀樓的紅寶石還要鮮明許多，藉此掩蓋親戚們內心的缺口，黑洞般不見底的暗，十八歲，十八年過去，終於看清，這是喜氣包裝的十八層地獄。

小時，我總是喜愛年夜飯時光，難得高檔料理，一年可是沒幾次的。去年由愛食臺菜的叔主辦，炸雞捲佐番茄醬，人間美味；今年由愛吃日本料理的爸輪值，生魚片蘸醬油與沙西米，又是一番異國風情。味道是年復一年的變，人心亦是，隨著小孩長了，年紀有了，話題愈來愈重，和諧逐漸走味。

阿嬤寬胖，福氣長相，疼孫，可是她的話卻不疼我。聽著堂哥被阿嬤問到：「阿銘啊，你佇學校有交七仔無？」當時覺得憧憬，是一種意氣風發，是一種家庭的寄望，受重視的語句，原來是那樣好，不像我，只有「成績好不好」這類關心。終究是輪到我。前年始續至今年，可是我卻怎樣也無法回答，努力塞下一口微甜的豆皮壽司，暫止答覆，打開天靈蓋，默默裝上天線，搜索對應長輩們的頻道，尋不見，僅連上我的回憶錄頻道。

收聽，憶起年夜飯前的昨日——

大掃除完，妹早早回去阿嬤家住幾日，宅中僅存我與爸媽三人。少了活潑妹的喧擾，連幾日全靜的如三更的山林，詭譎幽靜，風一吹，像是隨時可能出現披著白衣的貞子、著上紅衣的厲鬼，無人想踏出各自的房門交流。小年夜最後的垃圾車行過，我們合力將垃圾傾倒後，進門，原以為又要踏入各自的世界，突然，媽叫住我：「你來沙發坐一下。」爸也放下手機，我意識到這般不尋常。空氣在我們之間築起千層透明玻璃，而媽的話是一把鐵鎚，擲向各面，啪嗒，碎裂，碎片四散，刺向我心。

「大掃除時，我發現你的日記了。」如妝後口罩戴上，再拿下，妝慘掉，赤裸著，被發現了什麼，卻又不是那麼簡單。我裝傻：「然後呢？」輕輕的一句，想再從蠶吐絲的口中，拉出點什麼，或許並非我想的那樣。媽再說：「我知道你跟男生在交往。」彷若看見祖先牌位旁，微煙燻白牆上遺照的亡者復活，緊接失語。

接下去，炸寒單般的連珠炮火襲來，赤膊上陣，我抵擋不住。媽啜泣。

「什麼時候跟他開始的？」

「你是不是哪裡出問題，病了？」

「如果阿公阿嬤知道，你知道他們會有多難過嗎？」

媽曾當過乩童，拿過法器，不斷質問與逼問的同時，我似乎感受到，她又成神壇上走跳的乩身，語句如道士常提起的那類搖鈴，搖了又搖，拎拎拎，響幾聲後宣告無效，我是無法被超渡的厲鬼，執迷不悟，只能永遠處於無法轉世的地獄。

猛烈轟炸下，心上的肌膚層層脫落，還不及結痂，鮮血直淌，這樣親密的傷害，總令人閃避不及，且往往最痛。

「我愛他，也跟你們相愛是一樣的，沒有不同啊。」突如其來的一句措手不及現身，是幽魂，摸不著頭緒的現形，卻也真切存在。

媽不信，繼續語句搖鈴質問，於是我選擇飛往聽不見的記憶區。

時常，我與他被笑稱是「黑白無常」，我紙白像七爺，而他墨汁黑如八爺，看似不配，但又實在的成了一對。除外，他愛玩，我愛讀冊，成績自然又是天差地遠。彷彿太極，一方是陰，一方為陽，因為互補，所以存在。

放學的我總留下自習，候他運動結束，我們步行越穿街坊，既快又慢，左穿右鑽，次次均像難得的城隍爺暗訪，審慎、神祕開展屬於兩人的旅行。

旅途固定。

第一站是我的目的地——圖書館，他本是不愛這裡的，為我，他特地。立在書架前，慢慢尋書讀著，特地挑一本白先勇的《孽子》，細細品味，有時似靈魂出竅，神遊小說的世界。而他，又坐於一旁的沙發區，滑著自己的世界，或許那快樂連西方極樂世界都比不上。不過，什麼世界，在戀愛裡都比不上兩人世界吧！偷偷的，仍像個孩子，溜噠至書架前的我身後，環抱，不發一語，我往後仰，感覺真像是倚靠在家旁土地公廟後的樹頭公上，厚實又不失溫度，真好。

前提是無人時。

曾經臺北出遊，我步行西門町，瞧見一對男子，手勾手，毫無遮掩，好像一直以來，在這塊土地上，它都不曾是禁忌，不在乎觸犯禁忌，自然亦無需消災解厄。於家鄉，這卻是詛咒，咒有病，咒你下地獄。

初次尚不熟識規矩，緊緊攬一陣，捧著報紙的阿伯霎時驚醒，似小時不經意引燃神龕旁的布帘那般，趕緊的阿伯跑過來，像是要滅火，說道：「兩個查埔無莫按呢攬來攬去，袂看。」火順利滅去，我們放開，阿伯安心回座。

我們總想要尋覓到自己的新天地，可是一次又一次，我們失敗。

離去。

第二站是他的目標地——籃球場，我本也不愛這裡，為他，我改變。蟄伏於球框下，蚊子在手臂與毛腿上放鞭炮，霹哩啪拉——霹哩啪拉——好快的，四處灑滿香腳紅的殘屑，屑它不斷的向我撓癢，可是我一點不在意，只盯向那顆亮橘紅色的籃球，像日頭，拋物線的升起又降落，來回數十次，彷彿過去幾個春夏秋冬，一起的日子，怎麼也不嫌長。累了稍坐，喝口水，他偷嚐一口我的唇，那可是供品，連神明也捨不得咬下一角，卻遭你奪去，一口接一口啖個殆盡，我們飽食，剩餘餓鬼卻嫉妒。僅僅一吻，方圓五尺均投來强弱不一的聚光燈，厭惡、驚奇與憎恨燒燃，無盡供給的能量，使光線炙熱得受不了，於是我們再次離去。

我們沒有家，沒有王國，只好遊蕩，尋找自己的歸宿。

還有些時間，我們步上八卦山上天空步道，如升天，似天堂，終於沒有凡人。緩步至八卦山大佛前觀景臺，那裡被潑了墨，一片漆黑與寧靜，地獄般，誰也看不清誰，於是我們與他人沒有不同，此時才發覺——原來地獄才是我們的歸宿。

網路謠傳八卦山為「十大情侶禁地」，去了，必分手。或許與一般不同是唯一小確幸，八卦山脈上我們一年，未分手，彼此持續擁有。比肩坐立凳上，彰化市的燈景閃爍，我們看，卻不曾久留，人世翡翠豔紅的LED光刺眼，我們則是鬼火，若隱若現，向前想融入，卻往往遭那光驅散，誰說我們不想當人？我們只是無法前進。最後不停微弱，暗下——暗下——再也無人瞧見與在意。

厲鬼再怎麼逼人，猶是被高明法術攻破，回魂。媽鈴聲催促，我呆滯，毫無回應。於是故事終究無人知曉，我膽識不足，尚無勇氣道出，而媽疲倦，不再過問，任憑我自生自滅。

——終究，長輩喜好的頻道雜訊太多，我還是只連上自己的頻道。

我們還有人間嗎？我不曉得。親朋好友似乎聽不見我們的呼喚，我們只有反覆不斷遭受折磨，沒有凡人願意解救，僅存遠在天庭的神靈們，高高在上，凝視的姿態等待我們自我救贖，回歸人間。

阿嬤的話，今年的我仍無法應答，不願真正成為厲鬼抓交替，將他們全扯下十八層地獄，於是我自顧自的受難。但願有一天，我們能輪迴轉世，來到人間，我就能回覆阿嬤：「我猶閣無七仔，毋過我已經是別人的七仔矣。」

外頭的炮竹聲作響，爆炸性語句仍囿於我心，他們什麼也沒聽見，還是幸福著。世界還是一樣，我們還是不一樣。

相忘於江湖

散文獎　優勝獎　郭松明

個人簡歷

2004 年 5 月 3 日出生，畢業於臺中市立東山高中，現為準大生。喜好記錄生活所遇，隨性發布於 IG 帳號「linway0503」。

得獎感言

於此感謝市立東山高中蔡孟函老師，在我卡文時給予提點，使得本作能以我心中最完美的姿態呈現出來。

每個人心中總有那麼一段過往，無論清淡平凡還是轟轟烈烈，總能占據回憶中的一角，如同文中所寫，遊戲裡遇見的每一個少俠，或許今日一眼便是永別，緣分來得快，散得也快。願每一份相遇，都值得再三珍惜。

好友「天焰」已上線

機械般做著每日任務的我一見這排提示，立刻睜開了微瞇的眼皮，滿心雀躍點開好友私密欄，向位列首位的玩家問候上。

「工作辛苦啦，每日任務替你跑完了！」

而他的回覆總是如一。

「見到你在線就好，今天也麻煩了你。」

遊戲中，我名號凌淺，雲夢派的五師姐，也就是門派修為榜的榜五。每天上線做完每日任務便是接各式懸賞，即遊戲中「打工賺銀兩」的概念，中州世界可不支持金元寶（充值貨幣）兌換銀兩的。

雲夢派的定位是補師，在遊戲中擔任為隊友回復生命值的角色，修為夠高的雲夢玩家甚至可以透過更換裝備鑲嵌的寶石，將補量全轉換成輸出，在玩家對戰中一口一個毒奶，折磨對手的同時還能維持自身血量，加上門派校服好看，是為遊戲中最受女性玩家愛戴的門派。

在進行無聊的跑圖過程時，五師姐都會跟幫會眾人閒話家常，若有新手需要幫忙攻略副本，亦或找不到隊友可以組團的，五師姐都會主動來扛下擔子。有別於其它的門派大弟子，凌師姐夜晚時間充裕，整晚都在線上，可謂是此服務器的最佳引路人。

一日，幫會新加入了一位新人華山，華山派是主打近戰連招輸出的門派，由於操作簡單、又是三尺青鋒在手，成為新手的門派首選。這位新人入幫第一句話便是找人帶他打副本，時刻關注著聊天窗的我自然看到了他的行徑。心中不免腹誹。

「這人是為了過本才入幫的吧。」

正想裝作沒有看到，然而我的「好幫友」卻是直接在聊天窗標注了凌淺。天啊！我憤憤的在聊天窗打出一個「怒」的表情，並很不情願的拉了新人進組。

此人名號天焰，角色等級六十三，一看便是個剛解鎖幫會功能的小白。一進組就跟我熱情的打招呼，頗有幾分自來熟的味道。最為奇特的是，在聊天的語氣上，沒有絲毫的小心翼翼，他可謂是話來出口，不假思索。要知道，在這類角色扮演遊戲裡得罪一位有影響力的玩家，並不是件明智的選擇。但隨和的五師姐又怎麼會在乎呢？一如既往的打本流程，這段時間中，華山小白也是不間斷的找話題，從我入坑時間到裝備取得等各式問題，幾次我都快忍不住將這個說話白目的小子踢出隊伍，好在屏幕上通關成功的提示讓我有個好理由趕走他。避免讓這人有死纏爛打的機會，在分配完戰利品後便將他送出了隊伍。

此後，他再也沒有找人組隊過，我也忘了這號人物，繼續做我的雲夢五師姐，在江湖中體會人間縮影。在這個虛擬世界中，有爾虞我詐，亦有愛恨情仇，人們在現世生活中體會不到的，都有機會在這裡重新開始。品味世間冷暖，笑看人間百態，因果循環也難逃一個「緣」字。

下午六點，此時是野外王刷新的時候，只有位列遊戲前段班的玩家組隊才能攻克。討伐隊伍在野王刷新前十分鐘開組，名額限二十人，先到先贏。五點放學的我總能順利的搶到位置，令人意外的是，本次討伐隊多了一個新面孔，老實說，當時的我早已忘記了這人，直至我打開與他的聊天紀錄。

雲夢：「裝萌新很好玩是吧！」

華山：「這麼快就被發現了哈哈。」

雲夢：「我看你是皮癢沒被打過！」

語畢，我即開啓了隊友誤傷，發紅的名條激起我作為第一幫會幹部的血性，熟練地接著連招，三兩下便將他打倒在地。這還沒完，關閉誤傷，使用補師獨有的復活技能將他救起，血量補滿，再開啓誤傷，反覆暴打。直到他在公頻説出「姐我錯了，莫欺少年窮！」方才罷手。兩個星期就能進入前段班，確實很有潛力，但長年居於榜五的我，對這種潛力並不上心，這次插曲隨著我後來補上的一句「呵呵」而收尾。

許是被我打上癮了，接下來每天的野外王，他總要先找我切磋一頓，即使每次都是以他臉著地收場，但他仍樂此不疲。後來遊戲出了結義系統，至多五名玩家互相義結金蘭，享受特有的組隊增益，大佬和其它巨頭結義，平民玩家找上遊戲中的好友，而我恰是最尷尬的位置，既入不了幫內大佬的結義，也沒有特別要好的遊戲好友，無奈之餘，只好找找有沒有剛好缺補師的結義團，湊合一下。

華山：「聽說沒有人要找你結義欸，好意外。」

雲夢：「你不也沒有嗎，笑什麼。」

下午的野外王時間，收到這個「好消息」的天焰小兄弟馬上來「安慰」我，點開了他的角色頁面看了一眼，我忿忿不平的回道。

華山：「這不是想碰碰運氣嘛，看看有沒有落單的大腿可以抱。」

雲夢：「我看你是賴上我了吧。先說好啊，結義不是不行，但跑本時間我來定，逾時不候喔！」

結義系統除了除了提供特殊的組隊增益外，在通過副本時也會有額外獎勵。「你是大姐，你說的算。」似乎是這麼回我的。自此之後，無論是每日、週常任務，我們都是成雙入隊，沒有新的結義夥伴加入，結義系統也一直停留在僅有兩人的狀態。

遊戲中的活動多數皆舉辦在晚上，從晚間六點的野外王開始，一路到九點半方才止歇。正因晚上活動繁多，多數玩家會將帳號託給信任的人，讓其多開遊戲代跑日常任務。結義之前，我的日常任務皆是在五點下課後做完，但現在有天焰小友早上可以代跑，我自然也是樂得清閒。到了晚上，情況便相反過來，他去打工，我拖著他的「屍體」，到處跑活動。夜深人靜之時，上小夜班的他總能摸魚跟我聊天，拖師打懸賞的我最期待這個時候，如最一般的打工人，天焰大吐苦水，從大學學業難題到打工碰壁。我靜靜看著每一句自屏幕中躍出的字句，它們努力敲打著我的憐憫心，得了我幾句安慰又如天真的孩提喜不自禁。在每個都夜，我們交換現實中的不快、喜悅，互相嚮往對方的生活美好，大學的自主、國中的純真。

正因為我們總是以雙人組隊的型態出現在眾人面前，儼然一副情緣樣，而那時的我卻是對此茫然不知，直至有人當著我的面稱他姐夫，我才意識到，這是中了圈套啊！更該死的是，這廝居然應了這稱呼，完了，洗不清了。可我對此稱呼沒有多少抗拒心，這是為何？難道我對他也有意思？我當即向他坦白。

雲夢：「我是男的，別做夢了！」令我沒料到的是，他回了句。

華山：「我知道，早就猜出來了。」

國二時的我，根本沒有任何關於這方面的知識，不知同性間的愛慕何為，自以為世界只有異性結合。他誠摯地向我告白，邀請我作他的情緣，我同意了，只因我很喜歡與他互動。在夜深時，有個懂得聽我分享生活的人，也是件好事。

我早已忘了那晚是如何入夢的，對於意外收穫一段網戀，我的心情沒有太大的起伏。夜晚的中州世界裡，沒有人知道我是誰，他們所見，是凌淺、是五師姐。也只有這裡有人能使我放開平日中的拘謹，沒有人的生活圈是重疊的，所有少俠皆是一個獨立劇本的主角。

遊戲中的情緣，表現得跟現實相同，我們無時無刻皆在一起，共同打副本、活動，偶爾在公頻放放閃，引得其他人的揶揄。在家園系統上線後，我們合資買了天字號地，蓋了一座古色古香的中式庭園家宅，中間為了格局的樣子爭吵了幾次，但都算是小打小鬧。凌晨一點，我們都會躺在正房的大床鋪上互道晚安，帶著一天的疲憊入眠，平淡溫和的日子，我們都將此當作生活不可或缺的一角。

遊戲中總會發生，今日還能與你言談笑語的玩家，隔夜後就永不再會，好友列中久未上線的玩家，正同現實生活中，那些因某些因素而再無聯絡的人。一切都是如此突然，並肩同行終是擦肩。很快的，我踏上了這個必經之路，距離會考半年的時間，家裡收了我的手機，讓我全新致力於課業。苦難來得又急又快，分別的那一夜，我們沒有互相挽留，這種戛然而止的關係，我們看過太多。或許半年之後我就會徹徹底底的忘記，忘記中州世界的生活點滴、故事傳奇。

兩年前，那時的我早就忘記了凌淺。直至國中母校收到一封沒有署名的包裹，內裝有一封信及與五師姐號等值的金錢。五師姐的號由她女朋友接手了，天焰與凌淺的情詩將繼續譜寫下去，中州世界仍是那副樣子，但又有多少人會記得野外王旁，那打鬧的情景呢？

二〇二二第十九屆台積電青年學生文學獎——散文組決審紀要

時間：二〇二二年七月三日下午二時
地點：Google Meet 線上視訊會議
決審委員：柯裕棻、張惠菁、須文蔚、楊渡、簡媜（依姓氏筆畫序）
列席：許峻郎、宇文正、王盛弘
皓瑋／記錄整理

二〇二二第十九屆台積電青年學生文學獎散文組，來稿共計一七〇件，剔除五篇不符資格者，計一六五篇進入初複審，初複審委員為丁名慶、吳鈞堯、洪愛珠、房慧真、劉梓潔、蕭詒徽。複審委員認為本屆題材多元，普遍反映青少年處境，除關注社會與時代潮流包括 Metoo、霸凌、焦慮等沉重議題外，清新討喜的主題也受評審青睞，作品早已脫離作文範疇，進入創作層次，隱喻、象徵等技巧相當熟練。

決審委員共同推舉須文蔚主持會議。首先由委員對二十篇決審作品發表整體意見後，第一階段選出各自心中五篇的優秀作品，依票數逐次討論並選出第二階段作品後，再評分並決議最終得獎名次。

整體意見

簡　媜：每次評審台積電青年學生文學獎的散文，都是夏天裡愉悅的事。近年散文書寫輪廓上，大抵可用十四字概括：「同志寵物憂鬱症，志工情色生態史」。以高中生文學獎而言，題材選擇的多元性顯示當今學生與社會的連結，比其他世代更為深厚。我認為這座獎早已超過對高中生的要求，它的位階已成為文壇新秀的選拔賽，得獎是對年輕學生重要的標記，標記馬拉松式文學生涯的開端。正因如此，今年閱讀入圍作品時，我特別看重「視野」、「真誠」——寫作者能否以有限人生經驗，外擴至時代脈動？能否讓我看見作品不為得獎，而是發乎對文學的熱愛而寫？另外，我想特別鼓勵落選同學，落選並不推翻你們的潛力，希望同學們能持續熱愛寫作。

楊　渡：高中生的文學潛力已超出我想像，特別是文字敏銳度、說故事能力。部分作品運用隱喻對應現實，或運用小說技法埋下伏筆再由結尾呼應，也許不夠成熟，但均能對於生活、現實、微細事物維持敏銳觸感，因此在閱讀作品時充滿欣喜，也讓我省思年輕一代其實與我們一般對他們的想像全然不同。

柯裕棻：儘管疫情時代下年輕寫作者的生長條件相對個人化、原子化及封閉，但科技互動的蓬勃，恰好挽救疫情下的心靈，成為看見世界、向外伸出雙手的方式。正因此，看得出他們特別珍惜真實事件、想看見多元世界景觀的努力。這些文章有龐大而令我敬畏的主題，儘管對情感的陳述偶有過重，但或許正因是內向時代，對自我稜角、傷口的感受更加敏銳。這些作品真誠、勇敢、寬廣的生命與世界觀都讓我感動。

須文蔚：我的看法和簡媜接近。我在大學裡教創作，熱衷寫作的同學共同履歷就是這座獎，可見已成為重要門檻，因此我很慎重並珍惜地閱讀這些作品。部分題材已不再新穎，如身心症、同志書寫等，儘管其曲折張力仍相對較高；一些屬於這時代獨特的題材也被開發，類似後人類式的討論，如修圖如何改變人的交往。我也許對抒情相對不執著，一篇好的散文能否思路清楚，遠比詞藻華麗重要，我特別在意作品想說服我什麼？改變世界什麼？

張惠菁：前幾年作品似乎較多關於充滿張力的家人關係，本屆主題則更為開闊、多元。其中有幾篇讓我印象深刻的作品，似乎都隱隱傳達出一種態度，是當寫作者在面對生命種種的可能性時，他們所想要的，是尋找一個微妙的平衡，而不是只選其一，捨棄其它。但也因此，他們要在多種力量的拉扯平衡中，努力生長。我認為，這或許是種時代的風貌。

第一輪投票

○票作品

○票作品〈獵人？獵物？〉、〈槍聲〉、〈神愛世人〉、〈三角飯糰〉、〈大腸鏡〉、〈music all life〉未獲圈選，不予討論。

一票作品

〈修修臉〉（須文蔚）

須文蔚：題材新鮮，鋪陳細膩，談照片與真實的差異，最後舉證外國對修圖的規範，以及青少年因修圖產生的身心問題，是不同以往的書寫。

〈空旅〉（楊渡）

楊　渡：對喝茶動作的觀察及選擇很特別，與一般散文習慣不同，有川端康成的調子，他是敏銳的創作者，很有潛力。

〈剪鬍，而非刮鬍〉（簡媜）

簡　媜：題目帶有懸疑，以喜悅、遲疑來描寫男性成長，自我迷戀，但不耽溺，掌握得宜。可惜競爭激烈，若沒其他評審支持，可以放棄。

〈應許之地〉（須文蔚）

須文蔚：我非常喜歡這篇。他用兒童眼光，犀利且冷冷觀察迷信。修辭功力非常紮實，有些反諷、刻薄的氛圍，都有「小錢鍾書」的感覺，在修辭與論理間，相較其他作品更為平衡，對宗教有他自己的冷靜與體驗，標題相當優異，充滿反諷意涵。

楊　渡：這篇蠻有趣的，在最後談到所有神蹟其實只是為了賣東西，充滿反諷，揭示所有神鬼都是為了商業，很有意思。可惜前面醞釀到最後攤開底牌的安排，可以再斟酌。

柯裕棻：這篇也在我的得獎名單內。文字成熟，擅用各種比喻書寫宗教引起他的不安以及恐怖。我同意須文蔚的見解，他非常犀利，修辭甚佳，不淪於咬牙切齒的反諷，控制精準。儘管本篇文字稍嫌堆砌，但仍瑕不掩瑜。

〈無憂角〉（楊渡）

楊　渡：本篇將圍棋隱喻作者與父親關係，即使稍嫌不成熟，但他未來有潛力。我同意其他委員，本篇未能在篇幅中妥當經營人物關係，可以放棄。

〈棉絮〉（張惠菁）

張惠菁：這篇讀來像潮水，密度高且抽象，透過外在事件敘說人物關係，營造出多層、相對的關係。但本篇我排序較後，若無其他評審支持，可以放棄。

〈相忘於江湖〉（柯裕棻）

柯裕棻：這篇寫得很好。敘述能力驚人，即使不玩遊戲，也能完全明白故事。他可以條理分明、流暢陳述遊戲複雜的規則、玩家間的互動、乃至現實世界的某種孤單，以及他和虛擬世界連結時快樂的情感。本篇也觸及些性別議題，例如性別認同，但相當自制，是我前幾名的作品。

須文蔚：其他人在作高難度動作時，本篇平鋪直敘，相對吃虧。不過我很欣賞他觀察到後人類世界中的人如何建構關係，並以章回小說式的筆法鋪陳，是關心網路世代的好文章。

簡　媜：我讀到這篇時眼睛一亮，能抓到這樣的題材書寫，相當聰明。可惜文章前半段鋪陳過多，稍嫌零碎，後半段則精彩迷人。

兩票作品、三票作品

主席表示，因作品票數差異不大，故按照編號討論作品。

〈籠〉（簡媜、柯裕棻、楊渡）

楊　渡：就散文而言，文字平實，但故事性完整。本篇有趣之處在於將籠子、鳥、自由、世界等建立起隱喻，是篇平實、完整的作品。

柯裕棻：我蠻喜歡這篇，是非常美的故事。他處理影像、色彩、聲音與溫度，亦觸及童年與父親的關係。由於鳥的死亡，讓他開始思考更大的、自然與生死的主題，我非常感動，尤其是父親與鳥的關係，那種很深的、作者其實也不明白的情感。

簡　媜：一般我們都以為籠子阻礙自由，但本篇卻能提出反思如「牠早已在籠中覓得自由」，因籠養鳥野放只能淪為獵物。思考自由與不自由的界限，是本篇成功之處。

須文蔚：本篇不涉及生態哲學的思考，只一般性回到囚禁與自由間的辯證，有些繞開原本的論述。

〈二二春〉（簡媜、柯裕棻、張惠菁）

柯裕棻：本篇書寫青春的厭煩、無所事事的不愉快，充滿許多隱喻，但不做作。意象輕快，雖處理生死議題，但不講大道理。反思自我生命經驗時，他明白自己經驗是小的，所以乾脆處之泰然，充滿很多聰明可愛的生活隨筆感。整篇文章彷彿煙花，炸開許多發亮的句子與想法。他對周遭春天萬物的共感深刻，像可怕的荔枝椿象，他也思考成是有毒的、惱人的春天，跳出既定規則書寫。

簡　媜：這篇有許多金句。椿象，顛倒就是「像春天」，這種昆蟲帶有隱喻：椿象有毒，所以春天有毒。文字簡約雅致，不高聲吶喊。除外，他也反思文學中的十六歲，如《牡丹亭》的杜麗娘、《紅樓夢》的人物等，十六歲對他們而言彷彿已走到生命盡頭，對照自己的青春是「死在一行一行的算式裡」。意境鋪陳有天賦，可惜結尾贅筆。

張惠菁：是我的前幾名。無論是有意設計，還是文字帶領著他，這位作者都成功地藉描寫外在事物來隱喻內在狀況。椿象、春天中的生機與腐敗，寫的其實是他青春的狀態，相比前面許文章都急著想說大道理，本篇則有意處在一種中間的狀態，即使描寫著腐爛的事物，卻是腐爛中正在孕育新生、長出新事物的感覺。

楊　渡：我不選這篇的原因是相比其他作家早期作品，除悸動外尚有想破繭而出、反抗的對象，本篇則只有苦悶、無奈。

〈縫隙〉（須文蔚、張惠菁）

張惠菁：本篇從外在書寫疾病，藉景描述心臟問題，如在醫院中被醫療膠帶包裹、檢驗。文字平淡，但有意思。

須文蔚：文章層層開展出「縫隙」概念，核心縫隙是心臟瓣膜疾病，接下來兩個縫隙都描述令他不安和疼痛的膠帶與他的關係，讀來令人心痛。

簡　媜：本篇運用過多對話進展敘事，易流於輕描淡寫。

〈無人知曉〉（須文蔚、楊渡）

須文蔚：同志題材雖已非新意，但描述生動，如寫疼痛時喻成「炸寒單」。他描述愛人間的關係時不斷轉喻，提到黑與白、七爺與八爺、愛讀書與不讀書，像太極一樣等，精彩描述兩男子間的對比。許多地方透過臺語展現鄉土氣質，讀來讓人明白他有一定技巧，敘述也足夠完整曲折，結尾讓人感受到他的堅定。

楊　渡：本篇是一個有乩童、有臺灣傳統社會的同志書寫，兩者的結合在過去相當少見，結構亦完整呼應。

〈我們這一代〉（簡媜、楊渡、張惠菁）

簡　媜：這篇在我心目中是前幾名。時下對年輕世代總有浮濫印象，如「草莓族」、「躺平族」等，而本篇我們看到一個年輕世代必須靠自身賺取生活費。文字雖平鋪直敘，但透露真誠，具有掃描外在社會實況的能力，作者能迅速掌握事物間的邊界，不管是時局、階級、勞資，呈現出剖析現實的潛力。本篇亦提及疫情與戰爭，將工作中面臨的食物浪費與遠方戰爭並置，直面出拳，結尾亦充滿餘韻。

張惠菁：這篇我也非常喜歡。作者描寫在婚宴場所打工的情形，從小人物位置觀察，同時有賴於網路，得以將遠方戰爭與經濟上的拮据相互對話。寫作者非常明白生活中的限制，好似文中他因為須整天穿梭婚宴會場，於是便嘗試尋找最不費力的走路方式，他非常明白自己是縫隙中的人，儘管現在是幸運的，但隨時都可能在競爭的遊戲中被重新洗牌。

楊　渡：我也支持這篇。高中的散文書寫相對個人，但本篇作者很自然地呈現世代間的勞動差異，以及現實生活中的掙扎。散文書寫難免陷入對現實的無感，所以在閱讀時我也同時思考，是否打工的人在社會裡已忙到失去書寫的機會？本篇能看見艱難但不斷嘗試的生存處境，是本屆最特別的一篇。

柯裕棻：我一直困擾於「中產階級原罪」，不知該如何處理閱讀時的愧疚感。所以我仍從選題與技巧觀察。本篇主題相當優秀，觀察力佳，但我的疑慮是個人體悟該如何上綱為世代宣稱？例如，本篇點出自身與朋友在經濟上的差異，但沒有多加延伸，這點似乎可再往前一步探究，而非逕認成年輕一代的問題，畢竟勞動條件不是只有一個世代在面對。

須文蔚：從本篇許多細節明顯可知，作者並非是為了生計在打工。我非常同意簡媜，本篇有種真誠，這是一篇很好的紀實寫作，儘管較少批判與體悟，是可惜之處。

〈青氈〉（須文蔚、柯裕棻）

柯裕棻：本篇感受力很好，閱讀時我好像可以感受到光線、山海的景象，他描述大自然的景色以及生活在鄉間的心情，非常真誠，質樸的情感也令人感動。

須文蔚：表面上寫景，但其實是篇具有控訴力道的作品。這幾年來因農業政策問題，非常多臺北人到宜蘭「種房子」，破壞了青氈上的風景。他描述了這過程中對生態產生的衝擊，將鳥類外來種扣合外來的人在宜蘭造成的破壞。從容不迫，思路清晰，我喜歡這樣的生態書寫。較可惜的是結尾宜蘭神話不夠生動，收尾並不強勁。

簡　媜：文字優美，作為宜蘭人看見文中發生的事，是心中永遠的痛。過去宜蘭完全是仙境。本篇看見他的從容，但在從容中偶而毫不客氣讓你看見殘酷現實，絲毫不減威力，產生「綿裡針」的效果。缺憾在於結尾神話缺乏前述鋪陳。

〈指彩〉（簡媜、柯裕棻、張惠菁）

張惠菁：在高中生作品中，家人離去與揣測離開原因，近年文學獎頗常見。本篇運用指彩、人工的飽滿色彩作為比喻，將母親離去也帶走全部指甲油的事件，對比自己青春期的色彩不再飽滿，而有所失落，整體相當精彩。我感受到他想書寫出自己能否將色彩塗上的動機，塗上指甲油也象徵成為成年女性，青春困頓與母親的離開，讓他嘗試透過有形物去補回色彩，以及親子關係。文筆流暢，調性我很喜歡。

第二輪投票

委員討論後，計十一篇進入第二輪投票，並決定以第一名1分，最後一名11分之方式先選出領先群，再最終決定得獎名次。

評分結果

〈修修臉〉41分（柯10、張11、須3、楊9、簡8）
〈空旅〉41分（柯11、張9、須10、楊4、簡7）
〈籠〉29分（柯5、張7、須9、楊2、簡2）
〈二二春〉20分（柯1、張2、須5、楊8、簡4）

〈縫隙〉37分（柯9、張6、須4、楊7、簡11）

〈無人知曉〉33分（柯7、張5、須6、楊6、簡9）

〈我們這一代〉22分（柯8、張1、須11、楊1、簡1）

〈應許之地〉22分（柯4、張4、須1、楊10、簡3）

〈青氈〉29分（柯6、張10、須2、楊5、簡6）

〈指彩〉25分（柯2、張8、須7、楊3、簡5）

〈相忘於江湖〉35分（柯3、張3、須8、楊11、簡10）

因多數委員給予〈我們這一代〉第一名，經討論後：〈我們這一代〉獲得首獎、〈二二春〉獲得二獎、〈應許之地〉獲得三獎、五篇佳作為〈籠〉、〈無人知曉〉、〈青氈〉、〈指彩〉、〈相忘於江湖〉。

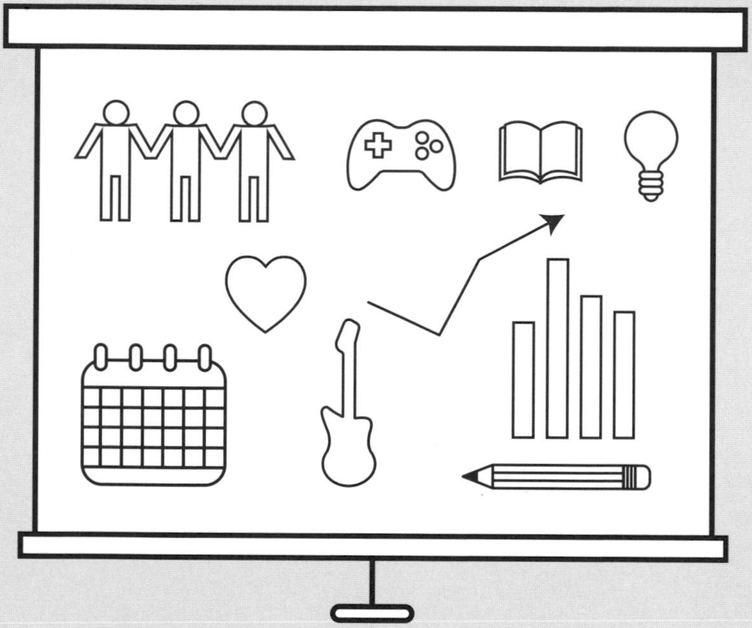

新詩獎

蛇

新詩獎　首獎　古君亮

個人簡歷

2004年生，新竹高中三年級，苗栗人，即將就讀臺師大國文學系。喜歡拈著未磨圓的詩句與浴室約會，無聊時我保持靜謐，我保持靜謐。我會默背一段〈石室之死亡〉。經營更新頻率低的Instagram帳號@decadentpoet0816。目前還在努力學習把詩寫好。

得獎感言

從未料到高中文學獎旅程的起點與終站會在同個位置，感謝一路上對我的作品提供建議的朋友們，感謝文學，感謝評審老師，感謝我自己。我今後將轉身向更寬廣的地方走去，嘗試被詩找到，等待寂滅的海域吹起風，把蛇從我的體腔抓出來。

祇在清明初次拜訪深山的祖墳，我便怔住
密林裡，祖先以脖頸上的咬痕展示信仰
任憑光亮的鱗甲束縛乾癟的身體
我看向身旁的親人，我又怔住
他們以跪姿膜拜死亡的賦格

我吐出顫抖的音節
詢問為何鑿開祂的棺木
你們長年豢養牠嗎？
父親用指腹緊貼我的唇
安靜觀賞這場神聖的進食秀

牠張開血色的口
把牙嵌入祂凹陷的眼窩
收縮身子吞嚥一條及地的髮辮
只留下幾個滿足的飽嗝

祖父對牠說：
「新的容器已備妥。」
他指著我腳上的鴿環
溫馴者將是別人腹內的鼓脹
我必須靈巧如蛇的爬行
而牠的皮不再增生
連蜷縮也是一種損耗
「與主共生將是無上的榮耀。」

我再次怔住
祖父抓住我的四肢
父親扳開我的嘴
牠沿著食道探索新的載體
我感覺自己正在成為牠

我意識到我們的位置最後將被置換而
望著嬸嬸懷中的嬰孩
他會是下一張皮嗎？

一切都完成了
祖父說我讓他感到驕傲
我轉動眼膜後的眸子
伸出舌頭
吐信

名家推薦——

這是一場少年的成年禮，殘酷的是透過目睹死亡、蛻變而成年，全詩表現出從人、蛇的對抗到共生。
——零雨

此詩是一場迷幻的儀式，詩中主體置換，第三段相互的吞食感很強烈，是迷人也危險的作品。
——羅智成

這位作者的創造性很強，整首詩像是一齣舞臺劇，第四段的句子尤其令人不寒而慄！——陳克華

潛藏

新詩獎　二獎　袁清塭

個人簡歷

2005 年生，現就讀嘉義高中二年級，青年刊物社社長。摩羯座，不吃牛，但是牛油炸過的食物可以。個人不怎麼宅，不過是資深原神玩家。

得獎感言

非常感謝主辦單位和評審老師給予我的機會，希望我以後能不負大家的期待在這條路上繼續走下去，雖然說我還在努力尋找自己的作品風格，也因為被課業壓榨而難以維持心力在文學上，我還是會努力的。(๑•̀ㅂ•́)و✧

在舒里亞夫卡站，妳沒有發現
我布置了祕密在汙漬的牆角
壁畫拼貼的工人所指之處
但是我不意外，哭泣的孩童、
老婦在攙扶下來往於通道，而被毯
羅列在長廊兩側，我相信是妳的惻隱
使妳無法顧及我的精心策畫
而迅速地走上階梯
妳的步調之快
恰如這座城市的今生和過去

我們潛藏在地下，有序的失序
曾經觸手可及的溫度和早春（我背靠冰冷的牆
走廊的昏暗燈光使我睡意漫長）
我發覺已經被鑲在夢想清單上無法取出
至於是什麼使我們潛藏，必須說

是敵人之外的選項，是一片向日葵田開花之前
就已存在的，帝國瘸腿的遺毒
這座城市就此載浮載沉
看向那些古老的宮殿、雕像與標誌
不難發現偶有幾隻候鳥停駐其上
給生硬難嚥的悲情史裝飾，如唱悼歌

今早警報再度響起
穿透我們的屋舍、骨櫟和遐想
直到天際邊側，把稍冷的早晨
如絲帶纏物般繞了一圈又一圈，打結
我們險些窒息其中
我再度回到舒里亞夫卡站，慌張而過的行人中
似乎沒有妳，我仔細觀察每一幅背影
每一張倉皇與恐懼譜寫的五官
都沒有找到妳的蹤影與氣味

地下宮殿的穹頂卻依然冰冷結實

然而我滿足於妳現在的潛藏，也滿足於
我們潛藏在地下，妳潛藏在不知名處
我潛藏在妳心底一本不曾翻過的字典中
當妳某一日偶然懷著忐忑翻開它
我失去我的潛藏，妳也失去妳的
飛彈砲火將已經不再觸及金黃花田
我篤信，妳也將站在舒里亞夫卡站的月臺盡頭
輕哼舞曲，手持牆角處尋來的
數年前置放的祕密

名家推薦——

這首詩像是厲害的導演拍出的電影，以俄烏戰爭爲背景，但又有獨立於戰爭議題外的情節，像是在戰火下的愛情密窖，潛藏戰亂中的祕密，期待有天被心愛的人發現。詩流暢地運用虛擬的第二人稱對白，以行雲流水的剪接技巧顯現語言的節奏感。——羅智成

此詩語調深沉，語言精煉，鋪陳出一個祕密，可能是情愫、夢想、對和平的渴望，能不直說，反而是一種功力，特別第三段以「絲帶纏物般繞了一圈又一圈」寫早晨，相當節制。——零雨

起霧的鏡

新詩獎　二獎　林鈺喬

個人簡歷

2004 年生，現就讀北一女中二年級。喜歡寫作，但只有在截稿前夕才會寫出像樣的東西。喜歡手指在鍵盤上敲擊的快感，雖然最近比較常用手機。希望有一天能寫出很厲害的作品，靠寫作養活自己。

得獎感言

首先感謝評審們的青睞，收到得獎通知後我回頭看了好幾次這首詩，感到困惑也感到慶幸自己能被看見。

謝謝陪伴我創作的親友，也謝謝 Y，雖然妳不會知道詩裡每一個字都與妳有關，但沒有妳就沒有〈起霧的鏡〉。

這首詩是我大半夜在浴室裡對鏡寫出來的，以前一直想寫但無從下筆，能夠在三年後用那場雨換來一個獎項，我覺得好值得。

心臟被馬尾劃破
液體張成一面鏡將我困縛
無需隻言片語，也沒有半片秋波
只有屏息的夏天和滿身濕意

啞巴假裝聽不見
滴滴答答已匯流無聲
是不是沒有聲音就能偽裝成不在意？
可妳的雙眼劃開，下了另一場雨
那道裙擺如秋千一揚再揚，比風還輕
我終於彎身拾起滿地的晃蕩漣漪

幽微目光如細痕不斷蔓延
水面上，爬上無處不在的壁
反射，來來回回反射——
容不得破裂，我顫抖起身裝作安靜

背影遮蔽讓人們看不清

慢慢蒸發，上升
水滴是一顆顆鏡
萬物的倒影一致，映照延伸的絲
松鼠尾巴，光暈的弧，包括浴室中我的身體
該如何靠近並及時撤離？

圍城的鏡無限擴張成幻影
只有在化妝室裡，妳我才會靠近
潮濕的暗紅如千萬次纏繞的耳語
呼吸低伏顫抖又揚起——
抬眸。
視網膜上滿是霧氣

自夢裡恍然驚醒

詞彙倒映陰影，目光是我的心音
悶熱都是呼出的氣
夏天沒有聲音

名家推薦——

欣賞作者企圖以詩認識自己的情慾，詩中巨大張力，來自於特寫、逼近的意象，類似電影中慢動作般的微觀，不明講、暴露出來，創作者呈現陷在緊張、困惑與高度專注的狀態。——羅智成

詩行有一種流動感，暗潮洶湧，無聲卻充滿內心的騷動，想要突破世俗的圍城。所謂「對鏡」就是對自己的正視，正視兩個人的情感就是一種覺醒。全詩沒有說滿，欲拒還迎，令人驚豔。——李進文

鎖

新詩獎　優勝獎　張晉誠

個人簡歷

2004 年生，現就讀臺中一中二年級。臺中人，高一接觸詩作，高二才開始認真寫作。習慣在晃盪的公車中望著窸窣人群以及燈光，一有念頭就傳送訊息給自己的聊天室。

得獎感言

臺中的日與夜。咀嚼悲傷是為了好好寫字，想像記憶不那麼痛苦時，字浮現的瞬間。讓一個情緒與我無關以後，同時成為我的一部分。

感謝評審老師的肯定，第一次得獎。我想謝謝我朋友在截稿前幾天推著我參加，以大徹大悟的貼文驚醒我生命當時的困惑。

沒有人真正地知曉
當他們將窗簾拉上、門鎖上
把外界成為特別廣大的我的房間

我的房間內沒有什麼
只有我，空空的我空空的沙發床
頭上懸掛的吊燈是寂寞
孤單是我收上的書籍
絕多數沒有歸屬的小說，內容也迷失，但我熱愛

我的房間，床榻不習慣發言
它柔軟的撫摸僵硬的我
心底更是苦澀了，遠遠的夜空

我的房間，陌生的愛臣屬於流浪
早晨的提振是索然，我等待你或許等待

這某日某人拉著某人
簡單地刷牙洗臉都好，我說

夜晚的歌聲
溫馴的貓它微弱的語言
窗戶絕種以後絕種了光，大部分的房間只有對話
你的聲線是那麼稀微，好像等等要死去了

特別安靜的我的沙發
你說喜歡，靠著我，裹上棉被入睡
……好像是這麼冷的地方成為溫室
唯一的花在這廣袤之中不遠，晚安

願你的夜晚再沒有失戀了
有一日你不再回覆

我成為這房間中最後一位，於是想逃亡
夜空裝了許多門把
我薄弱的逐戶乞憐，都上鎖了
所有的人將自己鎖進房間，我以為。
其實門的背面是鏡子
互相的窗簾之內都是一片孤單。草原

水星日記

新詩獎　優勝獎　洪誼哲

個人簡歷

2005 年生，現就讀板橋高中二年級，得過武陵基金會全國高中生文學獎二獎、全球華文學生文學獎入圍。

得獎感言

喜歡散文喜歡詩，習慣耽溺於文字間的夾縫中，渴望找尋出自己喜歡的模樣。比起單純書寫我所見的世界，寫詩對我而言更貼近向自己內心深處挖掘，是一種重新認識自己的契機。如果能因此感動讀者，我便覺得十分榮幸。

我搬家到一顆沒有海水的行星
這裡沒有魚蝦　或者螃蟹
我在上頭
我擁有整個宇宙的星球

這裡是最接近太陽的地方
近到我找不到任何生物的痕跡
沙與恆星告訴我
這是夸父從未來到的地方

行星公轉的週期更短了
過年不像過年
在杳無人煙的地方
我點燃一串鞭炮　以假裝
自己是個長壽的人
事實上恆星並不能永恆

待宇宙開始擴大
人類便恣意地渺小了
我將閃爍的星連成一匹快馬
但我不知道我該騎向哪裡

如果捉住了太陽
是否就能證明自己
是宇宙的中心　我又想起夸父
他告訴我哥白尼和伽利略的爭論
而哈雷彗星又公轉了幾周呢

我從彗尾取下冰塵
在逼近太陽的地方　成水成煙
像曾創造星座的文明
　恆常的宇宙

有著無常的繁華

那是一個無雲的早晨
在肉眼可見的星球上
我用爺爺教過我的方式晒乾蘿蔔
練習醃漬　但我不知道靈魂可以保存多久
上一次我醃得還不夠鹹呢

這一次還會有人願意嘗試嗎　明天像
一碗剛煮好的鹹粥
不存在的海水
析出的鹽巴結晶折射陽光
但這一次我會拿捏好
生活的鹹度

睡前活動

新詩獎　優勝獎　程俊嘉

個人簡歷

2003 年生，現就讀正心高中三年級，準備上政大中文系。覺得情詩是最接近戀愛的那種寂寞。目前最想做的事是好好談一場戀愛。曾獲中臺灣聯合文學獎、新北文學獎。

得獎感言

謝謝評審，也謝謝所有陪伴過我的人。

這首詩是我私心很喜歡的作品，寫完的時候，C 已經離我很遠了。這是好事。因為我始終相信沒來的都在路上。

你在嗎
深夜，一場白色的自問自答
終於知道把問號沒收
與床邊腐爛的紅豆一起
慢慢變黑

手機鍵盤找不到暗房裡藍色表情
只好笑臉代替
比如屏幕無光的房間
假裝有你

平躺在床上大字癱軟
模仿開封過後的汽水，無氣
玻璃彈珠卡住瓶頸
在半空中畫出
腦海那座堵塞的城市——

你的腳踏車還在門前廣場
上面夾著我寫的信
躲進家中棉被裡呵氣
感受每一次風鈴輕響
帶動的過度呼吸
開始期待你
那裡的一場室內陣雨
讓鑰匙鏽去，鞋子飄到床底
所有抵達開始瀰漫水氣

貓踏過手裡光景
打翻整夜失眠的祕密
瑩光色的心事從此流離夜裡
心裡暗自決定
小心遮起
不讓遠方的你看到

誤擲的黎明

睡了嗎
再一次測試，收訊良好
說話卻像飄進霧裡
那座，潮濕枕頭的森林

誰盲

新詩獎　優勝獎　陳文昀

個人簡歷

2006 年生
桃園陽明高中一年級
生於溽暑的正午
而昀，日光也
謝謝爺從賜予名字開始
跪著寫詩　像死了一樣活著
被說過幾次性格和詩很一致
沉淪熱愛　思緒囤
積
底片和攝影
趨向動詞
耳朵還停留在 20 世紀的海外
窺探　可以在這找到我
IG@_florilege___
Fim IVE IZ*

得獎感言

願在盲者也看得見的地方
指出天堂。

對我而言詩是
擒著十字架的僧老
日夜蹄聽衣鉢的跫音
禿鷹啃噬的舊約聖經
盤旋在荒蕪裡
不渝的守貞
只能錯怪成為哪位神似的滯人
蹂躪信者恆
信
在越漸凋零的寒風裡
一把苗火也因此竄起

兩年以來　謝謝願意等的家人
謝謝昫讓我們走得比覺醒還快，比光還需要目光等待
謝謝所有人
無數次失敗後我還是會繼續相信

他用墨鏡的倒影去勾勒一齣齣夢境
每一晚都是破碎的足跡
他用超重前的觸覺去感受被政策擒著而烙上的善意
但對道路坑洞的反饋是最直接地怵目驚心

他看過他們張口閉口還溢出的光影：
摻在喧囂的辱罵和喇叭 在猛烈的急煞後逃竄

他開始習慣把柏油當點字版 讀出世界運轉的常理
明杖和自尊都落在 哪裡
被哪一臺 什麼碾去

他明白目光和光皆是刺眼本身。

那晚他夢見有頭猛獸跳著虛幻的舞步
血盆大口肆意 汲取

輕薄的命運被拎起 驕矜地
在半空懸
盪
他像是那隻失重的野兔
亂步中漸漸打散固有的氣流
即便注了更多的安心於——

但人世間哪有所謂的洞窟

如果他以矇眼
虛晃度日
把通往懸崖的跫音踏的比
到達天堂的梯般篤定
他依舊不知道夢醒後的下一步
該向哪走去

春日身體說

新詩獎　優勝獎　林可婕

個人簡歷

2005 年四月生，明道中學高二升高三。
彰化出生，臺中長大，嚮往南方。喜歡民謠搖滾。
作為一個社會觀察家，睡著後會變成時空旅者。

得獎感言

國三開始接觸新詩，起步不早，書寫不快，謝謝這個獎給予我肯定；也謝謝在文學路上提攜我的老師們、一同前行的眾夥伴。我會持續努力，慢慢地寫。

〈春日身體說〉初稿完成於今年三月，書寫的當下心中充滿祝福；修改時亦然，而祝福的對象成了複數。時序入夏，謹以此詩獻給身邊所有正要轉換模式生活的人── 我們的世界都正要啓動。

你肩胛骨的弧度適合種花
肌肉作為土壤
以皮脂與血液施肥
嫩芽沿著臂膀生長，齊齊晃動
關節處毛髮短而堅韌

指腹的螺旋是天然劃地
分割出非人工的造景
甲緣的肉刺是鏟
空間擁擠，延伸乳白色月牙
嫁接的枝條就貼著你掌紋蔓生
有關生命的那一條最長

蝶類幼蟲攀附
碎口啃食細瘦的莖
脫蛹後交尾，在你微駝的脊椎

演繹複數的循環畫面
暫棲的卵遠看像你的汗珠
密集而多產

近日土地來不及乾透
大雨總在天邊有光時驟至
潤濕你腿的紋脈

我要捧取窪地裡靜置一夜的水
在耳語低低、頸畔騷動之際
偷偷餵哺你鳳形的眼睛
讓根植的軟草微彎
祕密養育
積累多時的對視（然後執尺
就著翌日的烈陽檢視成果）

但你從不預告遠行。
空氣黏稠如喉間振動的發音
背負飽滿行囊，筆直的腰臀上
花苞陸續綻放

春日，有生命在你的髮旋鳴唱
聲音亮而短促，是幼雛急急
張嘴討食，雙眸未睜
我所確信的是牠的羽翼將豐
預備在季節的末尾離巢而
世界正要啟動——

二〇二二第十九屆台積電青年學生文學獎——新詩組決審紀要

時間：二〇二二年七月三日下午一時
地點：線上會議
決審委員：李進文、陳克華、零雨、顏艾琳、羅智成（按姓氏筆畫序）
列席：許峻郎、宇文正、栗光
陳昱文／記錄整理

本屆新詩組來稿經剔除資格不符的稿件後共一九〇件。初複審委員有林達陽、陳繁齊、楊宗翰、騷夏四位，共選出二十篇進入決審。初複審委員表示，原預想本屆作品題材以疫情為主，但實際來稿多以科幻、奇幻、二次元為題材，盡情展現了自身的小宇宙世界，也代表來稿學生對文學獎沒有既定的印象，顯示出台積電文學獎的珍貴之處。較可惜的是少有「大谷翔平」般讓人眼睛為之一亮的力作，有些稿件雖是高手，但像偽裝成魔術師的魔法師，已預想爭取評審的青睞。有的初複審委員重視詩的抒情傳統，有的偏好帶有挑釁和反叛的意味，初複審委員一致希望進入決審的作品能多元、含括各面向，讓決審委員更有選擇。

決審委員們共同推選羅智成為主席，主持本次會議的投票進度、評點流程。五位評審分別就進入決選的二十篇作品進行整體的評論。並輪流發表整體感言。

整體感言

顏艾琳表示自己評了不下十次的台積電文學獎新詩組，台積電文學獎是詩人的孵化器，是青年的諾貝爾文學獎，但她對這二十篇決選作品有點失望，較沒有看見早慧的明日之星。此屆作品水準兩極，有的作品文字把握度不高，線索斷裂，意象失準，詩句和散文口白句混合。她強調自身選詩的標準，是詩要用最新鮮的語言，表達自我意識，寫出不一樣的說法及語言的組合。

陳克華觀察到此屆作品都很認真和用力書寫，大部分作品得獎腔嚴重，難有驚喜的句子。他認為詩是語言、文字的舞蹈，展現藝術的美、輕盈、靈活，但此屆的詩讀起來卻大多像在秀肌肉，有的作品需待評審解謎，有的意象失準、語意斷裂，但仍希望選出對詩有虔誠信仰的年輕詩人。

李進文指出此屆詩作品有想像力，題材多元：愛情、戰爭、疫情、個人成長、親情、科幻、神話、玄幻，他強調選詩著重在有沒有用心處理題材，能從平凡題材提煉出不同的向度。他認為整首詩的布局比單獨句子重要，要能留有空隙，讓讀者有更多的想像，文字也要儘量順著個性，不能太刻意造作，高中時寫詩最有天馬行空的神采。他鼓勵青年詩人寫不怕犯錯的作品，別在意高中時期的作品不穩定，不要讓自己太世故，以致作品在既有的形式中固定下來，要講出自己時代的語言。

零雨覺得此屆作品有的內涵深刻，思慮遼闊，整體來說題材多元，寫自我蛻變、戰爭、愛情、親情。她也重視整體的布局多於個別句子，認為一首詩如同〈典論論文〉所說「文以氣為主」，透過具體的分段、流暢的語言、邏輯的安排、主題的凸顯來表現出生命力。她指出此屆有近一半的作品是上氣不接下氣，而所謂的氣不足是指語言、分段的割裂、意象的拼湊。整體來說，作品程度懸殊。

羅智成有不同看法，認為此屆詩作的高品質令他目瞪口呆，他觀察到年輕詩人已熟悉技巧、語法、結構的掌握，而且因對影像文的化熟練，故寫詩時像導演在拍寫實電影、科幻電影、懸疑電影，意象對年輕詩人來說是基本動作了。更讓他覺得不可思議的是，年輕詩人在詩中不畏表達觀點，討論愛情、世界觀等。他指出高中生的責任就是天馬行空的想像，他們的作品表現讓他放棄了一般選詩標準，諸如：選詞用字、語法、意象、音樂性。他驚豔地指出這屆有幾首作品，雖然不完全能看懂，但厲害到想選擇它，有點像當年讀楊牧〈十二星象練習曲〉的感覺。他認為年輕詩人對詩的想像是玄妙、離奇、神祕的，他能接受這樣的詩美學。

第一輪投票

第一輪投票，每位委員以不計分的方式勾選傾心的五件作品。共十一篇作品得票，投票結果如下：

〈初吻的簡寫念做唇〉（零）

〈鎖〉（李、零、顏）

〈潛藏〉（零、顏、羅）

〈水星日記〉（李、陳、零、顏）

〈蛇〉（李、陳、零、羅）

〈睡前活動〉（陳、羅）

〈紅事〉（陳）

〈起霧的鏡〉（李、羅）

〈誰盲〉（顏）

〈匡列〉（顏）

〈春日身體說〉（李、陳、羅）

主席表示依序從一票的作品討論起，可以放棄或拉票。

一票作品討論

〈初吻的簡寫念做唇〉

零雨認為這篇題目很奇怪但內容很好，較少現代詩能辯證特定的議題，此詩透過生命的進程討論愛的表達，從首段的肯定到尾段的模稜兩可，以不生硬的文字，討論愛和語言、記憶的關係。陳克華指出真正厲害詩人會顛覆自己的語言，但此詩的第五段到達三重否定，會造成語意上的混淆，最後一段也較拗口，不過此篇在語言的玩味、遊戲上確實是特別的。李進文詮釋此詩在反覆辯證中像是傳遞了愛情的無常，而自問自答的形式，頗有青春感，但標題未緊扣「唇」的意象，且以斜線來斷句，破壞了整首詩的流動性、節奏感，到了第四段出現四重否定的用法太刻意，結尾的結論也消解了遊戲追逐的感覺。羅智成指出此詩用諧擬、辯證的方式推理愛情，但這個策略讓語言陷入重複、乾澀的用字。

〈紅事〉

陳克華認為這是現在很流行的女性主義的著眼點，紅是指經血，伴隨女性一生，經血在有些宗教文化上是不潔的象徵，這首詩的架構很清楚，從初經到更年期，而此詩和大多急切說明主張的詩一樣，過度鋪陳、設計，創作臣服於理論，失去了詩的況味，但高中生可以注視自己身體的改變，還是需要鼓勵。顏艾琳提出此詩的語言較斷裂、用字失準，思路老套了些。

〈誰盲〉

顏艾琳欣賞此詩思考是眼盲或是心盲，第四段道出一個人在生活中遇到窒礙是被生活所獵，或是自己也需要注視獵人的目標，最後選擇了躲藏，虛晃度日，全詩以指涉的方式道盡了高中生究竟是要往大人設定的目標邁去或是做自己。李進文表示此詩頭重腳輕，「夢醒」的設計較尋常。陳克華表示此詩有佳句，像「柏油路當點字版」、「目光和光皆是刺眼本身」，但全詩未能轉折出有眼睛的人看不到事情真相的悲哀。

〈匡列〉

顏艾琳讚賞此詩用簡單的詞，收攏了南部城鎮遇到旱災的問題，也寫了現實生活中可見與不可見的危險已滲透進日常，包含疫情或對岸戰爭的威脅。陳克華認為此詩在邏輯的理路較渙散，像是詩中有「妳」、「你」、「我」、「外婆」等人稱，在串聯上讓感懷、批判的事物失去了焦點，核心究竟是都市化的悲哀、天災人禍或人與人的疏離，並不明確。

二票作品討論

〈睡前活動〉

陳克華欣賞它是可愛的情詩，將夜裡想打手機給對方的青春羞澀、猶豫、深情寫出，筆法自然，沒有得獎腔，呈現３Ｃ時代中情竇初開少年或少女的幻想、忐忑。羅智成也認同此詩寫得相對自然，將手機的使用寫得有縱深，展現房間中種種畫面與情感。李進文表示此詩在第三段的節奏分段上可以再斟酌。

〈起霧的鏡〉

李進文盛讚此詩耐讀，從馬尾、裙襬再到「在化妝室裡，妳我才會靠近」，暗示可能是表現女同的詩，以處理夏天的熱象徵情慾，而潮濕及無聲呼出的氣，呈現一種內在要膨脹出來的情感張力，詩行有一種流動感，暗潮洶湧，無聲卻充滿內心的騷動，想要突破世俗的圍城，所謂「對鏡」就是對自己的正視，正視兩個人的情感就是一種覺醒。他認為詩中提供許多空隙，像是以「滿地的晃蕩漣漪」隱喻心事，詩中的用字「絲」與「詩」、「心事」，「弧」與「狐」，引人聯想，全詩沒有說滿，欲拒還迎，令人驚豔。羅智成指出全詩雖有點隱晦，但同樣欣賞作者企圖以詩認識自己的情慾，詩中巨大張力，來自於特寫、逼近的意象，類似電影中慢動作般的微觀，不明講、暴露出來，創作者呈現陷在緊張、困惑與高度專注的狀態。

零雨表示全詩相當具有現代感，像不斷延伸的戲劇般的慢鏡頭，讓讀者細細去體會。顏艾琳則認為最欣賞此詩的第四段，但第二段和尾段佳句雖多，整體的表達卻不是很清楚。

三票作品討論

〈鎖〉

顏艾琳指出此詩呈現當一個人宅居很迷惘時，希望有人陪伴。詩打開了聽覺等感官，每一個人都在孤單的草原上奔跑、流放，以空間的對照寫出愛情觀與人際關係，讓她想到年輕的陳克華、羅智成。李進文欣賞此詩形式上很大膽，一開始用空間作轉換，從房間以外的空間開始推進，把空間放大，也把自己的孤獨放大，寫出孤單的回音，詩行中的「我」和「你」曾經互相取暖，也用鏡子映射彼此的孤單。他表示以詩寫愛情，不落俗套，形式上有創意，藉整首詩的意象並不固定，語法上也不是平常的邏輯，反而有了流動感，白萩說藝術的偉大來自技巧上的偉大，像是第二段的「但我熱愛」前後承接，是似有若無的連結，充滿細節，即使詩的標點運用或比喻沒有完全精準，但整體有一種潛伏的動感。

零雨認為詩看起來很淡，但有層次，發展了「自己」和「他們」的狀態，除了自己被鎖，外面的人也是都被鎖，影射了所有的人都孤單寂寞，全詩寫得很自然，特別第一段「把外界成為特別廣大的我的房間」將「他們」和「我」的反差寫出，也擴大空間，而第四段在口語中又精煉、收斂，自然中顯出詩意。

〈潛藏〉

顏艾琳查證舒里亞夫卡站是在基輔地鐵的一個車站，並表示詩呈現對戰爭流離的惻隱，詩的尾段用後設、暗寫情詩的方式冀求戰爭趕緊過去，是很成熟的詩。零雨認為此詩語調深沉，語言精煉，鋪陳出一個祕密，可能是情愫、夢想、對和平的渴望，能不直說，反而是一種功力，特別第三段以「絲帶纏物般繞了一圈又一圈」寫早晨，相當節制。

羅智成讚賞此篇作品的老練超出他的想像，是這屆最厲害的作品。它像是厲害的導演拍出的電影，以俄烏戰爭為背景，但又有獨立於戰爭議題外的情節，像是在戰火下的愛情密窖，潛藏戰亂中的祕密，期待有天被心愛的人發現，詩流暢地運用虛擬的第二人稱對白，以行雲流水的剪接技巧顯現語言的節奏感，像是一首史詩。

李進文觀察到作者於第一段的人稱「妳的惻隱」到了下一句變成「你」，而第一段的「舒理亞夫卡站」到最後一段變成「哈里亞卡夫站」，文字運用不太小心，整體文字不夠精簡。他建議祕密的鋪陳可以有一些伏筆，提供想像的空間。陳克華認為此詩在戰爭詩中沒有特別突出，特別困惑為什麼選擇「舒理亞夫卡站」書寫，是因為這個站有許多可歌可泣的故事，或者是詩中的「我」和「妳」特別約定的地方與祕密的所在嗎？

〈春日身體說〉

陳克華指出他原本就關注「身體詩」，認為此屆很多詩堆疊意象、過度用力展現技巧、內在意象間斷裂、語法拗口，盛讚此詩很一以貫之的將身體、植物、花串連，以植物意象將性暗示提升到自然的境界，特別欣賞最後一段「春日，有生命在你的髮旋鳴唱」，在視覺上「漩渦」很像黑膠唱片，而青少年頭髮的柔嫩，又連接上了「幼雛」，這個意象將身體、植物、動物連結起來，文氣很充足。李進文表示此詩不只純粹描寫也有呈現思想，用整個身體去想念一個人的巧思，相當特別的，但最後兩行「預備在季節的末尾離巢而／世界正要啓動——」可以再斟酌如何讓整首詩更有韻味。

羅智成也欣賞這首詩的意象精準、鮮明，像工筆畫，以微觀的生物世界，寫出迷人的超現實氛圍，不過詩最大的問題是大量用「你」，而「你」究竟指誰，線索不夠多。零雨表示此詩的語言綿密，結構完善，以神話母題為背景，藉大地當身體的象徵，很有布局。顏艾琳認為詩藉春日植物的萌芽寫情人的身體、情慾，相當有巧思。

四票作品討論

〈水星日記〉

顏艾琳表示詩以科幻、星象為背景，對照宇宙的遼闊和人的渺小，探討若現實生活過得虛無沒有節慶感，那麼在都市生活中的靈魂如何過日子。陳克華認為這是一首科幻詩，但不太突出，以科幻詩來說「醃漬」這個詞，不夠科幻。李進文補充指出這是以科學專業入詩，不是科幻詩，詩加入了「夸父」的角色，提供不同層次的思考，最後以畫面帶入永恆和日常的思考，還不錯。

零雨則認為這首詩不是科幻詩，也不是科學詩，只是藉搬到星球的情境，探討永恆、人生方向、宇宙的中心、創造等問題，詩的最後回歸到品嘗生活滋味，呈現一個年輕人對生活的想像到真正品嘗生活的過程，書寫得很自然。羅智成覺得這首詩既命名為〈水星日記〉就要對「水星」有科學知識的了解，進而聯想，整首詩意象系統的整合不太好，特別最後「醃漬」的觀點讓一首詩變成兩首詩。

〈蛇〉

陳克華指出希望挑出在形式、敘事、意象上特別的作品，他本身曾用祖先、蛇描寫清明，讀此詩除了似曾相識外，感覺這位作者的創造性很強，整首詩像是一齣舞臺劇。他特別點出第四段的句子「『新的容器已備妥。』／他指著我腳上的鴿環」很厲害，最後一段又把蛇放進自己的身體裡，令人不寒而慄，以清明撿骨的故事為背景，寫對祖先的崇拜，很有創意。李進文認為這首詩以「巫」的儀式和「進食秀」的畫面，觸動人心，令人毛骨悚然，布局上，蛇的祖先與「我」合一，「我」變成了蛇，祖先、父親等角色一一出場，邏輯並不混亂，像要說死亡只是轉成另一種容器。他進一步指出，蛇在宗教、文學上，有創造生命、情慾的象徵，這首詩提出了對「存在的反思」。

零雨詮釋這是一場少年的成年禮，殘酷的是透過目睹死亡、蛻變而成年，蛇以神聖的「祂」作為食物，後來以「我」為食，「我」又蛻變為蛇，人蛇的角色互換，將生命進程的殘酷攤開，鴿子原為和平的象徵，但面對時代社會的需要，必需蛻變為蛇，全詩表現出從人蛇的對抗到共生。羅智成補充道此詩是一場迷幻的儀式，詩中主體置換，第三段相互的吞食感很強烈，是迷人也危險的作品。

第二輪投票

經逐篇討論，委員分別就自己最欣賞的五篇作品投票，委員依名次高低從5～1分給予分數。投票結果如下：

〈鎖〉11分（李3分、零2分、顏5分、羅1分）
〈潛藏〉12分（零3分、顏4分、羅5分）
〈水星日記〉9分（李1分、陳3分、零4分、顏1分）
〈蛇〉16分（李4分、陳4分、零5分、羅3分）
〈睡前活動〉2分（陳2分）
〈起霧的鏡〉12分（李5分、陳1分、顏2分、羅4分）
〈誰盲〉3分（顏3分）
〈春日身體說〉10分（李2分、陳5分、零1分、羅2分）

主席指出計分結果顯示二項特點：一是只要評審有投票的作品都有獲獎，二是評審們心目中的第一名都不同。〈潛藏〉、〈起霧的鏡〉因皆為個別評審心中第一名次、第二名次，經主席向主辦單位確認並列名次的往例後，五位評審一致認為兩首詩皆很傑出，故〈潛藏〉、〈起霧的鏡〉並列第二名。最終，〈蛇〉以16分獲得首獎，〈潛藏〉、〈起霧的鏡〉皆12分、並列貳獎，〈鎖〉、〈水星日記〉、〈睡前活動〉、〈誰盲〉、〈春日身體說〉五篇作品不分名次為優勝獎。

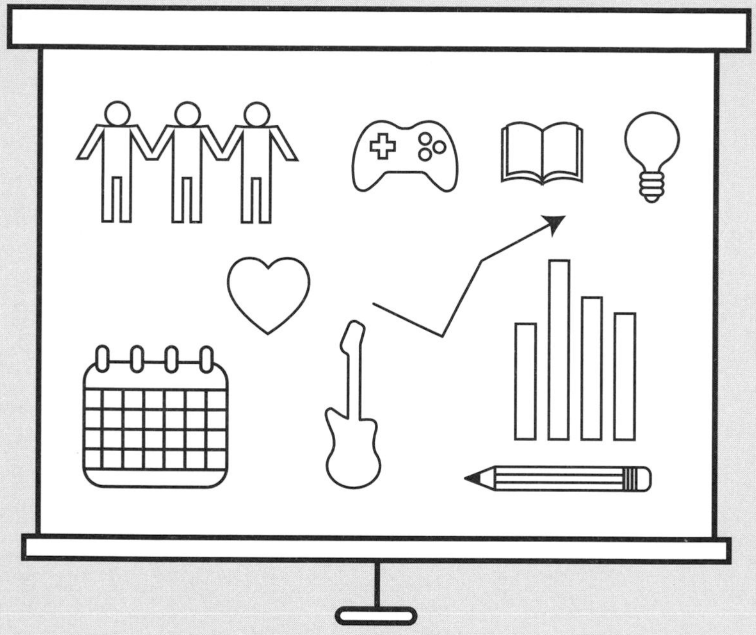

二〇二二高中生
最愛十大好書

由二〇二二台積電青年學生文學獎所有參賽者票選「高中生最愛十大好書」活動，獲選書籍：

林奕含《房思琪的初戀樂園》
張愛玲《傾城之戀》
謝旺霖《轉山》
太宰治《人間失格》
吳明益《天橋上的魔術師》
白先勇《臺北人》
J・K・羅琳《哈利波特》
東野圭吾《解憂雜貨店》
不朽《想把餘生的溫柔都給你》
安托萬・迪・聖-修伯里《小王子》

複合的花園：選手與裁判座談會

時間：二〇二二年八月二十七日（周六）下午一點至三點
地點：聯合報總社
主持：須文蔚
與談人：羅智成、房慧真、何致和（按姓氏筆畫序）
與會寫作者：余依潔、陳禹翔、陳映筑、羅心怡、劉子新、李鈺甯、古君亮、袁清鋆、林鈺喬
記錄：栩栩

對初試啼聲的新秀來說，文學獎儼然如一紙通行證。證件到手，大門驀地敞開，面對全新陌生景觀，喜悅有之，徬徨亦有之。此時最需要一份地圖，而選手與評審們共開圓桌會議，解難，交流，各自以其生命、創作與閱讀經驗為我輩導覽前路，剝除迷霧，或者無畏地向那迷霧逼近。

從新手到高手

人人有自己的焦慮

寫作是門古老的手工藝。從新手到高手，種種技術問題始終困擾著眾寫作者們。古君亮和袁清鋆分別對題材與風格如何推陳出新感到苦惱，余依潔的提問則較接近實務面：「短篇小說中，如果想加入許多角色，如何精簡而完整？」

這是高手的焦慮啊。羅智成笑言。

羅智成首先肯定選題的重要性，題材會決定寫作者的定位和影響，題材意味著抉擇。但反過來問，何謂題材？一般來說，題材涉及主題、執行方向和觀點，一層層剝開來，風景其實比想像中更多樣複雜。初學者難免由模仿起步，然而，從模仿到建立屬於自己的風格——風格，風格又是什麼呢？簡單地說，風格使讀者得以辨識出什麼東西是你特有的。風格之營造，或借重特定主題，或為態度，乃至語法腔調——箇中竅門，無非是堅持感受。不屈就於陳詞美句，相反地，要更尊敬、更努力探索自我的感覺，如同他在《光之書》後記所寫，「我要為我的性格，創造出屬於自己的詩。」

曾吉松／攝影

天底下沒有新題材，但觀點會使題材煥發新的光彩，何致和認為觀點才是決勝負的關鍵。然而，題材的選擇其實也反映了寫作者的偏向，個人的感動和喜好難道不會左右選題嗎？當寫作者思索題材或風格時，何致和建議，不妨將個人放前面一點，技巧總有追上來的一天，只有透過寫作獲得的觸動，才能讓寫作之路走得長遠。

回歸技藝層面，何致和自招是海明威粉絲，一度師法海明威。當時，他讀的是中譯本。直到多年後讀原文，有趣的事發生了：「我以為我模仿了海明威，但事情其實不是這樣。」你的偶像不是你的偶像。練習讀得更全面，更透徹——或乾脆換條路，交替閱讀不同風格與來源的作品，藉以更新語言。

短篇小說確有其篇幅限制，人物太多，焦點難免分散，這是短篇小說先天的障礙；與其硬碰硬，不如改變策略，擴大篇幅放手去寫。何致和鼓勵大家引入成本概念：「把寫小說當成拍電影。導演會盡可能善用臨時演員，但寫作時我們很容易忽略這點，就開始無限制地召喚新人物。」

房慧真以自身經驗為例，坦言她在非虛構寫作中跟小說偷師了不少。許多小說家曾當過記者，比如馬奎斯和海明威，優秀小說家深諳如何藉動作或配件來形塑人的心理意識，即使只寫了十分之一，但海面下的十分之九卻都涵括在內。馬奎斯的許多短篇小說源於任記者期間報導過的事件，同一件事，對照小說和馬奎斯自傳中的描寫，便可窺得虛構與非虛構之間的融會與交纏。

至於影響的焦慮，唯一辦法就是交給時間解決。寫作是馬拉松，天長日久，一切養分會逐漸沉澱轉化，時代自有其命題，不用急著害怕自己不夠獨特。

那麼，假若已經在題材與風格上累積出一些心得，陳映筑想進一步詢問如何練習不同類型的創作？李鈺甯則困惑於敘事如何在精簡中保有韻味；讀黃崇凱《新寶島》時，陳禹翔好奇用小說處理現實，是否有其倫理的邊界：「小說作品中，可以無上限的擷取現實世界元素嗎？」

「寫作過程不外乎抉擇取捨。」羅智成如是說。字數少就能和精簡劃上等號嗎？其實最終的效果才是決定「精簡」的指標，不是一味比字數多寡。因為詩的本質是感性的，蘊含感性的語言很難做到「經濟」，必須從書寫策略著手。房慧真提及減少贅字當然是基本功，但路可能不只有一條，或許也可以向另一個極端取經——比如駱以軍或董啓章——透過不同風格、甚至不同文類作品帶來的新刺激，重塑骨架與血肉。這是形成風格的第一步。

轉換題材與風格，何致和指出最好的辦法就是刻意往另一方向傾斜。當寫作者開始挑戰不熟悉的東西，變化自然產生，這過程中經常導向失敗，不過，這是偉大的、會帶來成長的失敗。

當然，無論寫什麼、怎麼寫，小說對現實的擷取永遠有其限制。小說屬敘事文體，人時地物事，時間地點事件皆可化為己用，但人物則必須適當加入小說家的想像與虛構，否則，分類上恐怕更接近傳記而非小說。

房慧真也推薦美國小說家菲利普．羅斯的作品。羅斯寫了一個與他同名的人物，書中的菲利普．羅斯所遭遇的一切皆不免意圖使人對號入座。可是，虛構提供了小說最大的保護。藉由小說，人們反而可以接近真實，這是小說的魔法。

在世界與我之間

寫作，除了表現個人情志，對新世代的年輕寫作者來說，如何與世界相接無疑也是敏感的一題。羅心怡疑惑寫作時會不會有意識地設置引發讀者共鳴的橋段：「不能引發共鳴的文章是好文章嗎？」，在我與他者／社會之間，劉子新也感受到類似的拉扯，忠於自我和賦予社會意義兩者怎麼取得平衡？

羅智成强調，成為職業寫作者的第一步就是具有作者意識，而作者意識的形成乃因為有讀者意識。然而讀者是誰、我們要針對到什麼程度？其實讀者是一群匿名者，而彼此差異極大。寫作者只要意識到讀者的存在並想像出他們的特質已經足夠，兩者關係恆常處於動態中——詩人一向被認為與世界的距離相對遙遠，但羅智成說，面對讀者，他時而小心提防，時而努力地溝通。這是寫作者和讀者之間無止盡的辯證。

議題再重要，報導沒人讀等同無效，有時甚至必須藉由寫作技巧和社群媒體增加能見度。但回到純文學創作，房慧真提醒，人們都是先取得讀者身分，才提筆寫作；作為自己的第一位讀者，她一貫嚴格，引發共鳴或取得銷量等考量都得暫時往後退，先過自己這一關再說。

至於寫作是否需要文以載道，這問題爭論已久。記者身分雖然使她的書寫涉入公共，但房慧真仍希望能給散文創作以最大的自由。她舉萊納．施塔赫《卡夫卡傳》為例：一九一四年八月二日，一戰剛剛拉開序幕，當時卡夫卡三十一歲——這顯然是個會被徵召上戰場的年齡——這天，卡夫卡在日記裡寫下一行字：「德國向俄國宣戰。下午去了游泳學校。」無論在日記或作品中，卡夫卡都不曾正面描寫戰爭。表面上，他彷彿背對著整個世界自顧自地書寫，但《變形記》、《在流刑地》、《司爐》又彷彿一則則恐怖的讖言，直切現實與人性幽微面。只要挖掘得夠深，即使著眼於微物，也可能反向地連結到普世之中。

主持人須文蔚補充道，文學社會學中也曾有過類似研究，作家會否因為投稿不同刊物而調整寫作策略？答案是肯定的。理想讀者樣貌有別，下筆自然不同。

然而，如果理念和社會主流價值觀不符，林鈺喬疑惑，寫作者應該如何拿捏其中分寸？

本質上，詩的核心價值就是違反主流。詩人必須抵抗慣性，抵抗社會的、語言的、個人的慣性，在抵抗中，個人的創意與風采於焉嶄露。詩人中從來不乏反抗者，王爾德、波特萊爾……不過，畢竟不是誰都願意當烈士。就技藝而論，運用隱喻、搭另一種主流的便車都能有效避免爭議，但假若有優秀的論述能力作為後盾，顛覆主流亦非不可能。縱使沒有人能代表真理，但羅智成珍惜每一種觀點，觀點是文學家對社會的貢獻。

讀與寫

資訊爆炸的時代，讀經典，仍然是必要的修行。除了親身經歷，閱讀亦為拓展經驗的主要途徑。寫作何其孤獨，閱讀經典一方面使我們得以與文學長河中的先行者密談，另一方面，當我們重讀經典，無異於和過去的自己展開對話。作為愛書人，房慧真解釋這雙重的交流不僅能調節寫作者之我與讀者之我，經過個人的轉化後，也會孕養出更耐咀嚼的作品。多讀以外，精讀的重要性也不容忽視，何致和回憶起自己在翻譯過程中小說功力意外大增，本來，翻譯即精讀。

閱讀可博可專精，至於寫，房慧真概略將之分為兩種狀況：一種是作者比作品聰明，作者利用作品傳教；另一種是作品比作者聰明，作者邊寫邊摸索答案，連他自己也不知道最終會抵達何處。寫作者的終極關懷是否從中浮現，因人而異。正因為寫作者與其取徑充滿未知性，所以寫作如此迷人，那繁複與豐美，恰恰便如一座熱帶花園。

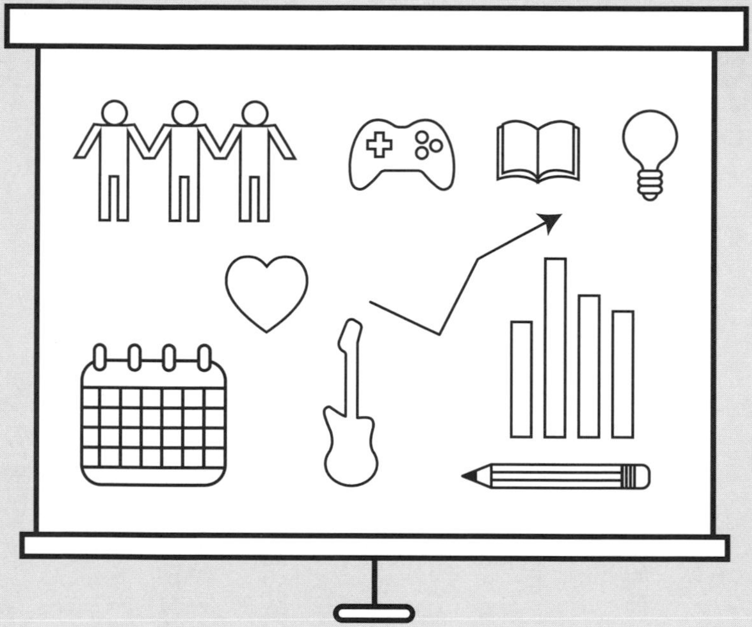

附錄：作家巡迴校園講座

彰化女中

自時光的裂縫中汲取靈感——食物、記憶與寫作

【崎雲／記錄整理　黃仲裕／攝影】

主辦單位：台積電文教基金會、聯合報副刊、彰化女中
時間：二〇二二年四月二十七日
主講人：楊双子、劉梓潔
主持人：陳育萱

世間的物質性，不僅包含著時間與地理，同時也寄寓了人們生活的痕跡。而這些痕跡正待寫作者們用慧眼發現，以筆力驅遣。本次台積電校園巡迴講座的列車開到了彰化，邀請了小說家楊双子、散文家劉梓潔和陳育萱，於熱情的豔陽下，雅樸紅樓裡，穀雨和立夏之間，與彰化女中的同學們一起聊聊食物及其氣味，是如何勾召出個人的在地化記憶。

作家養成的幾種可能，典型與非典型

一開始，劉梓潔分享自己的創作歷程，說明寫作不分年齡，更多時候則是應該趁著年輕讓自己像海綿一樣盡可能的吸收各種養分。當年懷抱著對創作的期待，離開了彰化，考

到臺中女中，加入了校刊社，在這期間，跟著學姊們看了不少法國新浪潮電影、翻譯小說，由此打開了電影和寫作的眼界。劉梓潔補充，在那個沒有網路的年代，許多懷抱著創作夢的孩子，多是靠著物理上由鄉村到城市的移動才能獲得更多文學相關的資源，而就在這般的移動之中，生存的氣味，自然就在不同的城市裡留了下來，成為靈感的種子。

楊双子則舉出另外一種切入創作可能的路徑。學生時期參加了三個球隊，上高職和大學夜校，白天工作，晚上念書，僅在下午的時間中寫作，楊双子認為，雖然這與傳統文藝青年的養成過程大不相同，但反而是一種有別於書本之外的養分。工作與社團，提供了更多直面眾生的機會，重點不在於文學上的出身，而在於我們能不能提煉經歷，使之成為寫作的資糧。「走什麼路，都會成為經驗的一切，因之於個人化的差異，會讓我們跟這個世界的對話與眾不同。」有別於傳統

黃仲裕／攝影

中文系的路徑，反而是創作過程之中最珍貴的事情。

伸出觸角與天線，感受世界與校準自身

談到食物與寫作的關聯，楊双子認為：「每一頓飯每一口飯都認真吃，也是創作者應該做的事情」，延伸自我感受的觸角到生活中的每一個層面，乃至於整個世界，讓自己的感官和心覺宛如一棵樹一般盡可能的向下、向外紮根，記得每一個心神受到觸動瞬間。抑或者按圖索驥，思考物象之產生其背後的可能原因，如不同地區的飲食習慣，或許牽涉著產業結構、消費能力、土產風俗、保存方便等，這些觸角的伸展，有助於我們對自身情態於世界位置的掌握。

對此，劉梓潔也深有同感，她舉出了天線當作例子，認為這是一種感受能力的訓練。當我們開始仔細地留意起周遭之景，試著去接收外界的所有刺激，並認真去體驗它，久而久之，會成為我們寫作上的利器，你會知道怎麼樣更貼近於「真實」。以自身為例，每每去到咖啡館，她的寫作雷達便會自動去偵測哪一桌的對話比較有趣，那些內容，時常在她撰寫劇本對白時起到幫助。劉梓潔建議同學們應時刻留意觀察、放開感受，不論是平常與同學的聊天，抑或搭車時對於周遭人事的觀察。時刻打開感受的天線，也是對自身存在的一種校準。

回返自身，物景尚未消逝之處

「時刻的覺察我從哪裡來，我用的是什麼樣的語言是十分重要的。」劉梓潔回憶起自己寫作的伊始，當我們不斷單向的往前看，很容易的就會忽略自己曾經所生所長的故鄉。以〈父後七日〉為例，當其試著交融臺語話文與華語時，這才意識到來自彰化田尾的她所使用的華語跟臺北小孩使用的華語詞彙是不一樣的，這樣的差異正是城鄉不同的文化滋養在語言上的表現。劉梓潔認為飲食也可以是切入歷史的路徑，它是除了語言之外會透露出我們是從哪裡來的線索，關於飲食的習慣，會無意間展現出個人化的飲食經驗與地方認同。

對於劉梓潔的看法，楊双子認為這正是物質文化的珍貴之處。「太地方性的會消失，不會被記載下來，當我們現在將自己習以為常的東西、不值得為外人提的事情寫下，對於未來的人而言可能是珍貴的文件。」過往的茶館空間是如此，飲食的調味也是如此，乃至於老一輩特殊的飲食習慣亦是如此。越是細節的，越是乍看之下與日常毫無關係的，若我們仔細去深究它，會發現它將是十分令人著迷的。許多物質上今昔的遞變與消失，其背後都寓含著時代的象徵，當非常細微的地方出現巨大的落差，那就是寫作得以切入的所在。

寫作的目的：對世界的探問，對自身的安頓

「寫作的目的，到底是什麼？」針對同學的提問，劉梓潔表示，文學創作的目的，大抵來自於對生命經歷之其然的書寫以及所以然的探問。其同樣舉出了〈父後七日〉的例子：「我想要透

過書寫去探索這些喪葬儀式的背後，它的意義是什麼？真的透過這些儀式，我的悲傷就可以不見了嗎？我的父親就可以去到極樂世界了嗎？」、「是先有了這些探問後，才開始有了這些書寫。」其開始，時常是我們的心中先對世界產生了好奇，有了疑惑，於是才更進一步地透過文字去尋找屬於自己的答案，所為的，也只是為了解答自己人生的問題。

文學更像是一種必須，楊双子則認為我們在某些時刻必要透過此種方式，才能夠好好處理自己。寫作有時是對自我悲傷的消化，然而一切經驗都只是刺激我們書寫的驅力，即使作品完成了也並非指涉著事件或悲傷的結束，而是在這般寫作的過程中，我們藉以排遣掉多餘的、難堪的情緒上的困苦，校準了某段回憶當中的位置。寫下來，不僅是對苦痛的思索，也是對自我的負責。

所有的路都不會白走，找到自己的寫作聲腔

座談尾聲，面對熱情的同學們，楊双子給出了最後的建議：「所有的路都不會白走。」但其前提是我們應該要更有意識地、有自覺地去體驗這些路，探問這樣的生活對我們的意義是什麼。在體察生活與自我省思之外，劉梓潔則建議同學們能多多嘗試書寫不同的文類，在此中慢慢找到屬於自己的聲腔，不要怕受到影響，寫作即是在受影響與反影響之間，走出屬於自己的道路。

興大附中
看電影的人，一個文青的養成

【白樵／記錄整理　黃仲裕／攝影】

主辦單位：台積電文教基金會、聯合報副刊、興大附中
時間：二〇二二年三月二十五日
主講人：房慧眞、鴻鴻
主持人：吳曉樂

春日晴好，幾位自北地而來的遷徙者，穿裹深色緊實外套，沁身冒汗，燦陽下巡繞徘徊，路徑成隱喻，指涉寫作與人生。待魚貫而入青春殿堂後，衆人坐定召喚另一座時空，方能解析。

啟蒙在類比年代

「兩名講者，皆具多重身分。難一言以蔽之。」吳曉樂如此開場：房慧真老師曾任職媒體，是散文家，亦是中文系博士班輟學生。鴻鴻老師出版作橫跨多種文類，更跨足電影產業。面對複數身分，吳曉樂好奇，在個人太虛史前史，那富啓蒙意味的藝術作品為何？

房慧真幽幽回憶，儘管國小鍾情於閱讀，升國中打開課本，只覺文本遙遠，無法呼應當時的苦悶心情。她蹺課，逃學，書包裡藏便服。她在防空洞地下室更衣，在街上躲避少年隊。「沒有Netflix與線上串流的年代，藝術電影稀少，那時臺北有專放電影的MTV。師大附中附近的『太陽系』片藏豐富，一個個小房間櫛比鱗次，一臺電視，一座沙發，進去點杯飲料，把自己藏起來。」她說。不懂藝術電影，多選好萊塢片，有時也挑有趣名稱觀賞。《玻璃動物園》是美國知名劇作家田納西威廉斯之作。裡頭有位跛腳，自卑的女孩，總怯生生地躲藏角落。她在家搜集許多玻璃製小獸，自組一座動物園。當年觀影，房慧真便將自身投射在那角色中。

「那一個個蜂巢般的小空間，我後來才知曉當時仍是大學生的駱以軍、邱妙津、賴香吟都曾在旁邊。我們各自孵育一個電影的夢。」房慧真道。

如此啓蒙，其後遂成影展遊牧民族。房慧真「逐水草而居」，心疲體累。觀影使人魔。她早出晚歸一天排緊三、四部片，中間僅以御飯糰黑咖啡果腹。「電影是儀式，我們成為信徒，只因銀幕裡有能懾人心魄之物。那是電視，手機甚至平板都無法取代的。在一個黑暗空間，無論蜂巢式MTV或電影院，都像重返母親的子宮。黑暗，自在，半公開半私密。」她說。

鴻鴻亦從小獨自啓蒙。國小嗜讀章回小說如《水滸傳》與《三國演義》。後受國中老師影響開始接觸現代小說，現代詩。「人生需要什麼，必得自尋，將所讀物轉化成血肉。會吸引你時時思索的，經常是讓人著迷，卻又難以明言指稱之物。像我為什麼會寫詩，只因詩美，但它如何憑日常語彙所生？這是我不斷叩問的。」他無私分享道。

鴻鴻提及諾貝爾文學獎得主赫塞，反學校教育。赫塞以為林裡樹皆相異，但人們並未覺得任何一棵樹木品相較差，若此，何以將之修剪為相同德性？

彎繞的必須

房慧真藉中文系漫長就學期間探索自我。鴻鴻則陰錯陽差成了劇作家。吳曉樂好奇，身為多年創作者，兩人在求道途中，可有其順遂或轉折？

房慧真觀影年齡長，從十三歲起大量覽片。「但奇怪地，我並沒像鴻鴻成為導演、編劇、影評或策展人。有如對比，我始終是個業餘的，愛看電影之人。」她笑道：「未將此作專業，這樣講是對的，也不對。」後來房慧真提筆創作，常有人同她

黃仲裕／攝影

說，雖文字是平面的，文法結構是線性的，但看她文章時，畫面感油然而生，特別是報導。

「報導寫作最難的是召喚，將遠方，如香港反送中，如高雄空汙的場景召喚回來。」房慧真如是剖析。

人生中有很長一段時間，並沒有馬上要成為什麼。房慧真以為，藝術裡無論電影、戲劇與文學的路徑都不是這般徑直。即使記者一職於她，都是機緣。念書時有大把時間摸索，她看電影，讀閒書，不只小說，更有社會學、人類學等雜食閱讀習慣。這些養分累積後，水到渠成。「採訪蔡明亮、侯孝賢、李滄東等導演時，彷彿以前看的那些片沒白費，它從另一個渠道，進入到我的書寫裡。」她欣慰而言。

「如果喜歡一件事物，我不甘願只當名觀賞者，我會想跳進去。」鴻鴻則持不同立場論。幾年前鴻鴻開始學吹薩克斯風。一輩子熱愛音樂，從古典、爵士至配樂諸類旁觸。「我的電影與戲劇裡充滿各式演奏。某回有人找我導歌劇，我不會視譜，覺得相當可惜。」鴻鴻嘆。如今學熟音樂回首聞，他懂了許多，那是感覺與調性間的幽微之事。

「我很喜歡這種身體感吧。跟喜歡的東西攪和在一塊的身體感。這些年我常上街，像參加『不要核四，五六運動』。我喜歡這種眾志成城，看似徒勞，但行走之際能自運動本身獲取能量，亦跟旁人學習的過程。」他正色言。鴻鴻後來將其稱「街頭書寫」。是以在街頭，才能確實跨出舒適圈，與不同背景、想法、階層之人交融。

鴻鴻再引赫塞觀點擴論：人生唯一目的，即發現自我與其可能成為的樣貌。「這會實踐在你的寫作中，也在你閱讀的每本書，看的每部電影的當下。你領會什麼，與原本所知做了何種連結。你會生產一套自我智識系統與思考脈絡。路徑與他人不同，最終得到的結果，與創作成品也會跟別人長得不一樣。」他如斯解釋。

任教大學的寫作課上，有許多學生為風格所苦。鴻鴻認為風格不是規畫出來的。內裡有何養分，喜歡的東西越多，對某些事越積極，所熟成的東西也不一樣，那是獨特的。「風格成型，你就會寫出對得起自己，能表達自己的東西。若作品真能表達你，那它也一定能與旁人溝通。大家會看到相同處，也會被相異處吸引。」他如是言。

無論是當年影響房慧真極深的《春風化雨》，抑或令青年鴻鴻備感震懾的《夏日之戀》，主旨皆與改變，化學效應有關。那是突變與分岔後的多種可能。或好，或壞，或生，或死，皆無所謂。迷路吧，將道德與價值觀暫擱置後座。至關重要的，是將後照鏡調至適當角度，打燈，緊握方向盤，敞開渾身毛孔，細觀沿途路經的一切風景。將之銘記於心。

（今年因爲 COVID-19 疫情，另兩場校園巡迴講座延後舉行，故只收錄二篇。）

我的青春提案

二〇二二第十九屆台積電青年學生文學獎徵文辦法

宗旨：提供青年學生專屬的文學創作舞臺，發掘文壇的明日之星，點燃臺灣文學代代薪傳之火。

主辦單位：台積電文教基金會、聯合報

獎項及獎額：

一、短篇小說獎（限五千字以內）

首獎一名，獎學金三十萬元

二獎一名，獎學金十五萬元

三獎一名，獎學金六萬元

優勝獎五名，獎學金各一萬元

二、散文獎（二千至三千字）

首獎一名，獎學金十五萬元

二獎一名，獎學金十萬元
三獎一名，獎學金五萬元
優勝獎五名，獎學金各八千元
三、新詩獎（限四十行、六百字以內）
首獎一名，獎學金十萬元
二獎一名，獎學金五萬元
三獎一名，獎學金二萬元
優勝獎五名，獎學金各六千元
以上得獎者除獎金外，另致贈獎座或獎牌。
四、附設「高中生最愛十大好書」票選及系列活動，由參賽者選出心目中最愛的臺灣出版文學類書籍。

應徵條件：

一、凡具備中華民國國籍，十六歲至二十歲之高中職（含五專前三年）學生均可參加，唯須以中文寫作。
二、應徵作品必須未在任何一地報刊、雜誌、網站發表，已輯印成書者亦不得再參賽。

注意事項：

一、每人每項以參賽一篇為限。但可同時應徵不同獎項。

二、作品須打字列印（A４大小），一式五份，文末請註明字數（新詩請另註明行數）；字數或行數不合規定者，不列入評選。

三、請另附一紙，每位參賽者須列出三至五本最喜愛的文學類書籍（不限作者國籍、語言，但須在臺灣出版），須標明書名、作者、出版社。

四、來稿請在信封上註明應徵獎項，以掛號郵寄（２２１）新北市汐止區大同路一段三六九號四樓聯合報副刊轉「台積電青年學生文學獎評委會」收；由私人轉交者不列入評選。

五、原稿上請勿填寫個人資料，稿末請以另紙（A４大小）打字書明投稿篇名、真實姓名（發表可用筆名）、出生年月日、就讀學校及年級、聯絡電話、e-mail信箱、戶籍地址並附學生證影本，資料不全者不予受理。得獎者另須提供較詳細之個人資料、照片及得獎感言。

六、應徵作品、資料請自留底稿，一律不退。

評選規定：

一、初複選作業由聯合報聘請作家擔任；決選由聯合報聘請之決選委員組成評選會全權負責。

二、作品如未達水準，得由評選會決議某一獎項從缺，或變更獎項名稱及獎額。
三、所有入選作品，主辦單位擁有公開發表權以及不限方式、地區、時間之自由利用權。前三獎作品將在聯合報副刊（包括UDN聯合新聞網及聯合知識庫）及聯合報系北美世界日報副刊發表，優勝獎作品刊於台積電文教基金會網站及部落格。日後集結成冊發行及其他利用均不另致酬。
四、徵文揭曉後如發現抄襲、代筆或應徵條件不符者，由參賽者負法律責任，並由主辦單位追回獎金及獎座。
五、徵文辦法若有修訂，得另行公告。

收件、截止、揭曉日期及贈獎：

收件：二〇二二年三月八日開始收件，至二〇二二年五月十一日止。（以郵戳為憑、逾期不受理）
揭曉：預計二〇二〇年七月中旬得獎名單公布於聯合報副刊。
贈獎：俟各類得獎人名單公布後，另行通知贈獎日期及地點。
詳情請上：台積電文教基金會網站
http://www.tsmc-foundation.org
文學大小事部落格

https://medium.com/@fridaynightmoonlight

台積電青年學生文學獎臉書粉絲團

www.facebook.com/teenagerwrite

或洽：chin.hu@udngroup.com

02-8692-5588 轉 2135（下午）

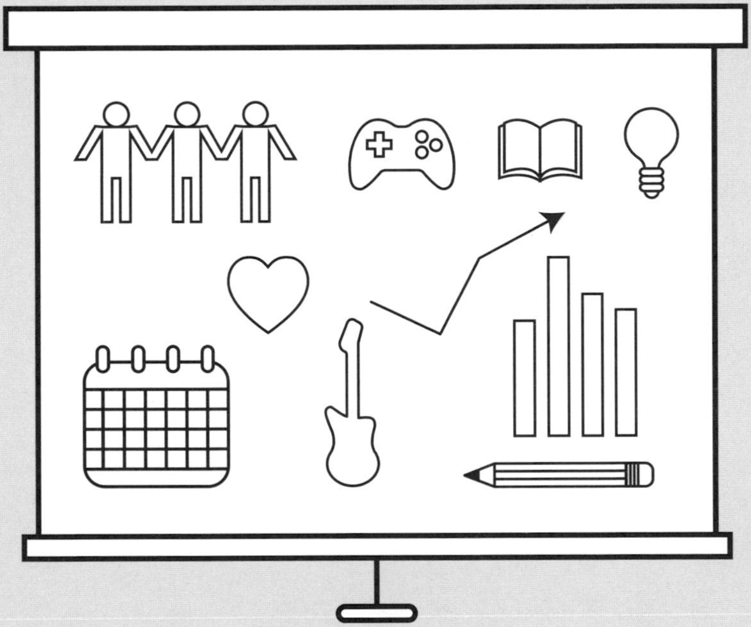

文學專刊
我的青春提案
——我的迷戀小史

不存在的抽屜

林禹瑄

（第四屆新詩獎得主）

總覺得人人都有那樣一個抽屜。離家多年後回到少年時期住的房間，不再熟悉的光線照得人迷迷糊糊。抽屜靜靜躺在書桌一角，蓋著各色殘破貼紙，像一塊字跡模糊的墓碑。磕磕絆絆一拉開，褪色的偶像簽名照、大量而零碎的小公仔小模型小卡片、成套的唱片光盤影碟、精緻繽紛的信紙鋼珠筆，瞬間齊齊湧了出來，長著一張張陌生而親切的臉，在記憶的迴廊裡懸浮晃蕩，恍然還以為是前世的一場魔術。那場景像是在老家街上與初戀對象擦身而過，走遠後才意識過來，啊是那個曾經深深愛過的人。

而且自己曾經深深愛過。

儘管真要追究起來，那樣的情感完全不能算是愛。十幾歲的那些年，除了自信心，所有觀感和情緒都套了一層又一層的透鏡，水滴聚積屋簷般膨脹再膨脹，直到承受不住跌個粉碎。以為看不到盡頭、日復一日劇烈跌宕起伏的中學歲月，如今只剩一片迷濛且荒涼的風景；曾經認定是愛的，過了許久才發現只是喜歡，然後又過了許多年，才意識到不過是迷戀。

後知後覺畢竟是年輕最大的特權。在青春狹小而甜蜜的牢裡，一切定義都失去意義。過剩的時間和感情大把大把理直氣壯地浪費，從來也沒有人覺得可惜。人屆中年，那個記憶裡沉甸甸的抽屜忽然變得很輕，裡頭曾經承載生活所有意義的物件看起來都有沙的質地，風一吹就能很甘願地散去。什麼是意義？忽然想起來當年也問過這樣的問題，於是又一次明白為何存在主義是個深不見底的地獄。

好在所有迷戀都有不明所以的本質。為什麼著迷，從什麼時候開始著迷都不重要，重要的是那樣源源不絕製造出生活意義的能力。在眼裡無中生有出一顆蘋果，然後把自己投擲到那漫無邊際的紅裡去，感覺腳底有了重量，得以走過青春期一場接一場的風暴。後來不知道是換了眼神，還是習慣了搖搖盪盪的環境，忽然發現蘋果夢醒一樣消失了，也不特別感覺空洞或悲傷，懂得怎麼不帶情感地重複步伐，怎麼假裝無意識地繼續走該走的路。在那個瞬間，有人用畫外音說歡迎來到成人的世界，從那之後，任何迷戀都只能是失去理智的表現。

其實我好奇其他人拉開抽屜的時候，都是如何面對不知不覺被割捨下的那一部分被允許失去理智的自己。十幾歲的我生長在一個娛樂資源稀缺的南方小鎮，每天生活範圍不超過家裡方圓一公里，沒有手機或隨身聽，沒有充裕的零用錢，也沒有寬容的電視和網路時間，完全不具備迷戀任何物質的條件。十多年後眾人談起年少時光，所有流行文化符號在我耳裡都成了缺乏意義的聲音，不禁懷疑自己是否在毫無知覺間，曾經活在一個與大多數人平行的世界。

總之在那個已經出租給我從沒看過的一家人的房子裡，我的抽屜空空蕩蕩，什麼也沒有。那些年都是怎麼過的呢？十多歲的我從記憶裡探出頭來，一副非常淡薄的樣子，眼神裡一點火也沒有，甚至從來不曾大聲尖叫。我想起更年幼的時候有次全家難得北上到舅舅家作客，母親問我要不要去看住在附近的大姨，我為了跟表妹玩，便說不去。母親回來之後面無表情地說，大姨說妳真是個無情的孩子。

和大多人還未懂得迷戀的定義，就已經迷戀上各式物件一樣，我在還不能理解無情兩個字意思的年紀，就已經成為一個無情的人。或許那才是我從來不曾擁有那個抽屜的原因。

但偏偏是在對情感認知十分薄弱的年紀，要坦然做一個缺乏感情的人，是最不容易的事。青春期的時候我也曾像做一道填充題一樣，挑揀一些東西放進迷戀的格子裡，只為了不被下課期間的細瑣對話排擠到角落。我從報紙上剪下孫燕姿的照片，抄幾首五月天的歌詞夾在桌墊下，還因此在某年生日的時候，收到畢業後便再沒聯絡的同學不知道從哪裡弄來、至今仍不知道是真是假的奧蘭多布魯簽名照，彷彿如此就能長出一些個性。我最初對情感的理解便是一個容器，而不是內容物，如同生活的本質不是生活本身，而是把生活填滿。許多年後學習到一個長長的英語生詞，翻成中文是空杯恐懼症，意識到自己到底還是一個有情緒、可以被歸類的人，竟然感覺鬆了口氣。

人可以經由喜好定義個性這件事情，曾經讓我迷惑了很長一段時間。在那段蒼白而封閉的求學時光裡，每天除了讀書，唯一固定會做的事就是彈琴。從四歲到十八歲，每天一小時面對八十八個琴鍵，一路彈過拜爾、哈農、巴哈、莫札特、舒曼、貝多芬，直到我缺乏天賦的手指再也跟不上蕭邦和拉赫曼尼諾夫繁雜的樂譜。我手太小，從一開始學琴就知道全無機會有什麼認真的成就，卻依然彈了那麼多年，倒像是在反覆提醒又安慰自己，生命裡還有那麼多再怎麼努力也無法做到的事情。

那些年裡我沒問過自己喜不喜歡彈鋼琴，母親也沒有。在母親的描述裡，四歲那年她帶我經過村子裡教鋼琴的教堂，問我要不要學琴，我說好，事情就這麼定了。那時家裡還正存錢到小鎮買公寓，生活的任何方面都十分拮据，但母親依然堅持用幾乎是其他所有家具總和的價錢，買下一架全新的鋼琴。那個決定如此之重，以至於至今我仍無法明確地分辨，自己從來不曾提出要放棄學琴，究竟是因為不敢辜負那架鋼琴的價值，還是母親對於一個中產家庭熱切而表面的想像。最終我成了一個標準中產家庭出身的孩子，高中畢業後到臺北讀公立大學，把鋼琴留在老家長成堆積雜物的架子，向其他人介紹自己的時候，多了一個看似有教養的談資，甚至能煞有其事地說曾經著迷於彈奏誰誰誰的奏鳴曲，樂於重複哪一個樂章的哪一段旋律，彷彿在談論另一個人。

到後來我就再也分不清自己所迷戀事物的真實與虛假，有時也分不清是自己說了謊，還是迷戀這個概念為我的生活編造了謊言。那些我少數確信自己曾經迷戀過的，全是一些真實世界裡不存在或不復存在的物事：獨角獸。奧德賽。空中花園。希臘神話。金字塔裡的各式機關。霍格華茲的貓頭鷹應該在十一歲暑假寄來的信。對不存在事物的迷戀能算是迷戀嗎？我曾將這個形而上的問題拋給那時迷戀的對象，他意味深長地說，一個東西如果不曾存在，就永遠不會消失。在那之後不久，我們見了最後一次面，那句話在他頭也不回的背影中浮現，像一個預言。

其中一些迷戀確實像是預言，領著我去了不存在的遙遠的地方。真實的生活在他方。蘭波寫這句話的時候才不到十九歲。二十歲他放棄寫詩，去了爪哇，很快又逃回法國，然後又去阿拉伯半島，去東非，過著非常物質的生活，直到患上癌症。我不知道他是否質疑過，自己千里迢迢追尋的究竟是幻想中真實的生活，還是真實生活的反面。十九歲的我當然沒寫出比蘭波更好的詩，十九歲之後也沒有，只是在二十五歲的夏天丟下幾乎所有東西，全身上下只剩一個小背包地來到他和魏爾倫感情終結的那個火車站。早晨的車站泛著令人暈眩的白光，所有人都在說我聽不懂的話，追趕一班又一班從遠方駛來的火車。一百多年前那場撕裂兩人生命的爭吵沒有留下任何痕跡，這也是我在出發前就知道的事情。

儘管如此，還是一直在走，在抵達，在離開，在他方過著他者的生活。住過一棟又一棟屋頂有細長煙囪的老公寓，在公寓裡從來沒看過那些煙囪。卡夫卡出生的小屋。席勒一再重回的河邊小鎮。弗洛伊德每天下午抽煙斗的河中島。濟慈重病直到死去的房間。佩索亞深深埋在房子內裡的書房。班雅明遊蕩至凌晨的林登大道。金斯堡埋頭寫作的市場街。波特萊爾厭惡至極的老城區。在這裡那裡想起年少時看過的書，以及它們在書架上的位置。讀那些書的時候從沒想過有天會到這些地方，沒想過這些地方原來是這個模樣，儘管我所到的也不是書裡的那些地方。那些書在十多年頻繁的搬遷中四散各地，或許賣了，或許沒有，其中許多我連一行字都想不起來。

然後有天意外闖進前南斯拉夫小城一座炸成廢墟的公寓大樓，牆變成窗，窗子則失去形狀，窟窿連著窟窿，如此二十多年經過。我連電視上播報戰爭的印象都沒有，卻不知道為什麼曾經那麼想見證一場戰爭。其中一個窟窿且還看得出曾是個孩子的房間，一張書桌留在角落，上面蓋滿了鋼筋磚瓦的碎片。我看著那張書桌正中央的抽屜，揣想著抽屜裡可能會有的東西，不知道要不要打開，一邊猶豫一邊恍惚地想起來，自己還一路帶著那個不存在的抽屜。

■簡歷

一九八九年生，曾獲台積電青年學生文學獎。有詩集《夜光拼圖》、《那些我們名之為島的》。

像冰塊融解，像水凝結

陳宗佑

（第十一屆新詩獎得主）

0

確實是溫柔包裹了整個校園，四月的風和太陽，我的大四下學期。騎著單車，微微前傾的身體劃破新綠的空氣，穿越圖書館一旁的林蔭，彷彿一枝鋼珠筆滑過紙面，那樣平靜。

明明是騎著一臺單車，奇怪而不相干地，我卻想起好幾年前，那天奔跑的感覺。

甚至有些懷念的，那是建中的高一，下午四點最後一堂課，坐在教室最後一排的我，早早在鐘響前幾分鐘收好書包，摸近門邊。放學鐘聲一響，幾乎是神經反射的一瞬間，三樓，二樓，一樓，越過操場，把紅樓拋諸腦後，疾跑著脫離校園。

那是我第一次領悟到：如果你的心緒跑得夠快，你會感覺腳步開始騰空。

一雙鮮藍色的跑鞋帶著電，前前後後穿過數不清多少行人，一片放學的建中生裡我傾身向前，在號誌轉換顏色的前一個瞬間，趕著最後一秒的綠燈躍過斑馬線。長長的南海路跑到一半，預先算著重慶南路的下一班公車還要多少時間，跳上車，在公車正好停靠的那一刻。

如何把一陣風暫時鎖在一輛公車裡？即使只是一兩站的車程，要想按住自己時不時踮踏腳步的心情，仍然是一件不容易的事。

一女中站，公車到站停靠。下了車，搧了搧微微出汗的T恤，腳步卻開始放緩，一步一步，想要故作從容地邁著。儘管那天她告訴我她會晚下課，不用太早到，我仍然希望在她走出校門的第一個瞬間，第一眼就看見她。

「那就是迷戀的感覺嗎？」成為一陣風，一道閃電，化成一條長長的街道我奔跑著。拿出耳機戴上，在等待她的那一小段時間，我問著自己。

我會一直記得，那時候手機裡面播放的，正是一首名為〈Shiver〉的歌。十六歲的那時告訴她，一張專輯反覆聽著，是樂團Coldplay的《Parachute》。那時，我如此喜愛這張專輯裡青澀、細緻，帶點鉛筆草稿的線條，卻又多愁易感的聲音。純黑的專輯封面裡，只有一顆暖黃色的地球儀發著光芒，快速地轉動，一顆模糊而震顫著的世界——

那不正是我們嗎？

靠著她學校的圍牆等待，再過不久，我知道，我就要見到她了。那時我十六歲，一個世界如垂天的鵬翼，在感官中放大再放大。能夠比肩鼓動的，也許是單薄胸腔裡頭，我們的一顆心。

它不斷地升空，且忘記怎麼降落。

1

青春期是屬於每一個人的變形記。迷戀的開始，也正是變形的開始。

當我一閃地發覺到，自己正在迷戀著什麼，自我與周遭事物的界線，彷彿在巨大世界裡融化得一滴不剩，而迷戀的那個對象，又構築了整個世界。像冰塊融解，像水凝結，大抵是一個活生生的人內在的溫差，反覆升溫降溫的歷程。

後來，她並沒有在我的高中歲月停留多長一段時間，而我也說不清楚，迷戀的感覺是怎麼褪去的。

只是每一次聽著〈Shiver〉，回到歌裡繾綣的速度感，我總是能夠觸到當時的情感狀態。宛若每一天睜開眼，就從清晨的高空自由墜落，靈魂降回到因為眷戀、著迷某個對象而失魂的一具軀殼裡頭。說到底，那不過就是起落、顛倒、渴切與自棄交替——迷戀是加速，並且一再失速。

也許最初都是從一個人身上開始，像一個起點，世界越迷戀越廣大，自己也因為迷戀，好像也看得更寬闊了一些。和她一起聽過的音樂所陪伴我的時光，已經多於曾經著迷的她停留在我生命裡的時間，也甚至多於我著迷她的那一段更漫長的時間。

過了升高二那年的暑假，我再也沒有見過她，可是迷戀的感覺，留在當時候所聽的每一首歌，替我記錄了一個人情感養成的地質年代。那時，內在的地殼結構劇烈變動，和少少的幾個朋友一起探問許多巨大的問題，一面走進幽深處，有時候自己也化成一群蝙蝠寄居岩洞。

記得她告訴我，她有個數學老師曾經說過：「高中生不要思考太多人生大道理，多思考一點有答案的東西。」

可是那時候的我們都好想知道啊，什麼是愛呢，什麼又是長大。

Radiohead〈High and Dry〉、The Cranberries〈Dreams〉、Travis〈Closer〉、Blur〈Tender〉……好像聽著這些音樂，就撿拾到了一些儘管破碎、卻尚稱派得上用場的回答。一開始因為一個人，連帶地喜歡上她喜歡的音樂，而後就讓這些音樂搬遷進心裡的空缺，像一群駐唱的房客，最終續約留住至今。

那些聲音會一直在這裡演奏，即使迷戀早已褪去，我依然愛惜當初她留在這裡的烏鴉。

2

在學會了迷戀的好壞以前，我沉迷過很多事情，也迷戀過很多人。

曾經只為了見到一個人，使我極度地渴望每周在補習班上數學課的晚上；也曾經因為一個人，蹺了課卻把自己封閉在社辨的小房間裡，浪擲多年的考試成績。那些著魔一樣的時光，很大一部分構成了我的情感原型，直到好多年以後，慢慢理解了迷戀的扭曲和霸道，才能夠開始真正愛著一些什麼。

生活是一面巨大的鏡子——對迷戀者來說同樣如此，只不過他以整個地表的面積，單單用來映照自己想像的那單一個對象而已。

所有的現實，都只和被迷戀的對象有關。那無疑是一種蠻橫，卻讓迷戀者自覺有所意義，彷彿與世界有著不可裂解的神性情結。而當這種情結幻滅的時刻，剎那間迷戀者又將掉入自己一手挖掘的深淵。只有當他再次迷戀新的東西，一道新的咒語，才使他從舊的詛咒之中解放。著魔與著迷，本就是一對孿生的神明。

多年以後我突然覺得：也許那個數學老師說得沒錯，高中生是該少花點時間思考人生大道理，多花點時間在三角函數、排列組合、向量和矩陣上頭。可是隨著年紀漸長，也開始意識到自己越來越少迷戀的感受——有時候我猜想，迷戀會不會是某種年輕時期的特權？

成長是一個人內心有所沉澱而日漸清澈，還是懸浮的粒子越來越斑斕，使人惶惑？從高中到現在，年歲的距離越拉越遠，在問題的兩端不斷來回游移，我偶爾會想起那天，穿越了路上的號誌，迷戀著一個人而竭力奔跑的感覺。

當生活紛亂，群馬踐踏，鷗鳥集散，迷戀的狀態將人抽離開來，像是得到一片暫時的無風帶。就像那座奧德修斯登上的小島，七年的時間，女神卡呂普索是怎麼將他留下？迷戀特有的承諾帶著某種不朽，儘管我知道那不甚健康，有的時候卻會覺得：留下來，並不是一件壞事。可是你知道，奧德修斯終究會離開那一座繁花盛開的小島。隨著迷戀的消逝，最終在我身上留下的是什麼？

那或可稱之為成長的一種吧。只是有一些像洞窟一樣的深邃黑暗裡，打火紙擦一下亮起來的感覺，也隨之失落了，不是嗎？

——不，不是這樣的。

有人來過，點燃過我的世界。我會記得這些，讓這些記憶繼續發著小小微弱的光。這就已經足夠了。

幾年後，Coldplay 首度來臺開唱，地點在大雨泥濘的桃園高鐵站前草原。當時那個一起聽著《Parachute》的女孩沒有在我生命中停留多久，是我和朋友C一起去填滿高中時候的想像。

黃色的雨衣，黃色的光線，幾萬人同時開口唱出的歌聲，打在眼鏡上而又隨手抹去的雨滴，眼前是一片萬花筒般的現實。舞臺上的樂團成員，從十幾二十歲的小夥子，一個個變成中年大叔。而那一首也許是最芭樂，最多人喜歡的〈Yellow〉，主唱看到黃頁電話簿就隨便寫進歌詞的黃色，現在卻覆蓋在幾萬人的身上，像星空，像沙，像麥田。

我不知道她是否也在那天的人群裡。只是我希望，那一群曾經在我們青春期裡狂亂飛舞的群鴉，願牠們已經找到棲息的地方。

3

雖然偶爾還是會想起那時奔跑的感覺，只是現在，我不再成為一陣風了。大四下學期的校園裡，包圍著路上行人的，也許不只有四月的風和太陽。騎著單車，後座載著現在的戀人，我向她說起這一段故事。也許說來會有點對不起她，但我的迷戀時代已經褪去。一面踩著單車踏板，載著她，一面聽著日本樂團 SPITZ 的〈ロビンソン〉，穿過整座校園新綠的風中，我感覺得到胸口微微的暖意。那並不是迷戀，而是一種由衷的平靜——在我眼中有她，在她眼中，我也可以看見自己的尊貴，非常清醒而不可多得。

那種平靜，是明白了世界不只有你、我，還有很多、很多值得我們去愛、去珍惜的事物。那些事物指引著我們，眼前的道路因而寬廣了起來。

迷戀褪去，咒語消散。當我不再成為一陣風、一道閃電的時候，也許我終於學會了怎麼降落。

■簡歷

建中紅樓詩社，臺大哲學系畢，咖啡成癮。曾獲臺大文學獎、台積電青年學生文學獎、教育部文藝創作獎。靈光慢慢褪去，像一件舊夾克一樣，穿著自己的大人生活。

腐女養成記

葉儀萱

（第十六屆散文獎得主）

該怎麼說這有些難以啓齒（可能還略帶油味）的嗜好呢？曾經有段時間，我終日沉游在絕色妖豔、男歡男愛的淨土當中，無法自拔、無可救藥，任自己在滿山滿谷的ＢＬ同人漫畫裡自由地腐爛，並咯咯咯咯咯地笑著。

我的ＢＬ啓蒙作是中村春菊老師的《世界一初戀》。說是啓蒙作也不盡然，我其實沒有真正看完那部作品。小六的時候，我那在宅宅之海征討多年、熟稔各季新番的大表哥，一臉居心不良，說要給我看個東西。他拿出讓我好生羨慕的ＨＴＣ智慧型手機，點開《世界一初戀》裡面的片段。第三集的第二十一分鐘，兩個主角正在接吻，攻方把受方推倒在地，身子交疊在一起。我問：「這個淺色頭髮的人是女生嗎？」大哥說：「妳看就知道了啦。」於是我聚精會神地盯著小小的螢幕，一點氣也不敢發出來。畫面裡，高野政宗輕撫小野寺律的髮絲，將寬厚的手伸進對方的襯衫裡。角色的聲音，一方渾厚深沉，另一方嬌羞喘息，在我耳邊不斷交織迴盪。片尾曲還沒響起，我已經克制不住自己，「呀啊——」一聲大叫出來，一邊倉皇逃跑，一邊說：「好奇怪啊！好恐怖啊！這是什麼！」大哥發出詭計得逞的奸笑，說他們班的女生現在都在看這個，這就是ＢＬ。我一顆小心臟乒乒砰砰跳，臉頰漲紅，覺得心裡一塊堅硬的磐石開始鬆動，血液發燙。彼時，站在沙發上狠狠取笑我的大哥，尚未知道自己已經完成一位腐女的受洗儀式，是的，他替我鋪建了一條通往遼闊世界的彩虹橋，「咯噠」一聲，鑰匙轉動了我的整個宇宙。

回家後，我偷偷用家裡的電腦查了所有我看過的動漫作品，在空白鍵後多打了ＢＬ二字，從此一發不可收拾，自ＢＬ界進入同人圈。帥男人與帥男人在一起竟然如此匹配、毫無違和，那種帶著禁忌的情愫，高潔唯美、錐心動人。同人作品裡自由臆測的巨大空白，讓我無處發洩的想像力有所歸屬。我很快地發現，自己是多麼憧憬男人們介於友情與愛之間的關係。「情義」是崇高的誓言，「夥伴」比伴侶具有更加强烈的羈絆。愛情三角裡面的親密與承諾，放在兩個男人身上才是至高的瑰寶。若原作沒有特別交代，只是描繪出兩人單純真摯的關心，則進可攻退可守，君子之交能寡淡如清水；也能激情似焰火，保留曖昧的空間，這種開放式結局最為絕妙。

投身同人世界，有一大部分原因是我沒辦法在現實生活中尋得認同。怎麼男孩子這種生物，放在耽美的幻想裡就突然可親可愛了？國中時不懂得什麼胭脂水粉、甚至連替自己梳個馬尾都散得零零落落。我是一隻有著細幼雜毛的醜鴨子，一介膚色黝黑、戴著黑框眼鏡、體重過重的宅女，大尺碼的雙腳粗壯有力。男生們叫我「恐龍妹」或「葉胖胖」。班裡躁動的男同學，同時具有純粹的惡意與魅力。我喜歡那些男孩子，也害怕那些男孩子。後來才明白，對他們的腦補或意淫，其實是另一種報復性的凝視：你們討厭我不要緊，我知道你們心中必定有愛，只是不是對我、或我們女生。只要是這樣，那就沒有關係，我對男孩子的未知與恐懼，能因此降低一點點。

當時，班上有兩個籃球校隊的男孩子特別受女生歡迎，我也偷偷暗戀其中一個。他們個性迥異，一個躁進一個沉著，有大約十五公分的身高差。每天下課，矮個子就喜歡若無其事地坐在高個子的大腿上。他們於球場上合作無間，一起訓練、偶爾拌嘴，一天有十個小時都黏在一塊。某次比賽，他們傳球失誤，漏了分，場上氣氛火爆，眼看兩人就要撕破臉。然而下場後，高個子還是輕輕地拍了矮個子的肩，坦率說了抱歉。他們純潔無垢的肢體接觸、球場上的相知相惜，成為支撐我上學的其中一項精神糧食。我所渴望、所追求的那份「純粹」，在他們身上體現得恰如其分。從他們互動中漫溢的「萌」感，催生出無盡的祥和與幸福。對於這點，我一直是個有原則的腐女，不亂點鴛鴦譜、不執著將男孩們的感情昇華成戀愛關係，只醉心那份清高的友伴之愛。

我並不是班上唯一的腐女，與我祕密共享滿足感的，還有我親愛的好姊妹們。掃地時間，我們三兩圍圈，躲在抬放到桌上的椅子後面，交換彼此在墊腳石書店買的ＢＬ漫畫或同人誌。幾個國中女生像企鵝寶寶們擠在一塊，窸窸窣窣討論，時不時露出癡傻的愚笑，揮舞著我們的翅膀、舒展我們的掌心，試圖壓抑興奮的尖叫。愉悅從一格一格的黑白分鏡、磅數特薄的書頁流進我們的指尖、穿透身體，衝往大腦，迸發成無窮無盡的幻想。予以我們身心靈的寬慰，教會我們慈祥與博愛。這是我們在這不友善世界的另一種遠觀及詮釋。霸氣、忠犬、腹黑、傲嬌、病氣……，我研究這些五花八門的角色屬性，比背元素周期表還要認真。

二〇一五年，升國三的暑假，我發狂似地玩一款叫作《刀劍亂舞》的線上遊戲，其將歷史上著名的日本刀擬人成一個個美男，成功吸引大票腐女進坑「鍛刀」。與此同時，我註冊了噗浪帳號，取了一個中二的暱稱，為自己創造一個理想中的虛擬繪型，以一張扁平的臉在網路世界流浪冒險、並在同溫層肥厚的社交軟體結識能繪能文的同人作者群。我們有著共同的偉大理想——讓男人與男人幸福快樂。為達到這個宏願，我們努力自產自銷、磨練畫技與文筆，只為了將腦內構築的世界具象化、傳播愛與和平。作者們的心血結晶，能有幾種販售管道：同人展或網路通販。我將同人展視為一種宗教長征，在場上，你不僅能找那些平時互助互愛的網友「認親」，還能以最划算的價格購入畫技與劇情兼備的同人誌。同人作者們有時會將一些較短篇幅的故事製成免費的「無料」小刊，只為了宣揚摯愛的CP，便自掏腰包印刷。為了這份難能可貴的情操和乾癟的荷包，我勢必得親臨現場，瞄準那些短小美好的小冊。因為對於《刀劍亂舞》的狂愛，我老早就研究好臺灣同人誌販售會（CWT）的動線、訂好兩日活動的入場門票。然而那年蘇迪勒颱風無情登陸，全臺風雨不斷，八月八號第一天的活動被迫取消。隔天，我央求爸爸一定要載我到臺大體育館參加，我說：「這是我大考前最後一次任性。」他一臉不可置信地看著我，問我是不是瘋了。我又說：「我們昨天已經幫你過過父親節了。」於是他一臉無奈地發動汽車，載我出門。外頭仍在飄雨，街上好多路樹都倒了，即便如此，臺大體育館的外頭，還是有一條長長的人龍，五顏六色的傘面如香菇群落一朵一朵地開，幾乎要把他們校園給繞遍。我八點到體育館，沿隊伍不斷碎步前進，直到十一點才真正入場。那天，我把八千多塊的壓歲錢全部花光，在擁擠的人潮裡隨機拉了個路人，請她代替我出示證件買十八禁的同人誌。傍晚，我提著兩大袋厚薄不一的同人誌、壓克力吊飾、胸針等周邊回家，功德圓滿。

我以為自己會永遠浸淫在宅宅們的温柔鄉，孰料這種狂熱在升高中後開始逐漸消散。國中畢業前的兩個禮拜，高個子籃球隊拒絕了我的告白。我開始追究自己，殘酷地把原因歸咎在沒營養的興趣上面。在我虛構的青少年階級金字塔裡，我知道自己的地位該在哪裡。高中放榜後，一股强烈、急欲改變的念頭壓過了一切：「我想交男朋友！我想要當現充！」我還小，對於被愛的認知還很膚淺，不知道「宅」這件事與愛的本質無關。於是我把堆山積海的同人誌封印在最底層的抽屜，戴起隱形眼鏡、拿壓歲錢去買新衣服和寶雅的開架唇膏。說不上來是我刻意壓抑的結果、青春期的善變、又或者只是太窮，我咻一聲就褪去對同人創作的熱情，把時間和零用錢都拿去讀書與社交。網路世界的社交只是一串帳號，容易連結也容易捨棄，我把噗浪刪掉，回到現實生活。長大是要把身體深層裡的東西不斷篩選、不斷丟棄，挪出一個空間來，才能把新的東西放進去。時至今日，我偶爾看些漫畫小品，但再也不會如過往那樣瘋狂。唯一保存完善的嗜好，是觀看男孩子們自然的互動與友誼。即使是在成功交到男朋友後，我也還是在試著以我無從介入的角度揣懂他們：美麗又恐怖的男孩們、純粹而澄澈的感情吶——總是能在各種艱困的時刻取悅我，讓我心底開出嫩粉色的五瓣花。他們可以是琥珀色的威士忌與槍；汽水裡面的彈珠與薄荷糖；草莓蛋糕與鮮奶油……。想到這裡，嘴角又不自覺地淺淺上揚。

腐魂不死，只是逐漸凋零。

■簡歷

二〇〇一年生，曾獲桃園市高中生文學獎、台積電青年學生文學獎、中央大學金筆獎。我記得那個籃球隊的男生在拒絕我的時候跟我說：「欸，世界上一定會有人喜歡妳啦，只是不是我。」哈…哈哈哈…哈哈哈嗚嗚嗚嗚……

裸泳那件小事

蕭信維

（第十二屆短篇小說獎得主）

我不只一次在文章裡寫到水。寫到海。寫潛水。寫游泳。寫一望無際的藍。我的房間裡最空的那面牆上，就掛著一方寬大的掛布，上面是藍綠的海水碰上巨石砸出沫白的碎浪。唐人傳奇裡不總有這種故事——書生借道人家，屋主待之甚善，但覺女主人或男主人不像世俗中人，夜半偷覷一個紅影飛身入畫，堂上的山水忽然多出豁山行旅的一抹小人。而我總幻想著有一天我能從那方掛布裡聽見浪細碎的響聲。

我有點難向你解釋為何我如此著迷於玩水。小時候我就愛滾動在水裡頭，有四年的時間待在游泳班，或許比你早了那麼一些些理解了興趣不能當飯吃也不該當飯吃的道理。事物被規範講求速度與效度那就顯得無聊。在那段訓練的時光裡，我最常做的事就是憋著長長長的氣，躲在水底，看著我的同學們列隊游過——只要我多憋一陣，就能少游一圈。如此懶怠。那四年我游泳沒長多少速度，倒是水性好了不少。

長大後學潛水，划獨木舟。乘著快艇出海噗通一聲跳入海裡。幻想有一間海邊的房子（不是黃麗群的那間）。聽浪聲。多麼浪漫。不知道幾次與友人夜騎機車，金山萬里基隆東北角，找一個沒人的沙灘岩岸防波堤上，就地倒下，有時有月光有時沒有，有時有細碎的雨有時有風，把機車裡的雨衣拿出來蓋在身上，手抱胸，睡了個把小時。醒來，吃個消夜，各自回家。

青春是口說無憑的一項資源。但慌慌地拋擲溶進水裡還是隨風而走誰也還是不知道。總以為幾歲時能做什麼。要考駕照考救生員出一本書，其實二一年二〇年一九年也都喊過也都錯過。規畫總是先喊先贏，錯過是回頭看的。只要擁有現在其實也沒真錯過什麼，只錯過了錯過本身。還有年紀。朋友說。朋友離三十比二十更近一點。我總叫他老人。

我們坐在岩岸上，鋪著一大塊野餐地墊，鋪滿基隆廟口買來的小吃飲料，我們就著小小的露營燈吃了起來，那時候已經凌晨，沒有人，只有遠處的車聲提醒我們與人世的距離。除此之外，只有海，還有風。那天難得的沒有下雨。

不久前我還喜歡暴雨，雨打在窗子上打在傘上打在整個臺北頂樓違建的響聲，乒唧唧嘩啦啦，小的時候我總向大家說道我這輩子不可能討厭雨天，誰知道這輩子如此之短，二十歲考上機車駕照以後開始無止盡厭惡臺北陰霾的天氣：我要搬去南部，這輩子不想在北部工作。新的宣告，不知道我人生會有幾個輩子。

那時候也喜歡海，還不會騎車的時候總央著父親開車載我去。長大一點就會自己搭車了。有時候下課後就跳上往基隆或金山的公車，上國道，如果是基隆海洋廣場的海大抵還是醜的，必須繞道和平島或八斗子。往金山的話過外木山你會以為車將直衝向海，但這只是個浪漫的想像，即將抵達……海將保留在右手邊。我看著藍色的大海，但北部天氣差其實也沒有這麼藍。有時候像水彩筆的洗筆水，濁濁的，灰灰的。這輩子我將永遠喜愛海。喜愛海的那個我的這輩子尚未結束。

夜晚我小心翼翼地踩著布滿藻類的礁石滑溜入水。沒有行雲流水一氣呵成的翻滾。沒有帥氣的無水花撲通。畫面有點難以形容，但聲音可以，嗚啊啊啊咕嚕咕嚕，放心那只是我在水裡向下壓水的聲音。海裡的浮力比游泳池水來的大，肺腔擁有足夠空間的話一吸氣就能成為自己的救生氣囊，過去潛水教練都說我骨骼精奇，精奇的輕要在腰間繫上七公斤的配重帶才能順利下潛。我想他們想說的並不是骨骼而純粹就是脂肪多了點容易浮起來而已。

夥伴把在岸上吹飽的浮球扔過來讓我拖進水裡，自己輕巧地下水，他赤著腳，身上只穿了一件小短褲。農曆七月底，沒有月光。

那時候我們還年輕。知曉《聖經》裡上帝禁止亞當夏娃的知善惡樹果是最好吃的。《水滸傳》裡伏魔之殿的重重封條是值得撕的。農曆七月盛暑天裡的水絕對是最好玩的。玩話（其實也是實話）都是這麼說的：最快賺錢的方法都寫在刑法裡了。最好玩的事情同樣地也都留在禁忌裡。

我們背靠著後上方濱海公路的路燈向外游去，這裡是一個小港灣，裡面波瀾少驚，那天的浪很平，很穩，我們沒有風可以乘沒有浪可以破，輕易地拖著浮球向大海游去，游到一半的時候，夥伴問我，要不要裸泳。

我以為這個決定我會猶豫很久。

夥伴輕巧地脫下沙灘褲。我也把泳褲解下，順手把水陸兩用鞋脫掉，放進浮球的囊袋裡，夜色裡，什麼也看不到。但水知道，新的乾淨的涼冷的水拂過被泳褲包裹的所有器官。我放開浮球伸展我的身軀，想像我的手我的腳可以無止盡地延長——有部分可能會透明然後溶化，在海裡輕輕地輕輕地晃動我的頭，任由頭髮作為水草漂蕩，手漫無目的地擺動，有時候頭朝著更遠的海洋有時候腳。有時候接近醒來有時候幾乎睡著。閉氣閉一段時間不會覺得痛苦反而會舒服，我讓自己的直覺決定下一步要做什麼。肌肉放鬆的時候會很想尿尿，要尿就在海裡放肆地尿出來，要呼吸就想像自己有鰓。

我允許自己挪動陸地般糾結僵硬的肩頸，釋放無以為繼的思考。我有時會覺得岸上的自己和海裡的不是同一個。在某幾次過度閉氣而產生的幻覺裡我可以見到岸上的自己向海裡的自己招手。於是我一個轉身，模仿海豚又模仿海獺，在水面水下來回滾動，一切如此夢幻，並沒有，溫暖的夜裡最容易有水母，滾動的時候碰觸到無數的水母觸手，趕緊上岸後身上布滿了淺紅色的鞭痕。

好痛。

有一則並不要模仿的偽科普知識是當被水母咬的時候用尿淋過可以緩解症狀。疼痛的時候不會多想，站在滑溜的礁石上對著自己的手臂就尿了下去，那時候才不會覺得噁心，尿不到的地方手心就是勺子，塗抹在每個水母螫過的地方。一點用都沒有。

我再次回到海裡，把周身的尿液清洗乾淨，還是有水母，還是有傷，但似乎也沒有什麼大不了，皮糙肉厚的夥伴早已習慣，很痛嗎？我問他。他在海裡聳聳肩。

我們反覆下海上岸游泳了數次，期間還一度赤膊著穿上短褲騎摩托車到便利商店買了杯熱飲，風吹在光裸的胸口，我們大喊大叫，像過氣的青春電影。你還煩惱嗎？夥伴問我。煩！我大叫。手很節制地沒有用力催油門要不然我擔心演成另一種電影。海才不能解決問題。海只能短暫地隔絕問題。

海在我們旁邊。海沒有說話。

天光亮起的時候，我們還在海邊。我們還在海裡面。我們鑽進海的肚腹裡然後像隻過於肥胖的鯨豚一樣躍出海面落下撞出水花，水花在陽光的照耀下碎成一粒一粒閃耀金光然後把那光又帶回海裡面，整片海都是金黃。

上岸後我們收拾了東西，天亮時候數十隻海蟑螂爬進每一個包包的角落，我們努力拍努力抖，平常我一定會覺得噁心得要死但今天沒有。收拾完畢我們在基隆有名的魚湯店吃了早餐，十分普通，不知道是因為魚不新鮮還是被水母螫得多了我倆的嘴巴變得跟射鵰英雄傳之東成西就裡梁朝偉的嘴巴一樣腫，在路邊的超商買了一包衛生冰塊，一人抓了一把塞在嘴裡，繼續騎車。那天的天氣很好，太陽很好，海也很好。如果你看到現在也還是不懂為何我如此眷戀海的話也沒什麼關係，因為我也不是很懂，就像愛這件事對我來說只有兩件，一件我愛你，一件我愛我愛你，如此而已。

■簡歷

一九九七，天蠍座。國北教大語文與創作學系碩士班畢。最近一直想潛水，把自己拋擲到奧藍海裡聽著噗哧噗哧的呼吸聲音，在水底只有自己。

變形

吳沆慈

（第十四屆散文獎得主）

我喜歡夏天。雖然是個在十二月天出生的人，但對於七八月的烈日陽光不可自拔的迷戀，迷戀冰涼飲料漸漸冒出閃亮亮的水珠，迷戀超商自動門開啓後清涼空氣迎面而來的猛烈撞擊，迷戀熱烘烘讓人昏昏欲睡的感覺，而一天裡面太陽最猖狂的下午更讓我著迷，小時候有無數個夏日午後會偷溜進媽媽開著除濕機的主臥室睡午覺，除濕機嗡嗡作響，玻璃透著午後豔陽散放的光，感覺自己像是一隻昆蟲，被晶瑩剔透琥珀般的陽光緩緩包裹。

動。彈。不。得。

波光粼粼的碧潭河畔，二十歲時我跌進了一個永遠不會結束的夏天，閃閃發亮的光點浮動，蘇格拉底在洞穴寓言裡第一個鬆綁的囚徒，我磕磕絆絆跌跌撞撞，好一會兒我才走出穴道，花了一下午適應眼前的明亮，在這個多彩多姿的世界，首先映入眼簾的是溢著陽光的黝黑皮膚，我不能不直視它，晒到頭暈時滿腦子都是河畔閃爍著的閃爍亮光。

後來我喜歡過一個跟我一樣高的人，有一次我穿著高跟鞋時他說：「你都這麼高了就不要再穿高跟鞋了吧。」我想起牛奶裡的小青蛙這則故事，掉進牛奶的兩隻青蛙，一隻放棄蛙生在原地等死，另外一隻奮力打腿，最後把牛奶打成奶油，輕鬆一躍跳出水桶，當場死去或者離開水桶？我常常覺得再努力一點，多踢幾下腿、再瘦幾公斤，就可以跳出水桶，把自己高大的身材擠進一個被愛的形狀，那陣子我常常直不起腰，本來就駝背的脊椎被自己拗得更加歪曲畸形，我是信仰言語文字的，但在此前我並不知道因為幾句話我會改變自己的高度、重量，我感覺自己是芭蕾舞鞋裡面早已歪曲腫脹發紫的大拇趾。

炎夏之中的徒步環島旅程第二十七天，旅伴温提議去長濱淨灘，於是來到了一處遊客稍多的海邊，那是一片有著非常柔軟細緻的灰黑色沙灘，脫下鞋可以感覺到布滿水泡的腳掌被細細親吻，原本預計要撿一小時的垃圾，然而我們在不到二十分鐘裡面便撿滿了三大袋，這其中還包含我把本來裝滿的一袋倒出來，重新將寶特瓶的空氣擠出，再塞了一些進去，這些垃圾彷彿以倍數增長一般完全撿不完，手搖杯殘骸、釣魚線、飲料罐、人字拖，諸多什物都是我可以理解可能會出現在海灘的，然而卻也有許多莫名其妙的物件，比如塑膠假花，或是一片鴛鴦臉盆的底部，我左手握著那塊被日頭曝晒到脆化的臉盆，右手想要撿起另一個在石頭底下的瓶蓋，臉盆底部卻因此碎掉，我站起來，它又碎，我就這樣看著臉盆上的百年好合在我手裡不到半分鐘就瓦解成塑膠碎屑。

「你讀哪個幼稚園啊？好像看過你？」六歲的我大概沒想到講完笑話就再也沒有交談過的森，十七年之後會在交友軟體上面這樣與我搭話，「媽，我喜歡森。」媽媽臉上露出一種像是她女兒變成了某種臭蟲的詭異表情大叫著：「你說什麼？」我在浴缸裡面打著水面說：「我喜歡森。」六歲時我喜歡上七歲的森，我跟婷交換祕密，他說他喜歡智，智寫六的方式很特別，他的六會從裡面長到外面，像是他先從六的心寫起，然後長出長長的角，因為智寫數字六的方式很特別，所以喜歡他，婷也都這麼寫六，「那森有什麼特別的地方呀？」婷問我，我說：「他會對我笑吧！」螢幕又捎來信息，森說：「你長髮比短髮好看耶！」

夏天暑氣最盛之時，我寫字畫圖祝男子生日快樂，我寫「那些你拿真心付出的物事就是要用來教會人長大的，何況是我這麼揮霍迷戀著的你，但我還是喜歡你。」他說這是他收過最好的禮物，也是我送出過最好的。

「不愛的人最大。」友人對失戀的我說，之後我變大了，越來越常穿高跟鞋，其實叫鞋很奇怪，因為事實上那是一雙刑具，腳趾痛、腳背痛、腳跟痛，入木三分錐心刺骨，每一步都讓人重新思考人生然後想往生，一步比一步更為淒厲，整段路程裡有一半是朝下，另一半是抬起腳重回人間，半秒的輕盈也足夠讓我加快腳步，有時候我走著走著會想，我到底有沒有辦法跳出水桶？森告訴我，除非能讓水桶變成離心機，或是保持靜止不攪動牛奶，使其靜置凝固，否則牛奶通過攪拌變奶油是天方夜譚。

旅程的第二十二天到了臺東達仁的Seven，在全世界超商分布最為密集的臺灣，超商的冷氣是炎暑中走路的一大救贖，然而連電線桿都看不到幾枝的東部，仍然消走過兩天路程才有一間超商，那天遇見了一個非常可愛的七歲妹妹，眼睛澄淨明亮，盯著人看時目不轉睛，不怕生不怯場，侃侃而談，拿著新買的紅裙子開心的穿上在我跟溫面前轉。她說她有一個幼稚園畢業交往的男朋友，目前一年沒見面，可以說是遠距離的大前輩，我問她：「那你想你男朋友的時候怎麼辦？」她眼睛瞪大誠摯地回答我：「跟神祈禱啊！」我大笑慚愧的跟當時在美國的男友說我不如一個七歲妹妹。

仲夏出生的男子在冬天結束前離我而去，我才明白原來時間不是線性的，始於七月一日的旅程在第三十二天已經過去一個月，我在腦中把玩著時間像是一個小學生玩著史萊姆，裡面的亮片沾得我滿手都是，一個月的時間過去了，好快，已經一個月沒見了，好慢，高中在畫室老師教的第一堂課就是拿測棒量圖片，量點、再用等比例畫上畫紙，仔仔細細的標出第一次見面、第一次做愛、第一次吵架，道別的日子，然後想著第一次見面到今天，已經過去幾個冬夏，成長不是勻速的，而是一夜抽芽，他閃閃發亮又黝黑的皮膚，起皺蒼老發白於昨夜。

那個好像永遠也結束不了的旅程在第三十六天結束了，吵吵鬧鬧的我跟溫回到原點，整天我們除了吃飯之外都在走路，最後的幾公里夢幻至極，左腳比右腳快樂，右腳比左腳還要雀躍，一千公里的路程歸零，我們累癱在他家，隨便梳洗後倒頭大睡，往後幾日我望著自己被晒成兩種色階的皮膚發呆好久，在床上抬腿，把自己拗成一個「L」型，一動也不動的。漆黑的房間只有手機的螢幕散放微弱光芒，手機螢幕宛如一個個方形鎂光燈打在僵直的我臉上，幸運也不幸的學校開始因為疫情遠距教學，我有足不出戶的理由，已經發達的外送平臺解決了我的飲食問題，沒有電梯的五樓小套房滿地都是我的髮絲，積了一地的長髮像是一張毯子，我幾乎快要變成一個繭，繭裡的我看見手機裡面的森在交友軟體的照片裡憨憨笑著。

疫情降級之後我把頭髮剪了，及腰的長髮被削至耳上，髮量多且髮質粗硬的我手上多了五大束毛髮。當兵前一天我們去了百元理髮，男子理去一地短短的毛髮，我甚至嫉妒他們在他身邊的時間比我還長，然後我央求再去走一次碧潭橋，時間被利用得一點不剩，趕在高鐵閉門之際他回到南方，而夜晚的碧潭滿溢黑水點綴月光點點，那時腦袋被迷戀撐開一個大孔，整個碧潭的水拔山倒樹灌進我的腦海。

第二十三天，我們從大武走到太麻里，太麻里在排灣族語中意指「太陽照射的肥沃土地」，依山傍海之處，適合不做任何事發呆看浪，我跟溫在沿途不斷掉淚，天空跟海沒有邊際，我們的腳步也不曾歇息，那晚我們睡得很好，起了大早去海邊看日出，等待日出是一件令人心癢難耐的事，每一秒都會以為太陽要出來了，下一秒永遠比這一秒更美，雲朵的邊界不斷被太陽的金光描粗加亮，那種美逼你直視它，沒人能夠倖免於這場美麗的犯罪，我癡愣一餉，雲海中間被撕破一個小口，太陽從中流洩出來，太麻里海邊波光粼粼，全部沾上豔麗的橘。

除濕機嗡嗡作響，倒出一屜又一屜的水，在那些看不見的水氣漸漸在角落長霉時我才甘願買除濕機，沒幾天便驚訝於水氣的濕重，竟能化成具體的公升數，那時已經搬離那個像繭一般的小套房，我輕輕摸著長到耳下的短髮，看著除濕機的滿水提示燈閃光，陽光透過窗戶盈滿房間，而我一動也不動。午睡過後，智在我面前把蟲的翅膀撕下來，他說：「這樣他就不會飛走了。」我看著他手上的蟬身不斷扭動，好像能夠從身體裡面再擠出一對翅膀一樣，然後智笑著把蟲給我，陽光跟他的笑容都好燦爛。有時我會突然回到那個智撕下翅膀的下午，不論幾次我都沒辦法斥責智，畢竟他笑得那麼好看。

■簡歷

沇念「一ㄢˇ」。

一九九八年生，射手座，討厭芹菜。

雜繪記

張庭梧

（第十八屆短篇小說獎得主）

去年春天的某個晚上，我開始畫圖。

這並不是一個突然迸發的想法。從小時開始，我便是一個喜歡在白紙上塗塗抹抹的人。不過那些線條顯得未經過雕琢，與其說是畫，不如說是拙劣的工程圖。目的也許是在文字表達能力尚未成熟前，以圖像將頭腦中那些荒誕怪異的想法輸出。

而在往後的日子裡，我所畫的圖似乎沒有多大的變化，頂多是去除一些童稚氣息罷了。同時又受到當時逐漸席捲世界的極簡化風格影響，我缺乏向上提升畫技的動力，相信憑著簡單的形狀即可表現出極大的趣味。

這樣的情況一直到高中才有所改變，因緣際會下，我透過社群媒體發現了許多風格迥異而各有特色的畫手。又看見許多與我年齡相仿的人持續地以繪畫為媒介進行創作，寄寓某些所思所想。我便無可避免地產生了一些嚮往。

我開始發覺那是一個多麼寬廣的世界。

我希望自己筆下的線條能夠傳遞更多事情。

於是在某個晚上，開始了。我隨手撿起一張方格紋筆記紙，在上頭畫上一個修正帶的圖案，然後拍照，上傳。

我不知道為什麼是從那一天開始畫，也不知道為什麼選擇畫修正帶，種種的具體動機至今已無法尋得。很多時候都是這樣的，那些最初的種子往往微小而無足輕重，以至於在地上枝幹茁壯的過程中，他們早已腐爛、消失無蹤。梳理自我歷史的過程中，還有可能一不小心就詮釋出大相徑庭的意義。

我唯一知道的是，從那刻開始0變成了1。

為期一年的每日畫圖訓練展開。

日子開始往前，2、3、4我開始將存在於書桌附近的物品都拿過來，觀察其輪廓，並試著在紙上將其重新呈現。有些物件相對容易，例如整齊擺放的書本，畢竟長方體可是我幼年時率先掌握繪製要領的立體之一；可有些物品，則如未曾探索過的荒原——我的手完全不知道應該如何繪製一張衛生紙在桌燈下顯現出的不規則陰影。應該說，我的頭腦不曾學習過將這樣的明暗變化約為更簡易模式的方法，也就無法穩健地去描繪。

等到房間裡的物品皆大致描繪過一遍後，我的嘗試範圍開始擴張，此時一道明顯的分界便顯現出來——由人造物到自然產物的巨大鴻溝。好像有這麼一句話吧：「自然的造物沒有直線」，我想它很明顯地解釋了我所面臨的困境。以往我所喜愛畫的主題，往往是建築、機械與圖標。而這些事物即便再複雜，也可以被多條直線逐步拆解，使得繪製他們不再完全仰賴畫技，反而是必須具備拆解這些物件的耐性。

而當我想畫一隻狗的時候呢？我無法找到任何參考線，只得緊盯參考圖，一筆一筆地將身軀輪廓複製到紙上，有時更會被局部細節所騙，從小地方一抽回身來才意識到整體比例的謬誤。等到一張勉強及格的圖終於完成時，我只能期望自己在描仿的過程中能無意識地吸收到些什麼。

活物還有一個讓我又愛又恨的地方：眼睛。

我相信在大腦的視覺處理過程中，對眼睛必定情有獨鍾。所以這樣一個占據圖畫面積百分之一不到的小黑點，才如此絕對地主宰了整張圖的氛圍。一雙準確的眼睛所帶來的生命力之強大，能夠讓圖上的其他瑕疵不再刺眼。相反地，一副我自認為還不差的輪廓，也可能被一雙不完美的眼睛毀去。只要眼珠偏離了半毫米的距離，昂首挺立的一隻神氣狐狸便瞬間分了神，虛弱下來。

為了更好地描繪出我喜歡的貓狗狼狐們，我開始試著用鉛筆來處理毛皮的紋理和深淺。也是這時候，我開始意識到自己每一天的作品有逐漸細緻化的趨勢。從一開始只用鋼珠筆簡單勾勒，後來開始用密集的直線條描繪大塊陰影，最後終於用上鉛筆了，似乎多了點素描的風格在裡面。

現在看來，我覺得不能說那是我的「進步」。只不過是一種不服輸的心態所造成的有趣後果：

今天的我不願畫出弱於昨天的作品，便在小地方上作出改進，層層堆積下便蓋出了高聳的階梯。這個理論——惡趣味地稱之為「嚴格遞增理論」——我認為是有道理的，畢竟我曾有過在學期的第一次作業上投入過多，導致往後的作業都必須付出同等甚至更多成本的經驗。

套用在畫圖上也就代表，我的能力值實際上沒有增加太多，只不過是一開始的那張「修正帶」沒有投入全力而已。而現在，我每天畫的東西已經逐漸地逼近自己的真實能力值。

這理論十分優秀地說明了我接下來的處境，那就是難產以及壓力上升。

大約到了一年時間的中間點，此時如果說畫圖每天會花掉一小時的話，那就至少有半小時是花在「想題目」這件事情上。畢竟如果題目太簡單，使用到的技術就不多；而如果太過繁雜，無法成功完成的可能性便會增加。兩者都違背了要求進步的心理約束，我必須想到一個稍具挑戰性，恰到好處的題目。於是我經常打開隨機字詞產生器，不停地按下重新整理，直到看見某個順眼的字詞為止。

畫完後看看時間，已經三點了。我的睡眠時間不斷延後或許可以部分歸咎到畫圖這件事上。曾經我所追求的目標是「日更」，於是無論處理完其他事情後是什麼時間，我都還是得强迫自己再畫一張圖。（在我習慣的規則裡，入睡前一律算作「今日」，即便是凌晨五點半也一樣）

顯然這不是一個良好的工作模式，第二二四天，我終究無法抗拒提早休息的誘惑，中斷了日更。之後便換作另一種有點狡猾的模式：我可以在某些天不畫圖，但在第三六五天，還是必須要有三六五幅作品，欠的依然得還。

然而在模式轉換後，我的處境沒有變得比較好。

「沒關係，明天我畫兩個補回來。」

每當我忍不住闔上眼睛時，總是這樣子自我安慰。但隔天晚上等待著的，時常是劇烈的倦怠感，伴隨對自己更深的失望。

目前為止，我說了一些不開心的事情。當我處在那個每日趕工的階段時，有時會懷疑自己的本心：我究竟喜不喜歡這件事情？幸好，這長達一年的計畫半圓滿地結束了，我成功地在最後一天之前將積欠的分量全數償還。此時，我似乎終於能用比較開闊的視角來看待這段過程。

我想，我當然是喜愛畫圖的。就像學習一門語言，雖然必須經歷那些枯燥且重複性高的練習，但最終將獲得的是一種嶄新的溝通方式，並從中體察到特殊的美感與趣味。以語言來說，自然產生的文法所蘊含的規律性帶給我許多驚奇。而就畫圖這件事來說，僅依靠筆畫深淺便能做出材質的多樣變化、把握眼珠子即把握情緒，這些都是我從這一年的微小修行中發現的有趣之處。同時，我在觀察事物的能力上或許也有那麼一點點成長吧。

現實的元素、想像的概念與抽象的情緒，以無限的可能性在畫紙上交織延展。這是目前的我對於畫圖這回事的理解。

然而，如同任何令人著迷的技藝與學問，前方路上的那些山峰實在過於高聳了。我想，還是得從這些理想化的句子中稍微拉回，看看現在的自己：我仍然依賴著參考圖片去作畫，仍然沒有完成過一幅完整的作品，且除了單純模仿事物的外觀之外，我畫的圖中再無他物了。所謂的「無限可能性」，實則是一種我尚未觸及，但正抬頭仰望的境界。

也因為如此，我想我會繼續走下去的。

■簡歷

臺南人，大一，正在臺北過宿舍生活，以遲緩的步調蒐集大學生成就中。

一直覺得想做的事情太多，卻缺乏投入其中的毅力。平時忙於大大小小的事，當真正空閒下來時，卻又虛弱地無法動彈了。

不著急

胡可兒

（第十七屆新詩獎得主）

如果母親在我身邊，她的故事一定比任何言情小説都精采，畢竟我就在這裡，作為愛的結晶確確實實的誕生了，她一定能説得更多，關於她如何在陌生的車站遺失車票、一個素昧平生的男孩傾囊相助，相識，兩個人如何離家一起打拚，工作中互相砥礪。她可能可以告訴我愛是什麼，為什麼讓她念念不忘，即使多年之後，我長大成人，父親早已另外成家，她打給我的電話裡偶爾還是會停頓，接續著問句，你爸最近過得怎麼樣，接續著我長長的啞然。母親或許還沒有放棄，但他們的故事她從來沒有説過，驅使她的也許是愛，或者恨，也許是結局不如意所以她一點也不想告訴我。

或許只是誰都説不清楚，誰也不想真的釐清。

父母的關係長年患病。沒有戰火紛飛也沒有聲淚俱下，有的只是兩個人都拿刀，毫無動作地對峙，以示情感裡那一點憐惜與無可奈何，對自己的精神殘酷，好似過了這層層磨練，就能和好如初，但原初該回到什麼樣的地方，只有客廳無止盡的沉默。

我開始讀書，讀小說，讀漫畫，讀最多言情，一個男人為一個女人隻手遮天，或一個女人為一個男人肝腸寸斷。我也讀三毛和荷西，讀瓊瑤，讀《月朦朧鳥朦朧》，讀蝴蝶 seba，有些人的愛情是浪跡天涯，有些人的愛是讓一個家完整。我讀得津津有味，好神祕，人們宣稱的愛有千百種境地，親切地將我包圍，像當作大人般被對待，無數愛與被愛的靈魂穿越我，與我對話也不與我對話，但我可以抓住它們，感到微小的心神顫動，激動時眼角濕潤，克制地暗暗祈禱，生活已經夠苦，言情小說之神啊，拜託拜託，過程可以虐得死去活來，但結局請務必峰迴路轉。

父母眼中只有彼此的冷戰，言情小說暫代親職，它教我如何取得平庸和聰慧間的平衡，健全的情緒，在小團體裡游刃有餘的周旋，成績中上，扮演一個早慧成熟的孩子，家庭聚會、期末評語裡總是這樣說，我都懂，熟練閃避關於家庭小心翼翼的探問，無辜但眼神略帶哀傷，人們便都不說話了。這時我是孩子，還不需要知道太多，適當被憐憫，可以是小說裡家道中落，流落離家的孤女，也可以是父母離異，懼怕後母的小女兒，一定要擁有堅韌的特質，自強不屈，早慧成熟。我把書櫃來回翻遍，並不知道為了這些，我會永遠失去什麼。

但沒有關係，再多一點，再靠近一點，我就能找到父母親，父親與母親，父親，或者母親。

後來言情小說有了更多的類別，都市言情，校園青春，穿越過去或未來，我離開父母，為求學搬進阿嬤家，擁有自己的房間和書櫃，開始買書，世界驟然開闊，我仍然讀言情，比以往更熟悉策略，了解規則，明白總裁小說的千篇一律，但還是忍不住為它埋單，從便利商店或街角的雜貨店偷渡幾本回家，一口氣讀完，然後抱怨其中的單調與不合常理，一邊和朋友開玩笑說總裁密度這麼高，出去買泡麵時怎麼還沒撞到，一邊把口袋書塞進書桌下的雜物盒子，避免阿嬤發現我沒讀書、不務正業。所有青春期對於未來的煩惱都攤在書桌上，坦然大方，假裝賀爾蒙的躁動都關在言情裡，一本一本，像免洗的餐具，盛裝煩惱，食完即丟，關上書頁像關上自己一樣輕鬆。

偶爾也會有幾本讓我入迷，百讀不膩，在書櫃裡逐漸累積出一座小小的城堡，我反覆地看，敲打城牆，讓這座城堡穩定堅固，第一遍讀劇情，第二遍讀細節，第三遍找自己。我獨愛《你好，舊時光》裡男女主角青梅竹馬的關係，和女主角周周精靈古怪，不按理出牌的脾氣，複雜的家世關係中養成敏感又割捨不下自尊的個性。我摩挲著書頁，反覆投射自己，男主角林楊永遠陽光，沒有保留的等待周周每一次回心轉意，著實讓人按捺不下忌妒之心。十六歲，還有一些時間可以浪費，可以思考或者期待，生命裡缺席的那些愛，能夠用什麼樣的方式回來。

書裡的角色總有父親、母親，或者我自己的影子，他們協商多年，終於選擇分居，父親霎時間像脫籠的鳥兒，決定展翅高飛，而母親如冰封的河流開始潺潺流水，我們久違的通話，聽她斷斷續續和我分享，她對父親零碎的、無法被滿足的期待，一個顧家的男人，一個工作之餘有餘力關照妻子的男人，一個生活重擔之中仍有靈光的男人，一個體貼又熱情，只應存於小說中的男人。

我想我是懂母親的，畢竟我迷戀言情之處，就在於那一個個總是拯救女主於生活中的青蔥少年，他們和母親所期待的丈夫如此雷同，他們是河口的擺渡人，渡你於生活繁雜之間，不必憂慮未來與過去，你只需專注於當下的風景，不下船，他們就是河流與岸，只要你明白，他們的自由來自於強大，家世是或者聰慧，或者被眷顧的美貌，是作者的善意也好，彌足現實的缺憾也罷，他們被創造的目的與結果都是永遠燦爛。

但我的父親是生活，也許他曾經也少年過，為母親排憂解難，寫長長的信，也等待愛人的回信，下班的時候期待一個温暖的擁抱，有愛的擁抱，我並不懷疑他們不愛彼此，只是生活比相愛更難。父親或許也曾一樣期待，並且落空，兩個等待搭船的人要如何相渡彼此的愁容？他們用漫長的歲月在河岸邊來回行走，直到河水氾濫成災，一個人決定先走。

我想起簡媜說，過河的人不僅捨舟，也要捨河。

上大學後的很長一段時間，我的閱讀幾乎停擺，課業與戀愛占據了所有心神，真正體會了愛情，反倒記不起任何一本言情裡的情愛描述。我們都是凡人，小情小愛，笨拙到熟練地試著對一個人好，心甘情願地犯錯與原諒，我不必是古靈精怪的周周，他也不用是神通廣大的林楊，管他渡不渡我，只專注於當下共度的每時每刻就好。學習依賴與被依靠間取得巧妙的平衡，長期累積的理論知識全派上用場。不想父親與母親，也不想更遙遠的共同生活，我能把握住的，只有青春期瘋狂的最後一點尾巴，打開我的城堡，讓另一個人走進。

以一種殘忍而決絕的姿態，這段戀情戛然而止，城堡的門被撞得破破爛爛，我無心修補，也無力究責他為背叛鋪下的善意謊言。我只能追究自己仍然對林楊所懷抱的期待——一個永遠愛意永恆的符號，一個比起思考是否能載你過河，而不假思索說願意的人。我和母親或許沒什麼不同，我們沒有真的犯錯，也不是全然的好人。一些零碎的、無法滿足的期待如噎在喉，成了日常裡咬腳的鞋，每一次移動時都感到後腳跟無傷大雅的摩擦。他有，我的父親也有，我們都常患細微的痛，越走越疼。

我第一次哭著打電話給父親，以借位的方式控訴先脫鞋離開的人，父親一如既往地安靜，像他沉默面對母親那麼多年，好像不曾改變。他淡淡的、輕輕的和我說，這輩子一定要經歷過失戀和挨打兩件事，才能真正體會到有些事情沒有道理，發生了就是發生了，你可以委屈，但糾結不會有答案，我們只能接受有些鞋子咬腳，你只能脫了才能往前走更久。

一天冬日晚上失眠，我翻來覆去，裹著棉被從床上爬起來，不知道怎麼突然想起很久以前的某個夜晚，也曾經這樣，睡不著，只好一口氣看小說到天亮，彼時還是高中，一切都尚未開始，看了什麼已經忘記，留下一些和自己虛度時光的滿足仍然隱隱感應。我決定把《舊時光》再看一遍，距離上次看言情好像已逾兩年，忙著開發新興趣與新目標，人生向前跨了一大步，也許也沒有，但沒關係，周周和林楊永遠少年。

我看著他們放棄重要的考試尋找朋友、再次經歷波折分開，看著他們相隔兩地成長、因為誤會對彼此生氣，看著他們兜兜轉轉，終於能放下青澀高傲的自尊心，氣喘吁吁地手牽手躺在大馬路上，坦白和解。作者寫下，周周和林楊離老去還有很多年，而很多年中還有很多的變故，很多的挑戰。

而他們不著急。

我蜷縮在被子裡，窗外冷風飄過，敲擊窗沿發出細細的嗚咽聲，我就著桌燈的最小亮度挪動目光、一字一字地讀，驟然流下淚水，所有青春期未盡的情緒都在這個夜晚回來，我沒有在言情小說裡找到任何人，這裡沒有父母關係的解答，也沒有情感完滿的公式，有的只是一個孩子跌跌撞撞的從腳下的泥濘出發，而另一個決定和她一起長大。我不再忌妒有林楊等待的周周，也不想擁有周周或者林楊一般的對象，她或他善良、勇敢、適時天真……沒有被世俗打磨掉太多稜角，我想要成為他們，有人依賴也好，有能力自由瀟灑也罷，我想要踏實而温暖的長大，還有很多年，而很多年中還有很多的變故，很多的挑戰，很多次快樂和傷害都值得等待。

像無數次向言情小說之神許願結局美好，像十六歲的自己，我祈禱那些寫在故事之後的我們，都不要著急。

簡歷

二〇〇一年生，因為徵稿開始面對自己不在青春期裡的事實。兩年沒有寫散文，忙著和短期目標協商每天多睡三十分鐘，該來的還是會來，現從事寫作（耍廢）復健（拖延）計畫。

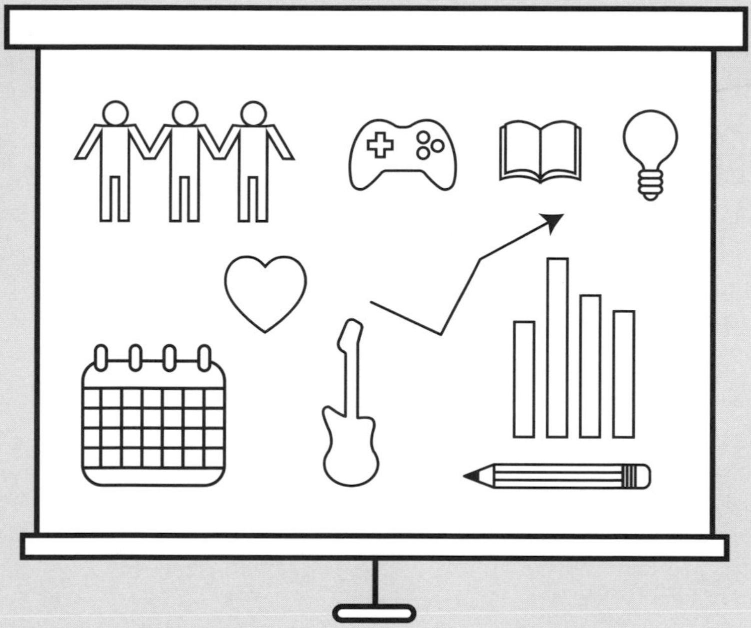

特別收錄

文學大小事部落格徵文

文學大小事部落格徵文．第 2 彈

寫給情敵

短文／詩徵文辦法

想像寫一封信給情敵，會是咬牙切齒、言語說服，或者僅只於介紹自己？
請以短文（300 字以內，含標點符號）或新詩（20 行以內，含空行）寫一封信給情敵。在徵稿辦法之下，以「回應」（留言）的方式貼文投稿，貼文主旨即為標題（標題自訂），文末務必附上 e-mail 信箱。每人不限投稿篇數。徵稿期間：即日起（2.28）至 2022 年 4 月 6 日 23:59 止，此後貼出的稿件不列入評選。預計 5 月下旬公布優勝名單，作品將刊於聯副。

投稿作品切勿抄襲，優勝名單揭曉前不得於其他媒體（含聯副部落格以外之網路平臺）發表。聯副部落格有權刪除回應文章。作品一旦貼出，不得要求主辦單位撤除貼文。投稿者請留意信箱，主辦單位將電郵發出優勝通知，如通知不到作者，仍將公布金榜。本辦法如有未竟事宜得隨時修訂公布。

台積電文教基金會、聯合副刊／主辦
駐站作家：阿布、夏夏
文學大小事部落格：https://medium.com/@fridaynightmoonlight

二〇二二文學大小事部落格徵文
「寫給情敵」示範作

貓樣情敵

◎林德俊

都是我的錯
怪自己當初把你介紹給我的愛人
從此愛人的視線常常高於我的頭頂
因為你總是關於天空
譬如簷上的腳印、牆頭的小花
你離飄逸的雲朵那麼近

都是你的錯
你的磨蹭太柔軟且太溫暖
完勝我到夾娃娃機攫獲的絨毛玩偶
你的卑躬、你的乞憐

姿態低到地平線底下
你的投降是一種太高明的口袋戰術

三角習題有時並不難解
讓我們和解
你可以成為我和愛人之間熱烈的話題
你可以在我遠行時扮演稱職的替代品
只是我偶爾擔心你漸漸茁長的身形
就要滿溢我愛人的眼眶

一封寫給情敵的情書 ◎阿布

我該如何稱呼你，我的情敵？我知道你在那裡，你可能也知道我，隔著一層玻璃，我們是彼此鏡子裡的倒影。畢竟做一個稱職的情敵並不容易。沒有更早，沒有更晚，在生命中的某個階段，必須同時愛上同一個人；或許在靈魂的深處，你和我有著相同的頻率。你愛他什麼地方呢？早晨的側臉，或吃東西的樣子？真巧，我也是。我們擁有相似的眼睛。

或許在另一個時空裡，我們會親密得無話不談；但你可能不知道，我還寧願你是我的情敵。即使懷抱著隱約的敵意，但比起愛人，情敵的一舉一動更令人掛心：你和誰在電影院打卡？下午茶的對面坐的又是什麼人？愛上一個人的時候，心裡也揣著我的情敵。啊情敵，我發覺我需要你如威士忌裡的少許苦精，蛋糕上一點切絲檸檬皮。

期限

◎夏夏

靜物畫裡的水果
散發腐敗的濃烈香氣
畫裡的愛情
卻沉沉睡去
（調色盤裡的顏料
是不是又更混濁了？）

一道影子與我孿生

◎李蘋芬

一道影子與我孿生
複述著，直到
直到你成為我的自身
夢見愛人的死亡。從此
守著祕密不敢輕放
困擾於苦與甜的問題
意識之土壤，肚腹的中央
愛與愧疚正誕生
同時。同地。

我留心每日消息，以耳朵記取了你
比任何人更在乎，你如何活下去
在這無需調度恆星的地方
獨自背對一片海域，你見過——

流浪的瞽者，一位吟遊詩人
揪住夜的脖子，追問心與眼的歸屬

追問消瘦的鯨魚骨，在自身陷落的地方
回頭看，你已經不在那裡。唯有牠身上的破綻
掩護我的黑暗

情敵

◎張嘉眞

新不如舊，其實我們都是舊的。

為妳哭的時候，她說我很善良，我不敢說是兔死狐悲。

我想讓她以為我善良久一點，其實不用她說，我總會偷偷看妳。看妳和我擺出相同的姿態，若有似無的在每個地方釋出關於她的消息：掩住半邊臉的照片，捧著她送來的花束……，九宮格的照片排列，她總在中心。

我細細翻閱過每一則妳的貼文，看她微服出巡的痕跡。

我們有多像，我就有多難想像妳會怎麼恨我。恨我後到，還沾沾自喜地以為外顯的愛是一種媒介。

我想跟妳說那個晚上，我是因為敬重妳而哭，不是因為愛而不得、得不償失。

如果愛能夠論斤秤兩，妳是學姊。

感情物理——回情敵 ◎江鵝

非得回應的話，我只說一件：聲音的傳導需要介質。

固體比液體快，像是把頭枕在他右脅說話，他說喜歡的時候，聲波傳上我的頭骨再沿脊椎下行，耳朵還沒聽明白喜，五臟六腑已經在歡。

液體又比氣體快，山徑雨霧裡，特別聽得見小動物窸窣，睜眼不見遠近，是黃喉貂嗎？我與他屏息相望，不願作聲吵響整片森林。

人與人間的聲波媒介還是以氣體最為常見。神造天地，造光，造空氣，造林獸萬物以養人，像是他以愛慾開創新世紀，奉我為神，在他的天地成為光，養他。那是自然不曾想到要為你所在之地放進半粒氧，半滴水，半片葉的，不是因為你所以不放，而是沒有那處地，任何人崇在那裡說話都不會有聲音。

物理就是這樣，不單獨為你而立，輪到誰頭上都是一個原理。

她喜歡霧——致Ch

◎蕭詒徽

她喜歡霧
喜歡大雨時無恙的窗戶
喜歡對著窗戶問　或其實對著雨
一次好幾個問題

喜歡剛剛與袖子重逢的手臂　被部份髮絲背叛的髮型
喜歡堅信一件事情二十分鐘
喜歡綠色　喝醉的時候喜歡紫
喜歡早上的公車　早上的公車比較深，她說
她喜歡用盡全力在有限的人生裡
把某個人忘記　喜歡左右勝過先後
喜歡時間　她知道時間並沒有傷害我們
只令我們傷害彼此

她喜歡想你　我必須承認她有時候喜歡想你
因為你不在這裡　她不喜歡想我
她要我在　大雨時一起在窗戶裡
被霧清楚地看著
被霧喜歡

她要我們一起被霧喜歡
有時候她想念你是霧　霧只有遠看的時候是霧
其他時候她都不喜歡

鬼摸起來如何　◎楊智傑

她就是這樣被擄走的，用力
拽出了人型，從腋下
拉開她
一袋子夏蟲、風雨、柔軟衣服

閃電摸起來漆黑，貓咪
摸起來危險

鬼摸起來如何？
宇宙那麼大，你上哪找那麼透明的人……

而她就這樣空了
她說，這世界太多好玩的了
就這樣

你走進她
燃起了信號彈
夜色就這樣降臨了下來

駐站觀察

不認眞的，還是愛情嗎？

◎夏夏

不幸的愛情，各有各的不幸

「幸福的家庭總是相似的，而不幸的家庭則各有各的不幸」在小說《安娜卡列尼娜》的開頭如此寫道。

愛情亦然。

不幸的愛情中，五花八門的劇情直逼驚悚鬼故事，千奇百怪的性格組合像是神仙鬥法，而身在其中的人各有各的痛楚與委屈，更加應證「認真就輸了」的定律。

但是，不認真的，還是愛情嗎？

不管世界如何改變，人類對情感的需求是亙古不變，因此為愛而寫可說是寫作主題的大宗，一條容易入手的捷徑，是驅策書寫的强大動能，且容易引發讀者共感。自古以來也都是只恨紙短，而情意綿長啊。

閱讀這些入選的作品，既苦又酸，甚至不忍。透過紙張，讓人真切感受到每一篇文字背後的主人都有一顆渴望宣洩的心，才能化作動人的篇章，陳列出每一種愛恨的方式。也是因為每一位的參與，才得以拼貼出屬於這個時代關於愛情的鮮活樣貌。

在豐沛的感受當中，保有理智的分析

此次徵文主題「寫給情敵」可說是情愛世界裡最高段的妖術，也是最艱深刻苦的修行。若是不慎入此關卡的戀人們，逼不得已都對打怪自有獨到經驗，所以寫來特別刻骨銘心、活靈活現。然而正因為如此，更要謹慎情緒的收放，留心流於俗濫與耽溺。文字上稍有放縱，就演變成情緒的氾濫。

當然，這並不是一件容易的事。畢竟陷入愛情迷魂陣的人，若能跳脱迷宮般的迴圈，還會陷在這場僵局裡嗎？因此，在這次的入選作品當中，能在豐沛的感受當中保有理智的分析，或如對情敵賣弄心機要些手段，便能夠在有限的篇幅中開創新局面，展現出不同的切入角度。

暗示更多埋藏在，文字背後的故事線

此外，如何在文字中呈現鮮明的性格，創造具有個人特色的語氣，無論是懇求、譏諷、威脅、討好或警告，都能暗示出更多埋藏在文字背後的故事線，也可以透露這場戰局敵我的優勢與劣勢，引人遐思。如〈情敵備忘籤：記得將包裹送回〉以高姿態留下便條給情敵，雖是瑣事的交代，卻笑裡藏刀。〈狗皮膚病人〉描寫情侶如何開始共同收養一隻法鬥犬，但是狗卻患有人畜共通的皮膚病，在此埋下伏筆。全篇平實的描述收養的經過，直到文章末尾才使出一記回馬槍，命中紅心。上述這兩篇都是藉由寵物與飼主的關係，善用語氣的強度向情敵宣戰，也藉機暗喻與情人的親密度。

情敵之間會不會是好朋友？

那麼如果換了一個時空，情敵之間會不會是好朋友？或因著愛上同一個人，彼此已成為無可取代的知己？在入選文章中，不乏這樣的思索。情敵的競爭關係是被迫的局面，是一場沒有贏家的爭奪。〈耳機症〉、〈寫給情敵〉巧妙將敵友關係分別以耳機的左右邊、鞋子的左右腳來比喻。兩者不僅相似，幾乎是相同，只在於左與右的對稱分別，而造成兩側對立的則是共同被愛的情人。在這兩篇中，有人因此看透了，接受相互依存的關係，有人因此看開了，選擇退出。「天文學」則浪漫地以行星來指出情敵的存在，強大的引力牽引著彼此的關係，甚至撞擊出華麗的流星雨。耳機、鞋子、行星，藉由準確的意象，由愛而生的恨意提煉昇華，營造出文章中的亮點。

多角關係，五味雜陳

談戀愛本就是耗神的，微小的舉措都能夠勾動心緒起伏，這也是愛情讓人神魂顛倒的原因。

兩人世界都已是如此，多角關係應該是如何折騰吶，這也是本次入選作品多有著墨之處。但是正因為難分難捨、五味雜陳，要在文中條理分明地道出，就需要精心安排。〈戀愛食譜〉把過程分成三種味道，相愛的蜜甜，忌妒的醋酸，失去後的酸鹹，結構與鋪陳皆簡單俐落，語氣疏淡反而突顯出壓抑在失落後的節制。〈摳癢〉鮮活記錄當代愛情的模式，在社群媒體上追蹤帳號、封鎖、解除封鎖、察看打卡地點等，網路成了另一個宣示地盤的戰場，也是偵察敵情的哨站。而當一時的情傷演變成慢性病後，比疼痛還難忍的是無止盡的搔癢，最終連愛的感覺都退居其次，變質的愛情就像無可治癒的濕疹。

說情敵太沉重

另外，在本次入選文章中異軍突起的，則是在題材上另有突破的作品。〈妳贏了〉寫3C產品奪走情人的注意力，人與科技的拉鋸戰也蔓延到愛情世界裡。〈親愛的情敵〉幽默描寫擅長欲擒故縱的情敵，在情感關係中總是占上風，讓人心甘情願臣服，實則是貓奴的有趣寫照。最後則是〈說情敵太沉重〉作為父親傳達出對女兒的疼愛，而情敵當然就是女兒的男友，文字間飽含不捨與託付的心意。

寫作也如愛情，青菜蘿蔔各有所愛，每個寫作的人都在書寫的路途上尋尋覓覓，找到適合自己的文字風格。在眾多參賽作品中，每篇文字都因真摯的情感而有所屬的色彩，如此亮眼閃耀。也但願每位有情人在寫作中都能得到理解與安慰，與文字終成眷屬。

「寫給情敵」優勝作品

情敵備忘箋：記得將包裹送回 ◎柳姵竹

你好，我是上一個你。

沒有什麼可說的，只是提醒你幫他整理一些東西。比如昨夜我忘收拾的牙刷（尚留有牙膏漬，或我和他昨夜黏膩的餘韻，銀白的牽絲萬縷）直接打包不必洗淨。

還有我和他養的貓，好心告知你，我的寶貝只願給牠最愛的把拔馬麻順毛，對閒雜人等的碰觸牠會回以尖利的爪痕，牠曾經抓破一個麻袋，怪可怖的，小心你的手唷。最後再麻煩你一件事，我相信他，說你善解人意，一定會幫我的。

我忘了將他愛我的心帶走，若是他在你枕邊午夜夢迴時呢喃著我的名，若是他在和你纏綿時汗雨淋漓著嘶喊我的名，若是他在某一時刻就如此將我的名咀嚼在他的嘴裡。

親愛的下一個我，請你就將他打包歸還囉，連同牙刷。

至於包裹的封膠就用牙刷上的黏膩吧。

狗 皮膚病人

◎呂珮綾

那條法鬥有皮膚病。對，還是條幼犬。我猜牠現在大概五個月大了，我們撿到狗的那天，醫生說這狗頂多才一個月。法鬥當時奄奄一息。「牠看起來好像快死了，我們會不會得找個地方把牠埋了？現在該怎麼辦？是不是要打給動保？」他一臉緊張。

我說，不然帶去看醫生吧。初診時櫃臺問起狗的名字，我們語塞。剛剛在和平東撿到的，就叫「和平」吧？很俗。櫃臺阿姨沒說什麼，很普通地寫在病歷上。

醫生說，這法鬥有真菌感染性皮膚病。我們對看一眼，不確定那代表什麼。「飼主也要小心，人和寵物是會互相傳染皮膚病的。」老醫生的語氣溫和。他很專心地聽著醫囑，彷彿已經決定要與和平廝守終生。我把手放進口袋裡撈手機，搜尋：「狗 皮膚病 人」。

斑塊還是一直在長。

但是換你了。

耳機症

◎柯琳

他的左側是我的。曾經握住我體温的左手，有我髮絲掠過的左肩，當然，還有左耳。每天夜晚我都能看見自己漸漸縮小，蜷起身軀，在他的耳道安睡。

然而右邊是他特許妳的，我的情敵。我們總是在相同時間調整形狀，悄悄鑽入他的耳朵。見到他時我們有太過相似的眼睛及嘴角。或許在他人眼中我們是類似的，然而一如左右邊耳機不能放入相反邊的耳朵，只有我和妳知道彼此的差異。

據說左右耳機所發出的聲音是不同的。當我們同時呢喃一句「我愛你」時，他所聽見的會是兩種不同的聲響，抑或是經大腦整合的完美合音？

我曾以為我們會勢同水火，我的情敵。事實上我們相反卻互相依存。無論是對他，還是對我與妳而言，我們如同左右邊的耳機，不可或缺。

戀愛食譜 ◎芸礐

攤開食譜，從食材、調料、火候都寫得清清楚楚，曾經我也照著步驟一步步的烹調這道名為「愛情」的料理，為它加了糖、沾了蜜，獻給心愛的人。偶爾牽著他的手，一起準備三餐，在炙熱的廚房裡享受兩人世界。

有一天你來了，我不小心倒了醋、開了大火，讓料理毀了、口味變了。曾願意花時間等待我的料理的他，轉身為你繫上圍裙、和你逛街買菜、陪你洗手作羹湯。

但人生不過柴米油鹽醬醋茶，我還是走進廚房，獨自抿著被熱湯燙過的唇、用滿滿細小刀傷的雙手慢慢準備一餐。傷口會好，曾經嘗過的甜蜜卻怎麼都找不回，就像這道明明照著食譜做也熟練不已的料理，現在怎麼品嘗都只剩又酸又鹹的滋味。

摳癢 ◎阿庭

我是在與他纏綿的時候知道妳的存在。我帶著亢奮的恨意在社群軟體對妳封鎖，佯裝妳對我毫無影響力，佯裝在他與我之間沒有妳。

我的心窩處卻有隻發癢的蚤子，惹得我的手指必須摳一下，把妳的帳號再一次摳出來，讓我看看妳近日的生活有沒有跟他吻合的足跡。確定妳與他走的路徑沒有重疊，我揚起勝利滿意的笑容再一次封鎖妳。

直到我心窩處那隻發癢的蚤子再次驅動我，把妳的帳號摳出來。然後重複動作再次封鎖妳。

我的日子最終變成專心發癢、無可治癒的濕疹。

親愛的情敵

◎依讀

聽說妳曾經調查我的一切，從我的興趣愛好，到我的旅遊足跡，連我養過的寵物都能一一點名。聽說妳曾翻閱我社群軟體的每一張照片，不放過我的任何動態，只為了能知己知彼，百戰百勝。

也許比起我們同時看上的那名男孩，妳反而更了解我。也許換個相遇的方式，我們能夠成為好閨密，畢竟我們挑男人的品味如此相似，惡劣的程度也有幾分雷同。

妳離開後，我也把男孩甩了，畢竟少了競爭對手，就少了愛情追逐的樂趣。再說妳看不上眼的東西，我也不想要了。

親愛的情敵，妳也是這麼認為的，對嗎？

說情敵太沉重　◎隱泉

都說女兒是你上輩子的情人，以此類推；女兒的男友就是我的情敵囉！

既然是這樣的關係，那我不就在這場戰役最終一定落敗嗎？

不行不行，大把年紀了豈可示弱？

在這裡鄭重宣告：女兒生養多年，雖未若出水芙蓉，但也氣質天生，頗有繼承乃父之風，家族萬幸。

眼見有女長成落落大方，豈可容你半路攔胡，仗勢身長體胖如熊，強押硬轅，老人家拚著一口氣，也要護著我們的所愛後半生幸福無虞。

雖然時空錯置，你我在不同的年代相逢而愛著相同的女人，雖然我陪著她的一生從頭開始，但是注定我不能守護著她到人生的最後，而你卻是她的選擇，準備與你共度下半輩子的人生。

想到這裡，誰贏誰輸，已經昭然若揭。

準女婿豈可稱敵，只求道友，一生足願矣！

寫給情敵

◎jaqchang

給是敵曾是友的妳：
愛上同一個男人，
感覺好像精品打折的第一天，
我們姊妹居然看中了同一雙鞋，
只有這一雙鞋。
我穿大了半號，妳穿稍小半號，
是都差了一點，但還算適合。
先不管太鬆會掉鞋，還是太緊會打腳。
這麼好看的外表，
這麼名貴的身分，
唾手可得的占領機會。
識貨的人，應該都會來搶。
我穿覺得好看，被妳給發現了。
所以不公平競爭，表明不給我好看，

因為它更襯妳的美？
於是，我們站在拔河比賽的兩端，
卯足全力，爭取勝利。
不是妳倒，就是我輸。
因為總不能，妳我各穿一隻鞋！
其實，我討厭跟妳品味相同，
妳卻一直不討厭跟我的品味相近。
如果我去喜歡別雙鞋，妳可別膩了這雙鞋，
又想靠過來想我的新鞋。
這是不可以的！
給不是敵也不是友的妳
現在，
最好的解決方法是：
小姐我，決定不穿鞋。

天文學

◎戴翊峰

像繞行仰慕星球的星體
在引力裡恆無法察覺自己
貪戀的足跡，譬如我們
譬如所有共享相同晝夜的
迷航的星星，在相仿的微笑裡
乏味的日子遂開始擁有一致的光影

該如何命名你，我親愛的行星
當你踩著我繞行的周期漸近
又漸近，倘若此刻偶然地擦撞
能否驗證彼此遠在光年之外的揣想
命運之類，平行時空之類

而終在一次又一次試探的照面裡

你成為我此生盛大的流星雨
穿過氣層，穿透生命，如同我
也曾那樣破碎地殞落在
你仰望，望穿宇宙的
那雙炙熱的眼底

妳贏了 ◎ Helen Kuo

妳贏了！我選擇退出。

在捷運上，縱然他坐在我身旁，卻盯著妳目不轉睛。我想要的關注，他全都給了妳。晨起、睡前，他連正眼也不瞧我一下，只顧著對妳噓寒問暖，他的眼裡只有妳。

在那只容得下兩人的私密空間，我變成不受歡迎的第三者。我口乾舌燥地講了半天，只是他的耳邊風；妳一召喚，他立刻全神貫注，心無旁貸。他到哪裡都帶著妳，少了妳，他像沒了魂。我多希望變成妳，成為他生活的重心。但我知道，我是無法贏妳的，我認輸。妳得意了吧？

我恨妳！３Ｃ手機。

聯副文叢70

書寫青春19：第十九屆台積電青年學生文學獎得獎作品合集

2022年10月初版　　定價：新臺幣350元

編者	聯經編輯部
叢書編輯	黃榮慶
校對	胡靖
內文排版	烏石設計
封面設計	廖婉茹

出版者	聯經出版事業股份有限公司
地址	新北市汐止區大同路一段369號1樓
叢書編輯電話	(02)86925588轉5307
台北聯經書房	台北市新生南路三段94號
電話	(02)23620308
台中辦事處	(04)22312023
台中電子信箱	e-mail：linking2@ms42.hinet.net
郵政劃撥	帳戶第0100559-3號
郵撥電話	(02)23620308
印刷者	世和印製企業有限公司
總經銷	聯合發行股份有限公司
發行所	新北市新店區寶橋路235巷6弄6號2樓
電話	(02)29178022

副總編輯	陳逸華
總編輯	涂豐恩
總經理	陳芝宇
社長	羅國俊
發行人	林載爵

行政院新聞局出版事業登記證局版臺業字第0130號

本書如有缺頁，破損，倒裝請寄回台北聯經書房更換。　ISBN 978-957-08-6597-4 (平裝)
聯經網址：www.linkingbooks.com.tw
電子信箱：linking@udngroup.com

國家圖書館出版品預行編目資料

書寫青春19：第十九屆台積電青年學生文學獎得獎作品合集/聯經編輯部編．初版．新北市．聯經．2022年10月．356面．14.8×21公分（聯副文叢70）
ISBN 978-957-08-6597-4（平裝）

863.3 111016233